Geheimakte Labrador

Jubiläumsausgabe

André Milews

ANDRÉ MILEWSKI

GEHEIMAKTE
LABRADOR

ROMAN

JUBILÄUMSAUSGABE

NORDIC SWAN ECOLABEL
Printed matter
5041-0856

http://www.andre-milewski.de

Verlag: André Milewski
Kontakt@andre-milewski.de

Coverillustration/Umschlaggestaltung:
© Giesseldesign

www.giessel-desgin.de
unter Verwendung von Stockbildern von Shutterstock

Illustrationen/Kapitelzierde: saje Design
Illustration Max Falkenburg: Timo Kümmel
Korrektorat: SKS Heinen
Satz: André Milewski
Druck & Bindung: ScandinavianBook.
Printed in Denmark

1. Auflage

ISBN: 978-3-98760-008-1

»So weit der sausende Hammer fällt,
sind mein das Land und die Meere.«

Und es flog der Hammer aus seiner Hand,
Flog über die ganze Erde,
Fiel nieder am fernsten Südensrand,
Dass alles sein eigen werde.

Seitdem ist's freudig Germanenrecht,
Mit dem Hammer Land zu erwerben;

Wir sind von des Hammergottes Geschlecht
Und wollen sein Weltreich erben.

— („Walhall. Germanische Götter- und Heldensagen" von Felix Dahn)

Prolog

Markland – 1000 n.Chr.

»Das war hoffentlich der letzte dieser verdammten Skrælinge«, fluchte Leif, als er mit einem kräftigen Ruck sein Schwert aus dem reglosen Körper zog. Dampfend sickerte Blut aus der Wunde, tropfte in den Schnee und färbte ihn tiefrot. Schwer atmend sah Leif sich um und blickte auf die unzähligen niedergestreckten Feinde, die auf dem Schlachtfeld verstreut lagen. Mindestens zwanzig, vielleicht dreißig der hinterhältigen Feiglinge, schätzte er. Zwischen ihnen erblickte er auch zwei vertraute Gesichter: Thoralf und Sigurd. Beide waren grausam zugerichtet, aber Leif konnte den Blick nicht von seinen toten Kameraden abwenden. Es war seine Schuld, er hatte sie in diese schrecklichen Gefilde am Ende der Welt geführt. Im Alleingang hätte er es nicht bis hierher geschafft. Nur durch die Hilfe seiner treuen Freunde war dies möglich gewesen.

Euer Opfer wird nicht sinnlos sein, dachte er von wütender Entschlossenheit beseelt.

Schließlich wandte er den Blick von den Toten ab und sah zu Heimir, der gerade versuchte, seine doppelschneidige Streitaxt aus dem Oberkörper eines Skrælingers zu ziehen. Mit einem hässlichen Knacken löste sich die Axt.

»Hierfür werden uns die Götter verdammen!«

Heimirs unruhige Stimme verriet, dass ihm nicht behagte, was sie getan hatten. Leif sah seinen Freund an. Heimir überragte ihn nahezu um zwei Kopflängen und war so breitschultrig, dass auf der Ruderbank ihres Drachen kein zweiter Mann neben ihm Platz fand. Sein blondes Haar hatte er zu einem langen Zopf gebunden und geschworen, sich die Haare erst nach einem verlorenen Zweikampf wieder zu kürzen. Doch dazu war es bisher nie gekommen. Sie hatten gemeinsam die weitesten Fahrten unternommen, sich furchtlos dem Unbekannten an den Gestaden jenseits der Alten Welt gestellt. Seit frühester Kindheit kannte er Heimir, aber nun gewahrte er beim Blick in dessen Augen, wie sein hünenhafter Freund, der stärkste Viking von allen, vor ihm stand und Angst hatte. Unaussprechliche Angst.

Leif gab ihm keine Antwort. Er war sich nicht sicher, ob er das Richtige tat. Nur eines wusste er: Dass er handeln musste, um das Unheil zu stoppen, bevor es sie alle verschlingen würde. Mit einem verbissenen Gesichtsausdruck reinigte er sein Langschwert vom Blut, steckte es zurück in die Scheide und ging zu der kleinen Holzkiste, die er beim Angriff der Skrælinge am Waldrand abgestellt hatte.

Keiner der Angreifer hatte es gewagt, sich der Truhe zu nähern. Sie strahlte eine unheilvolle Aura aus. Lange blickte Leif auf die unscheinbare Holzschatulle. Hätte er die Kiste bei dem Angriff geöffnet, würden Thoralf und Sigurd gewiss noch leben. Aber welchen Preis hätte er, hätten sie alle dafür zu zahlen?

»Bist du dir immer noch sicher, dass du ihn hier vergraben willst? Die Skrælinge könnten kommen und ihn an sich nehmen«, sagte Heimir hinter ihm und riss ihn aus seinen Gedanken.

Leif hob die Kiste hoch. Sie erschien ihm schwerer als zuvor.

»Das werden sie nicht. Das können sie nicht! Ganz im Gegenteil. Sie werden der beste Schutz dafür sein.«

Er verachtete die Skrælinge zutiefst. Es waren heimtückische Feiglinge. Sie griffen nur aus dem Hinterhalt an, im Zwielicht des Tages, damit ihre Opfer sie erst im letzten Moment sehen konnten. Mit den Waffen der Feiglinge: Bogen und Speer. Doch Leif brachte den Kampf zu ihnen. Unzählige Skrælinge hatten sie erschlagen auf ihrem Weg durch den unheimlichen Wald. Die Passage erforderte einen hohen Blutzoll. Nur Heimir und er waren übrig. Thoralf, Sigurd, Eirik und Gunnar waren den verfluchten Feiglingen zum Opfer gefallen. Trotzdem spielten die Skrælinge eine Rolle in seinem Plan. Sie würden die Wächter sein.

Die Landzunge, die er von der See aus gesehen hatte, lag nun offen vor ihnen.

»Komm, Heimir, wir müssen näher an die Küste heran«, sagte Leif und ging entschlossen voraus. Mit jedem Schritt spürte er, wie das Gewicht der Kiste in seinen Händen zunahm.

Leichtes Schneetreiben setzte ein, als sie den Küstenstreifen erreichten. Schweißgebadet stellte Leif die Holzkiste ab. Über dem Meer zuckte ein Blitz hinunter, dem wenige Augenblicke ein lautes Donnern folgte.

»Das ist die Stelle! Hier vergraben wir ihn«, sagte er mit entschlossener Stimme. Schweigend begannen Heimir und er ein Loch in den eisigen Boden zu graben. Es kostete sie einige Zeit, den harten, halb gefrorenen Untergrund zu öffnen.

Nachdem es geschafft war, ging Leif näher an die steil abfallende Küste heran und sah sich um. Die schroffen Felsen, die fast senkrecht aus dem Wasser aufragten, und vor allem die gefährlichen Untiefen machten es unmöglich, sich diesem Platz vom Meer aus zu nähern. So weit er blicken konnte, gab es keine Möglichkeit, ein Schiff anzulanden. Und der Weg über Land war gefahrvoll, das wusste er mit schrecklicher

Gewissheit. Diese gottverdammten Skrælinge! Er wünschte ihnen allen den Tod. Die Hand seines Freundes auf seiner Schulter riss ihn aus diesen hasserfüllten Gedanken.

»Was hast du?«, fragte er Heimir, ohne ihn anzusehen.

»Noch können wir zurück, Leif! Wir nehmen ihn mit uns. Und entgehen so vielleicht der Verdammnis«, sagte Heimir flehend.

Leif umklammerte den Arm seines Freundes.

»Nein, mein Freund. Du weißt genauso gut wie ich, dass es dann keine Rettung mehr für uns gibt. Niemand sollte ihn besitzen, er ist nicht für Menschen gedacht!«

Vom Meer grollte ein Sturm heran und gewaltige Wellen bauten sich auf und peitschten ohne Unterlass gegen die Klippen.

»Gibt es denn keine andere Möglichkeit? Warum versenkst du ihn nicht einfach im Meer?« Heimirs Stimme klang kraftlos.

Leif wandte sich ab. Er blickte hinaus auf die See, dessen Gewoge sich wie von wilder Raserei getrieben, hoch auftürmte, um dann gnadenlos auf die Küste zu schmettern. Weit entfernt sah er Blitze ins Meer zucken. Thors ganzer Zorn schien sich hier, am Ende der Welt, zu entladen.

»Nein, im Meer ist er nicht sicher«, sagte er fast tonlos.

Leif wusste, dass Heimir ihn keinesfalls hören konnte bei dem Getöse um sie herum. Fast erschien es ihm, die alten Götter würden ihm zürnen. Seine rechte Hand tastete nach dem kleinen Kreuz, das er um den Hals trug. Er umklammerte es fest. Aber Leif hatte nichts mehr zu verlieren, es war seine einzige Hoffnung, seine Familie und sein Volk von dem Fluch zu befreien. Gleichwohl durfte er ihn nicht dem Meer überantworten. Vielleicht würde es ihm gelingen, herauszufinden, wie man die Kräfte beherrschen konnte, wenn er nur noch mehr Zeit hätte.

Er drehte sich wieder zu seinem Freund um.

»Heimir?«

»Ja?«

Leif glaubte, in Heimirs Stimme einen Funken Hoffnung zu hören. Hoffnung darauf, dass er seine Meinung geändert hatte.

»Verzeih mir!«

Ehe Heimir sich der Bedeutung von Leifs Worten klar werden konnte, zog Leif sein Schwert und trennte mit einem schnellen Hieb dessen Kopf von den Schultern. Als der Schädel zu Boden fiel, sah Leif in die vor Überraschung und Entsetzen weit aufgerissenen Augen seines Freundes.

»Lebe lang in Walhall, an Odins Tafel, mein Freund!«

Kapitel 1

Der Dieb

Oslo, 27. April 1952

Der Himmel über Oslo war düster und ein dichter Wolkenteppich zog vom Meer heran. *Kein besonders schönes Wetter für einen Sonntagmorgen,* dachte Max, als er das Wikingerschiffmuseum durch den Personaleingang an der Ostseite betrat. Er hatte noch genug mit den Nachwirkungen des gestrigen Abends zu kämpfen. In seinem Kopf tobte bereits ein Unwetter. Es war keine gute Idee gewesen, eine zweite Flasche Wodka zu öffnen. Immerhin hatte er es geschafft, halbwegs pünktlich zum Arbeitsbeginn im Museum zu sein. Eine weitere Verspätung konnte er sich auch nicht erlauben. Direktor Ingstad würde kurzen Prozess mit ihm machen. Max nestelte unbeholfen an seiner Krawatte herum, aber es wollte ihm einfach nicht gelingen, sie ordentlich zu binden, während er hastig die Eingangshalle betrat. Die Jacke seiner blauen Uniform hatte er über die Schulter geworfen, sein ungebügeltes Hemd hing aus der gleichfalls ungebügelten Hose heraus.

»Maximilian! Da bist du ja endlich. Ich hab mir schon Sorgen gemacht.«

Die vorwurfsvolle Stimme gehörte Selma, seiner deutlich älteren Kollegin. Sie arbeitete an der Museumskasse und hatte immer ein wachsames Auge auf Max. Außerdem spielte sie gerne die Ersatzmutter für ihn. Aber er hasste es, wenn sie ihn Maximilian nannte.

»Wie du wieder aussiehst. Wenn der Direktor dich so sieht, gibt es gleich wieder Ärger. Komm mal her, ich mach das.« Bevor Max imstande war, irgendwelche Einwände hervorzubringen, fing Selma an, seine Krawatte ordentlich zu binden. Mit wenigen geübten Handgriffen saß der Knoten einwandfrei. Max steckte sich unterdessen das Hemd in die Hose. Danach zog er die Jacke an.

»So besser?«, fragte Max.

»Etwas. Aber gegen dein zerknautschtes Gesicht hilft das leider nicht«, sagte Selma. »Jetzt geh die Tür aufschließen. Draußen wartet bereits ein Besucher.«

Max ging dösig durch die Halle auf die Eingangstür zu. Links vom Eingang war die Kasse, rechts davon der zum Museum gehörende Andenkenladen. Direkt vor dem Einlass war ein Metallgestell, das die Gäste an die Kasse leitete. Er ging an der Absperrung vorbei und zog den Hauptschlüssel aus der Tasche. Vor der Tür stand in der Tat bereits ein wartender Besucher.

Todsicher wieder so ein Wikinger-Fanatiker, warum sollte sonst jemand um die Uhrzeit und bei dem Wetter hier rauskommen?

Max steckte den Schlüssel ins Schloss und öffnete die Tür.

»Endlich, ich warte bereits seit zehn Minuten«, sagte der sichtlich verärgerte Besucher.

Max blickte ihn mit trübem Blick an.

»Hm?«

»Wo finde ich hier die Tierkopfpfosten?«

»Immer geradeaus, dann kommen Sie genau darauf zu.«

Ihm waren diese ständigen Fragesteller zuwider. Wozu lag am Eingang des Museums das Ausstellungsprogramm aus? Aber das war wohl sein Los als Museumswärter. In seinem Kopf nahm das Unwetter allmählich an Stärke zu.

Der Besucher ging zur Kasse, an der Selma in der Zwischenzeit Platz genommen hatte, und zahlte. Max ging wieder zurück und bog in Richtung des Andenkenladens ab. Die süße Blondine, die gestern dort ausgeholfen hatte, war nirgends zu sehen.

Zu schade!

Max ärgerte sich, dass er die junge Aushilfskraft nicht angesprochen hatte. Jetzt sah er nur den alten Magnus in seinem Laden stehen. Der winkte ihm freundlich lächelnd zu, als er ihn durch das mit kleinen Wikingerschiffmodellen vollgestellte Schaufenster erblickte.

»Herr Falkenburg!«

Max zuckte zusammen, als die tiefe, dröhnende Stimme jäh hinter seinem Rücken erklang. Mit einem Schlag war er hellwach. Er machte auf dem Absatz kehrt und blickte in das strenge Gesicht von Haakon Ingstad. Max ahnte, was jetzt folgen würde.

»Ja, Herr Direktor?«

»Haben Sie unser letztes Gespräch vergessen? Ich dachte, ich hätte mich klar ausgedrückt, was ich davon halte, wenn Sie verkatert zur Arbeit erscheinen!«

Haakon Ingstad musterte Maximilian Falkenburg genau. Abgesehen von den Ringen unter den trüb dreinblickenden grünen Augen, dem unrasierten Gesicht und den ungekämmten braunen Haaren fiel ihm besonders die schlampige Uniform unangenehm auf. Mit Ausnahme der Krawatte. Der Knoten saß wahrhaftig ausgezeichnet.

»Äh ja, das ... äh, natürlich haben Sie das, aber ... äh ... Es war eine Geburtstagsfeier und na ja, Sie wissen schon ...« Der junge Deutsche stammelte, als sei er ein beim Lügen ertappter

Halbstarker. Haakon sah ihn mit zusammengekniffenen Augen an.

»Nein, ich weiß nicht! Das Einzige, was ich mit Bestimmtheit weiß: Wenn das noch einmal vorkommen sollte, sind Sie die Stelle hier los. Ich hoffe, wir verstehen uns? Und jetzt gehen Sie an die Arbeit und seien Sie um Himmels willen höflicher zu den Besuchern!«

»Jawohl, Herr Direktor. Wird gemacht! Bin schon weg.«

Haakon Ingstad schaute dem Deutschen hinterher, während dieser hastig den Vorraum der Haupthalle verließ. Er könnte ihn nicht entlassen. Schließlich hatte er eine Schuld zu begleichen. Trotzdem musste er versuchen, dem Jungen Disziplin einzubläuen. Wenn auch seine bisherigen Anstrengungen nicht sonderlich viel Erfolg gebracht hatten, würde er nicht aufgeben.

Max atmete tief durch, als er die Eingangshalle hinter sich gelassen hatte und rechts abbog, in die Osthalle, wo die Überreste des Tuneschiffs aufgebahrt waren.

Das hätte schlimmer kommen können, dachte er und atmete tief durch.

Immerhin hatte er seinen Job noch – vorerst. Er hasste zwar die Arbeit im Museum, aber seit seinem unrühmlichen Abgang von der Universität brauchte er diesen Job. Arbeit für Deutsche war in Oslo schwer zu kriegen, eigentlich beinahe unmöglich. Dass er diesen Job von Direktor Ingstad aus heiterem Himmel angeboten bekommen hatte, war für ihn ein echter Glücksfall. Der Direktor hatte ihm gesagt, er sei ein guter Freund seines Vaters gewesen. Max konnte sich zugegebenermaßen nicht daran erinnern, Ingstad früher schon mal gesehen zu haben, aber es schien was dran zu sein. Jedenfalls hatte er den Job ohne irgendwelche Probleme bekommen.

Trotzdem hätte er lieber weiter studiert. Doch das konnte er sich in Oslo erst einmal abschminken. Und vor allen anderen Dingen brauchte er zunächst mal Geld.

Er umrundete die armseligen Überreste des Tuneschiffs und ging in die gegenüberliegende Halle des Gokstadschiffes. Max fand die riesigen Hallen des alten Klosters, in denen das Wikingerschiffmuseum untergebracht war, immer noch beeindruckend. Das alte Gemäuer war in Form eines Kreuzes gebaut, mit vier gleich großen Kirchenschiffen. Und in diesen Kirchenschiffen standen jetzt die Wikingerschiffe. *Wie passend.* Max musste lächeln. *Wie in einer Kathedrale. Eine gottverdammte Schiffskathedrale.*

In der Halle rührte sich nichts. Still und majestätisch erhob sich in der Mitte des gewölbeartigen Raums das Gokstadschiff. Im Gegensatz zum Tuneschiff bot das Gokstadschiff schon einen imposanteren Anblick. Es war im Auftrag des Museums aufwendig restauriert worden. Das alte Eichenholz war nicht zu unterscheiden von den neu eingesetzten Bordplanken. Aber durch die vielen kleinen Fenster fiel auch nur kümmerlich Licht in den Raum. Draußen wurde es stetig dunkler und entferntes Donnern war zu hören. Das Unwetter kam näher.

Plötzlich hörte Max ein kratzendes Geräusch aus der Südhalle. In dieser Halle stand kein Schiff. Hier waren die kleineren Exponate, im Regelfall Grabbeigaben, ausgestellt. Es gab kunstvoll verzierte Bettgestelle, einachsige Wagen, bestickte Stoffe, Medaillen und andere Alltagsgegenstände aus der Zeit der Wikinger. An der Stirnseite des Raumes waren vier große Tierkopfpfosten platziert. Diese bestanden aus Ahornholz und waren Paradebeispiele für die technischen und künstlerischen Leistungen der Wikinger. Der obere Teil des Pfostens stellte einen Raubtierkopf mit aufgerissenem Maul dar. Die gesamte Pfostenoberfläche war darüber hinaus mit anderen, kunstvoll ineinander verflochtenen Tieren bedeckt. Am Tierkopf hinten links sah Max jetzt den Besucher herumwerkeln. Er hatte ein Taschenmesser in der Hand und stocherte damit am Auge des Kopfes herum. Mit einem Knacken sprang der hölzerne Augapfel plötzlich hinaus. Der Kerl griff in die Augenhöhle und nahm etwas Kleines heraus, das aus der Entfernung wie eine Münze aussah. Er hatte noch nicht bemerkt, dass ihn jemand beobachtete. Max ging bedächtig auf ihn zu.

»Hej! Was machen Sie da?«

Der Besucher zuckte zusammen und drehte sich um. Max sah den Gegenstand in dessen linker Hand jetzt deutlicher. Es war keine Münze, sondern ein kleines Medaillon. *Woher wusste der Kerl, dass in dem Tierkopf etwas versteckt war?*

Erst jetzt sah Max sich den Mann genauer an. Ein Kerl wie ein Kleiderschrank, mindestens zwei Meter groß. Den athletischen Oberkörper hatte er in ein viel zu enges Jackett gequetscht. Seine Statur ließ erahnen, dass er schon einmal Kampfsport betrieben hatte. Seine Gesichtszüge wirkten kantig und unter seinem kurz geschorenen, blonden Haar blitzten zwei stahlblaue Augen Max feindselig an.

»Es ist nicht erlaubt, die Ausstellungsstücke zu berühren. Und Beschädigung ist ebenfalls nicht vorgesehen.« Max zeigte mit der rechten Hand auf die leere Augenhöhle des Tierkopfs.

Sein Gegenüber zeigte keinerlei Regung.

»Wir gehen jetzt gemeinsam zum Direktor. Folgen Sie …«

Max konnte den Satz nicht beenden. Der Mann sprang unvermittelt auf ihn zu und schlug ihm mit der rechten Faust brutal ins Gesicht. Max taumelte rückwärts und stürzte gegen eine der kleineren Vitrinen, die er mit sich zu Boden riss. Mit einem lauten Knall zersplitterte das Glas des Schaukastens. Sein Angreifer stürmte an ihm vorbei, geradewegs auf den Haupteingang zu. Max brauchte einen Augenblick, um sich zu orientieren. Seine linke Gesichtshälfte pochte. Ohne weiter darauf zu achten, rappelte er sich auf und lief dem

Flüchtenden hinterher. Der Kerl hatte bereits einen kleinen Vorsprung.

»Stehen bleiben!«

Selma und der alte Magnus blickten verwundert zu Max. Inzwischen hatte der Dieb den Eingangsbereich erreicht, hechtete über die Absperrung und preschte durch die Tür nach draußen.

»Scheiße!« Fluchend hastete Max hinterher, sprang ebenfalls über die Absperrung und rannte durch die noch schwingende Tür ins Freie. Auf dem großen offenen Gelände vor dem Museum konnte er den Mann sofort sehen. Er lief in Richtung des Volkskundemuseums. Wenn er daran vorbei der Hauptstraße hinunter folgte, würde er direkt auf den Fähranleger zu laufen.

Na warte, dich krieg ich!

Der Anleger war nur etwa einen Kilometer vom Museum entfernt. Auf dieser Strecke würde Max den großen Kerl ohne Probleme einholen. Ohne weiter nachzudenken, lief er los. Der Abstand schrumpfte rasch zusammen.

Gleich hab ich dich!

Unvermittelt bremste der Gejagte mitten auf der Straße ab und drehte sich um. Sein Blick machte Max klar, was jetzt zu erwarten war.

Noch mal erwischst du Arsch mich nicht!

Max rannte weiter in vollem Tempo auf ihn zu. Kurz bevor er ihn erreichte, sprang er nach vorne ab und prallte mit voller Wucht in die Beine des Riesen hinein. Der stürzte wie ein gefällter Baum über ihn hinweg nach vorn und schlug mit dem Gesicht hart auf den Asphalt. Max war sofort wieder auf den Beinen. Er griff nach dem Medaillon, das der Dieb fallen gelassen hatte.

»So, jetzt sind wir quitt«, sagte Max und lächelte den noch am Boden liegenden Kerl schadenfroh an.

Der gab keine Antwort. Er stand behäbig auf, spuckte Blut

aus und grinste Max an. Seine rechte Gesichtshälfte war aufgeschürft und blutete. Mit einem Griff in seine Jacke holte er eine Pistole hervor. Er richtete die Waffe auf Max und deutete auf das Medaillon.

»Na Großer«, stichelte Max, »hast wohl Schiss Mann gegen Mann zu kämpfen?«

»Halts Maul, du kleine Ratte. Gib mir sofort das Medaillon!« Er spannte den Hahn der Waffe. An seinem Gesichtsausdruck konnte Max sehen, dass es ihm Ernst war – todernst.

Er streckte den rechten Arm aus und hielt ihm das Medaillon hin. Hastig griff der Koloss nach dem Anhänger. In diesem Augenblick trat Max die Pistole aus seiner Hand. Sie schleuderte einige Meter weit über die Straße und blieb in der Mitte liegen. Er wollte sofort nachsetzen, versuchte noch einen Schlag mit seiner Faust anzubringen, aber der Kerl war schnell. Viel schneller. Er riss den Arm hoch und wehrte den Schlag mit Leichtigkeit ab. Dann trat er mit dem linken Bein gegen Max' Kopf. Durch die Wucht des Tritts stürzte er zu Boden und das Medaillon entglitt seiner Hand. Für einen Moment war alles schwarz und Sterne tanzten vor seinen Augen. Auf dem rechten Ohr hörte er nichts mehr. Er versuchte aufzustehen, aber seine Beine wollten ihm nicht gehorchen. Der Riese packte ihn brutal am Kragen und zog ihn hoch.

»Na Kleiner, noch Luft für die zweite Runde?«

Sein Grinsen verzog sich zu einer Fratze.

Max wollte irgendetwas antworten, da traf ihn der Kopfstoß mitten im Gesicht. Mit einem lauten Knacken brach seine Nase. Blut tropfte auf sein Hemd. Der Gigant stieß ihn von sich weg auf den Boden und trat ihm mit sichtlicher Freude noch mehrmals in die Rippen. Auch hier knackte es. Max stöhnte laut auf. Er schnappte nach Luft. Sein Peiniger ließ von ihm ab, ging gemächlich zu seiner Waffe und hob sie auf.

»Dann bringen wir die Sache mal zu Ende!«

Max schloss die Augen.

»Waffe fallen lassen!«

Wenige Meter hinter dem Koloss stand plötzlich ein Polizist mit gezückter Waffe.

»Wird's bald? Schön langsam auf den Boden legen.«

Der Hüne legte die Waffe auf den Boden und drehte sich hiernach behutsam um.

»Keine Dummheiten, Freundchen!« Der Polizist hielt seine Waffe im Anschlag und ging langsam auf ihn zu, während Max darum kämpfte, bei Bewusstsein zu bleiben.

»Okay, jetzt treten Sie ganz langsam ein paar Schritte von der Waffe zurück!«

Folgsam wie ein Lamm befolgte der Dieb die Anweisungen. Als der Polizist die Waffe erreicht hatte, ging er vorsichtig in die Knie, um sie aufzuheben. Seine Waffe hielt er dabei auf den Koloss gerichtet. Er nahm dessen Waffe an sich und steckte sie in seinen Gürtel.

»Drehen Sie sich um und nehmen Sie die Hände hinter den Rücken!«

Auch das tat der Hüne. Mit der linken nahm der Gesetzeshüter die Handschellen von seinem Gürtel. Er stand jetzt direkt hinter dem Dieb und wollte ihm die Fesseln anlegen. Aber jetzt war es mit dessen Folgsamkeit vorbei, mit einem urplötzlichen Ellenbogenschlag nach hinten entwaffnete er den Polizeibeamten. Gewandt wie eine Katze drehte sich der Riese und packte mit seinen gewaltigen Pranken den Kopf des Polizisten. Eine ruckartige Bewegung, ein kurzes Knacken und der Mann sank mit grotesk verdrehtem Genick zu Boden.

Der Hüne zog seine Waffe aus dem Gürtel des Polizisten und wollte sich wieder Max zuwenden, just als zwei Polizeiwagen mit laut erschallender Sirene um die Ecke bogen. Jetzt war keine Zeit mehr für ihn, er suchte das Medaillon. Sein Blick zuckte gehetzt hin und her, doch er konnte es nirgendwo sehen.

»Verdammt! Bis bald, Kleiner, wir sind noch nicht fertig miteinander«, rief er Max zu und lief fort in Richtung des Fähranlegers. Im Laufen feuerte er mehrmals auf den ersten nahenden Polizeiwagen. Die Bremsen des Wagens kreischten auf und kurz darauf krachte er gegen ein am Straßenrand geparktes Fahrzeug. Der Fahrer sackte tödlich getroffen über dem Lenkrad zusammen. Ein anhaltendes lautes Hupen ertönte.

Max stöhnte gequält und zog mit der rechten Hand das Medaillon unter seinem Körper hervor.

Kapitel 2

Das Medaillon

»Was haben Sie sich bloß dabei gedacht?« Direktor Ingstad war außer sich. Max Falkenburg saß ihm in seinem Büro gegenüber. Ein imposantes Pflaster bedeckte seine gebrochene Nase. Sein rechtes Auge begann, in allen Regenbogenfarben zu schimmern. Das Hemd, das er trug, war zur Hälfte aufgeknöpft und gab den Blick frei auf den Verband, der um seine Rippen gelegt worden war. Das Dröhnen in seinem Kopf erschien ihm jetzt um ein Vielfaches schlimmer als noch vor ein paar Stunden. Er fühlte sich elend.

»Sie haben verdammtes Glück, dass Sie mit dem Leben davongekommen sind!«

Max wusste, dass der Direktor recht hatte. Wäre der Polizist nicht aufgetaucht, würde Max jetzt an dessen Stelle mit einem Zettel am großen Zeh in der Leichenhalle aufgebahrt liegen.

Armes Schwein, dachte Max.

»Ich konnte doch nicht ahnen, dass ich einen schießwütigen Irren verfolge«, rechtfertigte er sich. »Wenigstens habe ich das Medaillon wieder bekommen!«

»Ja, aber zu welchem Preis?«, fragte Ingstad. »Zwei Menschen sind tot!«

»Glauben Sie etwa, das ist meine Schuld?«, blaffte Max zurück. »Mir wäre auch lieber gewesen, ich hätte den Kerl erwischt, ohne dass jemand getötet worden wäre.«

»Ganz ruhig, Herr Falkenburg«, beschwichtigte Direktor Ingstad ihn. »Ich weiß ja, dass es nicht Ihre Schuld ist.«

Haakon Ingstad ließ sich in seinen Schreibtischstuhl sinken. Er machte einen zutiefst beunruhigten Eindruck. Auch in Max dröhnendem Schädel rasten die Gedanken umher. Der Diebstahl des Medaillons. Die zwei toten Polizisten. Was mochte an diesem kleinen Anhänger nur so wichtig sein, dass jemand dafür tötete? Er betrachtete das Medaillon genauer. Gewöhnlich, absolut nichts Besonderes. Ein rundes Amulett aus Silber, in der Mitte war ein Hammer eingraviert. Thors Hammer Mjœllnir, ein häufig vorkommendes Symbol der Wikinger. Es sah aus wie viele der anderen Medaillons, die es im Museum in der Ausstellung zu sehen gab. Und doch musste es etwas geben, das dieses von den anderen unterschied.

»Was kann der Dieb damit nur gewollt haben?«, sprach er die Frage aus seinen Gedanken laut aus.

»Ich weiß es nicht, Herr Falkenburg. Aber ich werde versuchen, ebendies herauszufinden.«

Ingstad nahm das Medaillon vom Schreibtisch. Er stand auf und ging zum Fenster.

»Ist Ihnen etwas an dem Dieb aufgefallen?«, fragte er, während er es genau betrachtete.

»Sie meinen abgesehen davon, dass er ein eiskalter Killer ist?«

»Ja, abgesehen davon.«

»Ich habe der Polizei und Ihnen doch schon alles mehrmals erzählt«, sagte Max.

»Ein Zweimeterhüne, blond, um die dreißig Jahre alt und

offensichtlich mit Nahkampfausbildung. Was ist mit seiner Waffe? Sie sagten, es könnte eine russische Pistole gewesen sein?«, fragte der Direktor.

»Es war eine Makarow«, sagte Max mit Bestimmtheit. Diese Pistole hatte er zum Ende des Zweiten Weltkriegs öfter gesehen, als ihm lieb war. »Aber der Kerl war bestimmt kein Russe.«

»Was macht Sie da so sicher?«

»Er sprach absolut akzentfrei. Einen russischen Akzent hätte ich sofort erkannt.«

»Hm, genau wie Sie«, sagte Ingstad.

»Wie darf ich das denn verstehen?«

»Nun, Sie sind auch kein Norweger. Trotzdem sprechen Sie die Sprache perfekt.«

»Kunststück. Ich lebe seit meiner Kindheit hier«, sagte Max. Zum Glück sprach er akzentfrei norwegisch. Andernfalls hätte er wohl einige Probleme mehr gehabt.

»Bei Ihrem Angreifer könnte es sich ähnlich verhalten.«

»Warum glauben Sie, dass er kein Norweger ist?«

»Nichts Genaues, es ist mehr so ein Gefühl ...«, Haakon Ingstad stockte, »aber das ist jetzt auch nicht von Belang. Versuchen wir lieber, mehr über dieses Medaillon herauszubekommen.« Er drehte den kleinen Anhänger in seiner Hand, besah es kurz und warf es dann Max zu.

»Schauen Sie es sich noch mal eingehend an. Womöglich finden Sie etwas, das ich übersehen habe.«

Max betrachtete das Medaillon genau. Er drehte es in seiner Hand. Die Rückseite war blank. Nochmals sah er sich die Vorderseite an. Er stutzte.

»Sind das Runen auf dem Hammer?« Er hielt Direktor Ingstad das Medaillon hin. Im Kopf des Hammers waren feine Linien zu erkennen.

»Hm, meine Augen sind wohl doch nicht mehr so scharf, wie ich dachte. Ja, Sie haben recht. Das sind tatsächlich Runen!«

»Können Sie die Runen lesen?«

Direktor Ingstad lächelte. »Nein, diese nicht. Aber ich kenne jemanden, der es sicher kann.«

Kapitel 3

Die Professorin

Der Nachmittag war längst vorbei und es begann bereits zu dämmern. Mittlerweile regnete es schon seit Stunden unaufhörlich. Der Himmel sah immer noch bedrohlich dunkel aus. Es donnerte in kurzen Abständen. Die Scheibenwischer von Direktor Ingstads Volvo wischten unablässig auf und ab. Trotzdem war die Sicht sehr verschwommen. Die Straße stand teilweise unter Wasser, die Abwasserschächte liefen voll. Während sie schweigsam durch den Regen fuhren, ließ das Dröhnen in Max' Kopf nach und wich einem gepflegten Kopfschmerz. Max wusste aber nicht genau, ob die noch von seinem gestrigen Saufgelage oder vom Tritt dieses Mistkerls resultierten. Viel schlimmer war allerdings, dass er Hunger hatte. Großen Hunger. Aber statt sich jetzt zu Hause auf seiner Couch zu fläzen und etwas zu essen, fuhr er mit Direktor Ingstad zu einem Experten für das Entziffern von Runen. Der Direktor hatte darauf bestanden, dass Max ihn begleitete. Widerwillig hatte er zugestimmt, weil er in Direktor Ingstads Schuld stand. Ohne dessen Fürsprache würde er jetzt immer noch bei der Polizei sitzen und seine Aussage zum dreiundzwanzigsten Mal zu Protokoll geben. Die Polizisten waren gar nicht erfreut darüber, als sie feststellten, dass er Deutscher war. Ihr Verhalten ihm gegenüber änderte sich augenblicklich. Von freundlich zu feindselig. Er wurde vom Opfer zum Täter. Bevor die Situation auf der Polizeiwache für ihn zu brenzlig wurde, tauchte Direktor Ingstad auf und binnen weniger Minuten durfte er die Wache verlassen.

»Ist das Ihr Magen, der hier rumort?«, fragte Ingstad.

»Ja, ist er«, sagte Max.

»Versuchen Sie, ihn noch eine Weile im Zaum zu halten.«

»Kein Problem!« *Und ob das ein Problem ist! Ein Königreich für ein Steak.*

Max biss die Zähne zusammen und versuchte, an etwas anderes zu denken, als an seinen Hunger.

»Wo fahren wir eigentlich hin?«, fragte er.

»Seien Sie nicht so ungeduldig«, erwiderte der Direktor. »Wir sind gleich da und dann bekommen Sie die Antwort auf Ihre Frage.«

Der Volvo des Direktors bog um die Straßenecke. Max erkannte vor ihnen den steil aufragenden Turm der Domkirche Oslos. Kurz hinter der Kirche kam der Wagen zum Stehen.

»Wir sind da.«

»Wollen Sie mich etwa jetzt noch in die Kirche schleppen?«, fragte Max.

»Wie käme ich denn dazu? Nein, keine Angst. Wir gehen dorthin.« Ingstad deutete mit dem Finger auf ein großes rotes Backsteinhaus auf der gegenüberliegenden Straßenseite. Er stieg aus, Max folgte ihm. Schnell rannten sie durch den Regen an die Tür des Hauses. Direktor Ingstad drückte die oberste Klingel. Max konnte den Namen auf dem Klingelschild nicht erkennen. Kurz danach erklang das Summen des Türöffners. »Kommen Sie, Herr Falkenburg. Wir müssen in den vierten Stock«, sagte Ingstad.

Na klasse. Mir bleibt heute auch nichts erspart. Max seufzte leise und folgte dem Direktor die Stufen hinauf.

Nach genau fünfundsiebzig Stufen erreichten sie die Wohnung. Die Tür öffnete sich. Eine ältere Frau stand im Türrahmen. Ihre Augen waren ebenso grau wie ihre Haare. Sie musterte sie eingehend mit einem strengen Blick. Max kannte die Frau nur zu gut.

Victoria Magnusson.

Sie war Professorin für Altertumsforschung an der Universität von Oslo. Und sie kannte ihn auch. Schließlich war sie der Grund dafür, dass er exmatrikuliert worden war.

»Haakon Ingstad. Was beschert mir das Vergnügen, dich hier mal wieder zu sehen?«, sagte sie. »Aber warum hast du diesen Kerl im Schlepptau?« Die letzten Worte sprach sie besonders verächtlich aus. Max hätte gerne etwas erwidert, aber der Direktor kam ihm zuvor.

»Victoria. Meine Liebe, bezaubernd wie eh und je siehst du aus! Wir haben uns viel zu lange nicht gesehen«, sagte Haakon mit ordentlich Honig in der Stimme. »Ich habe hier etwas, bei dem ich der Hilfe der besten Runenexpertin der Welt bedarf!«

Er zog das Medaillon aus seiner Jackentasche und hielt es Victoria Magnusson unter die Nase. Sie blickte kurz darauf und dann wieder zu Ingstad.

»Du alter Charmeur. Dann kommt rein und ich will sehen, ob ich dir behilflich sein kann.«

Sie öffnete die Tür weit und ließ sie eintreten.

Ihre Stimme klingt, als ob sie just Kreide gefressen hätte, dachte Max. Er spürte, wie sie ihm einen bösen Blick zuwarf, als er hereinkam.

Im Flur kroch ein süßlich-würziger Geruch in Max' Nase. Instinktiv krampfte sich sein Magen zusammen. Auch der Direktor hatte die Ausdünstung bemerkt. Seinem Gesicht war deutlich anzusehen, dass auch er den widerlichen Brodem in Victoria Magnussons Wohnung verabscheute.

»Ich habe gerade Pastinakenpudding gekocht. Er kühlt nur

noch ein wenig ab, wenn du magst, kannst du gerne etwas davon probieren, Haakon«, sagte die Professorin hinter ihnen.

»Vielen Dank, Victoria, aber ich habe schon gegessen.«

Max konnte sich ein Grinsen nicht verkneifen.

Alter Lügner!

»Na gut, aber du ahnst ja nicht, was du verpasst. Geradewegs durch, bitte, da ist meine Bibliothek.«

Der weitläufige Raum lag im Halbdunkel. Nur eine einsame Stehleuchte spendete ein wenig Licht in dem großzügig geschnittenen Zimmer. Max fühlte sich, als ob er die Gruft eines Vampirs betrat. Nur dass die Blutsauger liebenswürdiger waren und mit Sicherheit mehr Geschmack in Einrichtungsfragen hatten. Alle Möbel in Victoria Magnussons Bibliothek waren dunkel. Braune Sessel, schwarze Regale und dazu ein tiefroter Holzfußboden, der hervorragend mit der dunkelgrünen Tapete mit Ornamentmuster harmonierte.

An der Stirnwand des Zimmers hing ein Ölgemälde, das anscheinend einen Urahnen der Professorin darstellte. Auch der Vorfahre besaß denselben warmherzigen Blick wie seine liebreizende Nachfahrin. Der Fensterwand gegenüber erhob sich ein imposantes Bücherregal. Auf dem kleinen Tisch neben ihrem braunen Sessel stand ein Glas Rotwein.

»Darf ich dir was zu trinken anbieten, Haakon?«, fragte Victoria Magnusson.

»Danke nein«, sagte der Direktor. Sie überging Max, als ob er gar nicht anwesend wäre.

»Nimm doch bitte Platz.« Sie deutete auf das leicht abgewetzte braune Ledersofa.

Haakon Ingstad setzte sich. Max nahm neben ihm Platz, auf eine Aufforderung von Victoria Magnusson brauchte er nicht zu hoffen. Die Professorin ließ sich in ihrem Sessel nieder und setzte eine Brille auf.

»Es ist fraglos eine Freude, dich wiederzusehen, Haakon. Und was Sie betrifft, Herr Falkenburg, so scheint es mir, dass

Ihre Beliebtheit auch außerhalb der Universität exorbitant gelitten hat.« Sie lehnte sich in ihrem Sessel zurück. Ihre Mundwinkel krümmten sich leicht nach oben, ein kläglicher Versuch des Lächelns. Max blickte sie starr an, vermied es jedoch, auf ihre Provokation einzugehen.

»Herr Falkenburg wurde heute bei einem Diebstahlversuch im Museum Opfer eines Angriffs. Der Täter hatte vor, dieses Medaillon zu stehlen, was Herr Falkenburg durch seinen Einsatz vereiteln konnte«, erklärte Direktor Ingstad. Die Ermordung der zwei Polizisten verschwieg er Victoria Magnusson.

»Vielleicht war der Dieb ein Freund von Herrn Falkenburg. Wer versucht, mit gestohlenen Prüfungsaufgaben zu handeln, kommt vermutlich auch auf solche Ideen«, sagte Victoria Magnusson in finsterem Tonfall.

»Ich bitte dich, Victoria! Herr Falkenburg weiß wohl besser als jeder andere, dass er einen Fehler gemacht hat. Und er hat teuer dafür bezahlt. Können wir diese unerfreuliche Geschichte nicht ruhen lassen?«

»Also gut, dann zeig mir dieses Medaillon doch mal genauer.«

Haakon Ingstad reichte ihr die kleine Medaille. Sie nahm sie prüfend in die Hand, drehte sie einige Male und fokussierte mit ihrem Adlerblick zuletzt die Vorderseite. Nach längerer Prüfung schaltete sie eine weitere Stehlampe ein.

»Mit Sicherheit ein sehr altes Stück. Schätzungsweise eintausend nach Christus. Aus Island.« Ihre Stimme verriet keinerlei emotionale Regung.

»Du erstaunst mich«, sagte Haakon. »Woran erkennst du das so schnell?«

Sie lachte laut auf. Für Max klang es, als ob eine Harpyie lachen würde.

»Kleinigkeit«, sagte sie, »diese Darstellung von Mjœllnir

findet sich häufiger in isländischen Funden dieser Ära. Aber diese Runen ... die wiederum sind wohl einzigartig.«

Jetzt bekam ihre Stimme auf einmal doch etwas Farbe, fand Max.

»Inwiefern?«, fragte Haakon Ingstad. Auch sein Tonfall verriet Aufregung.

»Es scheint mir eine Art Warnung zu sein«, sagte Victoria Magnusson.

»Eine Warnung? Wovor?«

»Ganz ruhig, mein Lieber.« Die alte Professorin lachte erneut. Max dröhnte immer noch der Kopf, sein Magen knurrte bösartig und das Lachen dieser Frau brachte ihn an den Rand des Ertragbaren.

»Nun sagen Sie schon«, entfuhr es ihm.

Victoria Magnusson funkelte ihn aus ihren unbarmherzig grauen Augen an.

»Halten Sie den Mund, Falkenburg«, sagte sie scharf. Dann wandte sie sich erneut Haakon Ingstad zu. »Warnung trifft es nicht genau. Viel eher eine Mahnung.«

»Wie lautet sie?«

»Störet seine Ruhe nicht!«

»Wessen?«

»Na, Mjœllnirs natürlich.«

Einen Moment lang war es totenstill in dem gruftähnlichen Arbeitszimmer.

»Das klingt zumindest nicht wie eine Einladung«, bemerkte Haakon Ingstad schließlich. »Steht noch etwas auf dem Amulett?«

»Nicht mehr.«

»Was meinst du damit? Stand da einst mehr?«, fragte Haakon.

Victoria Magnussons Augen funkelten erneut auf. Sie genoss sichtlich ihren Wissensvorsprung gegenüber ihren Gästen.

»Ich wundere mich über dich, Haakon. Ist dir denn gar nichts an dem Medaillon aufgefallen?« Sie reichte es an Ingstad zurück.

Der Direktor musterte die kleine Plakette nochmals eingehend.

»Tut mir leid, Victoria, ich erkenne nicht, worauf du hinauswillst.« Er zuckte resignierend mit den Schultern. »Max, werfen Sie bitte noch mal einen Blick darauf.«

»Ebenso gut könntest du einen Hund darum bitten.« Victoria Magnusson machte ein verächtliches Gesicht. Max kannte diesen Ausdruck nur zu gut. Er griff nach dem Medaillon und sah es sich genauer an. Auf der Vorderseite war außer der Abbildung von Mjœllnir mit den feinen Runen darin, nichts weiter zu erkennen. Die Rückseite war leer, total blank. Er tastete sie vorsichtig mit seinen Fingern ab.

»Die Rückseite war nicht immer blank«, sagte er plötzlich. »Was immer auch darauf stand, es wurde weggeschliffen.«

»Bravo, Herr Falkenburg. Zu schade, dass ein Genie Ihres Schlages die Universität verlassen musste!« Victoria Magnusson machte sich nicht viel Mühe, ihre Abneigung Max gegenüber zu verbergen.

»Victoria, bitte lass das Gestichel doch.«

Haakon Ingstad beugte sich vor und legte seine rechte Hand beschwichtigend auf ihren Oberschenkel.

»Warum sollte jemand die Rückseite des Medaillons blank geschliffen haben?«, fragte er sie.

»Um zu verhindern, dass irgendwer die Ruhe Mjœllnirs stört?« Max biss sich schnell auf die Lippe, aber die erwartete spöttische Bemerkung seiner ehemaligen Professorin blieb diesmal aus.

»Da hörst du es, mein lieber Haakon. Dein Musterschüler hat recht«, sagte sie. »Wie es mir scheint, hast du hier ein Medaillon gefunden, welches bisher nur in der Legende existierte!«

»Ich fürchte, ich kann dir wieder nicht folgen, Victoria«, sagte Haakon. Victoria Magnusson blickte Max direkt in die Augen, aber er verkniff sich jede Bemerkung.

»Wie vertraut bist du mit der Leif-Eriksson-Saga?«

»Ich kenne sie in- und auswendig«, erwiderte Ingstad.

»Sag das nicht zu vorschnell, Haakon. Du glaubst, damit vertraut zu sein. Aber auch du kennst nur den Standard-Sermon über ihn wie alle anderen auch. Ich im Unterschied dazu habe über Jahrzehnte hinweg die alten Legenden eingehend studiert.« Victoria Magnussons Stimme bekam einen triumphierenden Klang. Sie nahm einen Schluck von ihrem Rotwein und redete weiter.

»Die Entdeckung Amerikas und all das Geschwätz über ihn ist nichts anderes als eine Ablenkung. Eine überaus gut gemachte freilich. Natürlich hat er Amerika betreten, entdeckt haben es bekanntermaßen schon andere vor ihm. Nein, der Zweck seiner Reise war ein anderer. Er wollte Mjœllnir fortbringen aus Grönland!«

»Du willst mir weismachen, dass es Thors Hammer wirklich gegeben hat?«, fragte Haakon Ingstad mit skeptischer Miene.

»Wie gesagt, es ist nur eine alte Legende. Leifs Vater – Erik der Rote – musste Norwegen verlassen und ins Exil nach Island gehen wegen eines Mordes. Auch aus Island musste er sich später aus dem gleichen Grund abkehren. Danach entdeckte er Grönland. Von dort aus kehrte er zurück, um Siedler um sich zu scharen. Warum glaubst du, sollten die Leute einem Mörder auf eine unbekannte Insel gefolgt sein? Noch dazu eine so trostlose Gegend, wo Eis, Kälte und Hunger herrschen?«, fragte Victoria.

»Erik der Rote ist also deiner Meinung nach im Besitz des Mjœllnir gewesen?«

»Nicht nur im Besitz des Hammers. Niemand konnte Thors Hammer heben, geschweige denn anfassen, ohne den

Megingjarder, den Gürtel Thors, der immer wieder neue Kräfte verleiht, und seine Eisenhandschuhe anzulegen, die verhinderten, sich an dem glühenden Blitzhammer die Hand zu verbrennen. Erik besaß alle diese Gegenstände. Ihretwegen musste er aus Norwegen fliehen sowie auch aus Island. Die Morde wurden nur zum Verschleiern dieses Umstandes in die Saga eingefügt.«

»Was hat diese Legende denn mit dem Medaillon zu tun?«

»Geduld. Mjœllnir, der Zermalmer, hatte nicht nur die Macht, Blitze zu schleudern und Gebirge zu zerschmettern. Der Legende nach verleiht Mjœllnir seinem Träger auch die Herrschaft über das Wetter. Mithilfe des Hammers konnte Erik aus einem vereisten, unwirtlichen Stück Land einen grünen, blühenden Ort machen. Der Name Grönland hatte durchaus seine Berechtigung. Der Eriksfjord war ein fruchtbares Stück Land. Deshalb gelang es Erik, neue Siedler zu finden, die ihm dorthin folgten. Aber Mjœllnir bringt seinem Träger kein Glück, im Gegenteil. Wann immer er eingesetzt wurde, zog er das Unheil auf seinen Herrn. Aus diesem Grund war Erik der Rote ständig auf der Flucht. Vor denen, die ihm nach dem Hammer trachteten und vor den Dämonen, die er durch den Einsatz Mjœllnirs heraufbeschwor. Sein Sohn Leif Eriksson, auch genannt Leif der Glückliche, wollte dem ein Ende bereiten. Er bemächtigte sich des Hammers und schwor, ihn dort zu verbergen, wo niemand ihn finden könne. Er brachte Mjœllnir fort nach Markland.«

»Nach Markland? Du meinst Amerika?«, fragte Haakon.

»Markland meine ich. Also das Amerika, das Leif Eriksson um eintausend nach Christus entdeckt hat«, entgegnete sie süffisant.

»Also genau genommen das heutige Kanada«, warf Max ein.

»Zumindest ist es nicht Brasilien«, bemerkte Victoria Magnusson scharfzüngig.

»Warum hat er den Hammer nicht einfach ins Meer geworfen?«

»So einen mächtigen Gegenstand wirft man nicht einfach ins Meer. Sicherlich hatte Leif im Hinterkopf, den Hammer irgendwann wieder zu holen. Daher das Medaillon. Der Legende nach gravierte er es mit den genauen Angaben, wo der Hammer zu finden ist.«

»Und du glaubst, dieses Medaillon ist jenes, von dem die Legende erzählt?«, fragte Haakon.

Victoria Magnusson lehnte sich in ihrem Sessel zurück und nahm noch einen Schluck Rotwein. Ein geheimnisvolles Lächeln umspielte ihre schmalen Lippen.

»Ich habe dir nur von einer alten Sage erzählt. Was du daraus machst, ist deine Sache.«

»Du hast mir sehr geholfen, Victoria. Ich danke dir vielmals«, sagte Haakon. »Wir wollen deine Gastfreundschaft nicht überstrapazieren.«

Der Direktor stand auf. Max hielt immer noch das Medaillon in der Hand und betrachtete die blanke Rückseite.

»Ich helfe gerne. Vor allem dir, mein Lieber.« Sie stellte ihr Rotweinglas ab, stand ebenfalls auf und umarmte Haakon.

»Lass nicht wieder so viel Zeit verstreichen bis zu deinem nächsten Besuch«, flüsterte sie.

»Ich werde mein Möglichstes tun. Kommen Sie, Max, wir gehen.«

Sie verließen die Wohnung und gingen die fünfundsiebzig Stufen wiederum hinab. Max war froh, aus dieser Gruft herauszukommen.

»Können Sie mir jetzt sagen, warum ich Sie hierher begleiten musste?«, fragte Max.

»Später. Ich glaube, Sie müssen mir noch einen weiteren Gefallen tun«, sagte Direktor Ingstad. »Sie werden eine Dienstreise fürs Museum machen müssen.«

»Aha. Bleibt noch Zeit, um vorher etwas zu essen?«, fragte Max.

»Nein. Kommen Sie, ich erkläre es Ihnen auf dem Weg zu Ihrer Wohnung.«

Victoria Magnusson stand am Fenster ihrer Wohnung und beobachtete, wie die beiden Männer in den grauen Volvo stiegen und losfuhren. Ein Zittern durchfuhr ihren Körper und leichter Schwindel überkam sie. Die Anspannung fiel von ihr ab. Es hatte sie enorme Willenskraft gekostet, die Beherrschung vor ihren Besuchern nicht zu verlieren und sich nichts anmerken zu lassen. Sie musste sich kurz auf die Fensterbank aufstützen und wartete, bis ihr Kopf langsam wieder klarer wurde. Ihre Gedanken rasten wild umher. *Das Medaillon! Es existiert also wirklich! Nach all diesen Jahren wurde es endlich gefunden. Es darf nicht im Besitz von Haakon und diesem Nichtsnutz bleiben!*

Sie ging vom Fenster fort in den Flur, wo ihr Telefon stand. Sie hielt einen Moment inne, begann dann aber zu wählen. Bereits nach wenigen Augenblicken meldete sich ihr Gesprächspartner.

»Hallo, hier spricht Victoria Magnusson. Ich habe bedeutende Neuigkeiten für Sie.«

Kapitel 4

Freder

»Was soll das heißen, du hast das Medaillon nicht? Stattdessen killst du zwei Bullen und hetzt halb Oslo gegen uns auf.«

Freder war außer sich vor Wut. Es hatte nur ein einfacher kleiner Diebstahl im Museum sein sollen, jetzt war es Doppelmord. Nicht dass er diesbezüglich Skrupel hätte, ganz sicher nicht. Er hatte mehr Blut an seinen Händen kleben als jeder Schlachter. Aber diese zwei toten Polizisten passten ihm im Moment überhaupt nicht in den Plan. Praktisch gesehen war er damit schon gescheitert.

»Ein Typ vom Museumspersonal hat mich verfolgt und mir das Medaillon abgejagt«, sagte Gero ruhig. Er schien sich keine Gedanken zu machen wegen irgendwelcher toten Polizisten. In aller Ruhe versorgte er seine Wunden im Gesicht vor dem Spiegel.

»Und warum hast du den nicht umgebracht anstelle der Bullen? Das wäre nicht so ein Problem für uns!«

Freder brachte Geros Gelassenheit in Rage.

»Das hatte ich vor, hat nur nicht geklappt. Und dann tauchten schon die Bullen auf.«

Geros Stimme strahlte eine stoische Ruhe aus.

»Ja und obendrein verdankst du dem Kerl wohl die Schrammen im Gesicht.« Freder lachte.

»Lach nur. Aber eventuell gibt es doch noch was vorzuweisen – eine interessante Information.«

»Was du nicht sagst. Was sollte das für eine *›interessante Information‹* sein?«

»Der Kerl aus dem Museum, der mich verfolgt hat – er hört auf den Namen Falkenburg.«

»Bist du dir da sicher?«, fragte Freder. Auf einmal wurde er hellhörig.

»Absolut. Ich habe gehört, wie der Museumsdirektor seinen Namen genannt hat.« Gero lächelte.

»Das könnte für uns durchaus von Nutzen sein. Wer hätte gedacht, dass der Sohn von Falkenburg noch am Leben ist und sich dazu noch in Oslo aufhält?«

Freders Stimmung hellte sich wieder ein wenig auf. Falls ihre Mission hier in Oslo auch scheitern sollte, bestand noch die Möglichkeit, Falkenburg zu schnappen. Es gab eine Menge Leute, die sich freuen würden, den Sohn des Verräters in die Hände zu kriegen. Vorerst war es aber wichtiger, an das Medaillon zu gelangen.

»Welche Chancen gibt es noch für uns, das verdammte Ding zu beschaffen?«, fragte Freder.

Gero zuckte mit den Schultern. Er war fertig mit dem Versorgen seiner Wunden. Seine rechte Gesichtshälfte war mit Pflastern übersät.

»Ich sehe schon, du fällst für weitere Aktionen erst mal aus. Mit diesem Mumien-Aussehen erregst du eindeutig zu viel Aufmerksamkeit«, sagte Freder.

»Ich muss ja nicht tagsüber in Aktion treten«, erwiderte Gero.

»Wir müssen sichergehen, dass wir das Medaillon im zweiten Versuch bekommen. Sonst bekommen wir Schwierigkeiten mit Ivan. Und du weißt, was das heißt!«

Ihm war gar nicht wohl bei dem Gedanken daran, was der Russe mit ihnen machen würde, sollten sie mit leeren Händen zurückkehren.

»Du machst dir zu viele Sorgen, Freder. Natürlich werden wir Erfolg haben.«

Das Klingeln des Telefons ließ sie beide zusammenzucken.

Freder blickte erst zu Gero, dann zum Telefon. Nach kurzem Zögern ging er zu dem Apparat und nahm den Hörer von der Gabel. »Ja?«

Kapitel 5

Aufbruch

»Nein. Da mache ich nicht mit!«

»Herr Falkenburg, ich bitte Sie! Es ist mir wichtig, dass Sie das Medaillon nach Island bringen.«

Max saß mit vor der Brust verschränkten Armen auf der Couch seines kleinen Einzimmerappartements und starrte Direktor Ingstad konsterniert an. Die Gedanken in seinem Kopf gingen wirr durcheinander. Der Diebstahl, das Verhör bei der Polizei, der Besuch bei seiner ehemaligen Professorin und jetzt die Bitte von Direktor Ingstad, Hals über Kopf nach Island zu reisen.

»Warum können Sie das Medaillon nicht einfach dorthin schicken?«, fragte Max den Direktor.

»Weil es keine Adresse gibt, an die ich es senden könnte. Aber ich weiß, dass sich zufällig ein alter Freund von mir, Professor Frederick Crichton, derzeit zu Ausgrabungen in Island aufhält. Er ist ein amerikanischer Archäologe, einer der besten auf seinem Gebiet.«

»Wie schön. Dann fahren Sie doch selber zu ihm«, sagte Max. Er verspürte nicht die geringste Lust darauf, nach Island zu fliegen, um dort nach einem Archäologen zu suchen.

»Maximilian, ich bitte Sie noch einmal inständig«, sagte Haakon Ingstad.

Max zuckte zusammen. So hatte ihn schon seit Jahren niemand mehr genannt, abgesehen natürlich von Selma, aber das war etwas anderes. Sein Vater war der Letzte, der ihn mit seinem vollen Namen angesprochen hatte. Das war kurz vor seiner Exekution durch die Nazis. *Maximilian, gib niemals auf!* Das waren seine letzten Worte an ihn. Kurz darauf wurde er von den Nazis geschnappt und auf der Stelle exekutiert. Das war vor sieben Jahren. Max überlebte die Aktion *›verbrannte Erde‹* versteckt in einem Keller. Er konnte hören, wie die Nazis seinen Vater erschossen. Als Kollaborateur war er getötet und in ein Massengrab geworfen worden. Er verwarf die Gedanken an seinen Vater und konzentrierte sich wieder auf die Gegenwart.

»Weshalb unbedingt ich? Sie könnten doch jemand anderen aus dem Museum nach Island schicken. Jarne zum Beispiel.«

»Weil ich Ihnen absolut vertraue, Herr Falkenburg. Sie wissen, ich kannte Ihren Vater gut. Aus diesem Grund weiß ich auch, dass Sie mich nicht enttäuschen werden«, sagte Haakon Ingstad.

»Sie vertrauen mir? Das ist ja mal was ganz Neues. Noch heute Morgen haben Sie mir mit Rausschmiss gedroht. Und jetzt soll ich für Sie nach Island fliegen, um ein legendäres Medaillon zu übergeben.« Sarkasmus schwang in Max' Stimme mit.

»Ich hätte Sie nicht entlassen. Aber jetzt bleibt mir keine andere Wahl mehr. Die Polizei hat mir deutlich zu verstehen gegeben, dass Sie das Land schnellstmöglich verlassen sollten.«

»Was, ich glaub, ich spinne? Das sagen Sie mir erst jetzt, so ganz nebenbei?« Max sprang von der Couch auf. »Sie schmeißen mich raus und sagen mir, ich soll das Land für immer verlassen? Und wo soll ich dann hin? Zurück nach Deutschland kann ich nicht.«

»Beruhigen Sie sich und setzen Sie sich wieder hin«, sagte Haakon Ingstad mit Nachdruck. »Sie werden entlassen, ja. Daran kann ich nach diesem Vorfall von heute Morgen nichts ändern. Sie sind schließlich Deutscher und wissen, was das hier in Norwegen nach dem Krieg bedeutet. Es war schwierig genug, Sie da herauszuholen. Aber vorher bekommen Sie von mir noch diesen letzten Auftrag, Professor Crichton das Medaillon zu bringen. Selbstverständlich bezahlt das Museum großzügig dafür. Im Voraus versteht sich.«

»Und was mache ich dann in Island?«, fragte Max.

»Ich werde Professor Crichton bitten, sich Ihrer anzunehmen. Er kann Ihnen die Einreise in die Vereinigten Staaten ermöglichen und womöglich auch einen Studienplatz dort verschaffen.«

»Ach und wer sagt, dass ich das überhaupt will?«

»Seien Sie nicht töricht, Maximilian. Das ist Ihre einzige und beste Chance auf ein neues und vernünftiges Leben. Oder wollen Sie ewig in so einer heruntergekommenen Behausung hocken? Was hält Sie denn noch hier? Ihr Vater ist tot.«

Haakon Ingstad schaute abfällig in die kleine Wohnung. Max folgte seinem Blick. Er wusste, dass der Direktor recht hatte. Welche Zukunft blieb ihm hier in Norwegen? Es war an der Zeit die Vergangenheit hinter sich zu lassen und etwas Neues zu beginnen. Und die Chance, dies in den Vereinigten Staaten zu tun, war sehr wohl reizvoll.

»In Ordnung. Sie haben mich überzeugt – Haakon.« Max lächelte spitzbübisch. »Wann soll ich losfliegen?«

»Sofort! Packen Sie ein, was Sie brauchen, den Rest sehen Sie nie wieder. Wir treffen uns gleich im Museum.«

Haakon Ingstad stand auf und ging zur Wohnungstür. Dort angekommen drehte er sich noch mal zu Max um.

»Und seien Sie vorsichtig. Ich vermute, Ihren Angreifer von heute Morgen haben Sie nicht zum letzten Mal gesehen.«

Kapitel 6

Flucht

Es war stockdunkel, als Haakon Ingstad mit seinem Volvo auf den großen Vorplatz des Museumsgeländes fuhr. Es regnete immer noch, aber nicht mehr dermaßen heftig wie vor ein paar Stunden. Das Donnern war verklungen und es zuckten auch keine Blitze mehr vom Himmel hinunter. Der Direktor stellte seinen Wagen direkt vor dem Haupteingang ab und zog den Zündschlüssel. Er stieg aus dem Auto, schloss die Tür und rannte hastig zum Eingang und betrat das Museum. Gleich nach dem Eingangsbereich war links die Treppe, die zu seinem Büro hinauf führte. In seinem Arbeitszimmer setzte er sich an seinen Schreibtisch und holte aus der obersten Schublade eine Metallkassette heraus. Er öffnete sie und zählte das Geld, das sie enthielt.

Zehntausend Kronen, nicht eben genug, um sich eine neue Existenz aufzubauen, dachte der Direktor. *Für den Anfang muss es reichen.*

Das Geld steckte er in einen Umschlag, die Kassette stellte er zurück in die Schublade. Aus dem unteren Fach nahm er einen Briefblock und begann, die Kündigung für Maximilian Falkenburg zu schreiben. Als er damit nach einigen knappen

Sätzen fertig war, schrieb er einen Brief an seinen alten Freund, Frederick Crichton. Das Anschreiben steckte er in einen Briefumschlag und schob diesen in den größeren Umschlag mit dem Geld. Auf die Kündigung setzte er noch den offiziellen Stempel des Museums und ließ sie direkt auf seinem Schreibtisch liegen. Er würde sie Falkenburg gleich in die Hand geben. Er sah aus dem Fenster und schaute eine Weile zu, wie die Regentropfen gegen die Scheibe prasselten. Dann begann er, noch einen dritten Brief zu schreiben, an seinen Sohn.

Max war fertig mit Packen. Es hatte nicht lange gedauert. Nun war sein gesamter Besitz in einem Seesack verstaut und dieser war nicht einmal zur Hälfte gefüllt. Er blickte noch mal in seine Wohnung. Sie erschien ihm jetzt noch trostloser als zuvor. Auf der kleinen Fensterbank sah er ein Bild, das ihn mit seinem Vater zeigte. Die Aufnahme war in Ägypten gemacht worden, im Hintergrund war die große Pyramide zu sehen. Die Entscheidung, sein bisheriges Leben hinter sich zu lassen, schien ihm jetzt absolut richtig. Er hatte sich viel zu lange an sein klägliches Leben ohne jegliche Perspektive geklammert. Jetzt war es an der Zeit, etwas Neues zu beginnen, den Schritt zu wagen. Entschlossen ging er zur Fensterbank, nahm das Bild und stopfte es in seinen Seesack. Dann schmiss er den Beutel über die Schulter und ging zur Tür. Ohne zu zögern, ging er aus der Wohnung und schloss das Portal zu seinem bisherigen Leben hinter sich.

Als Max durchnässt im Museum ankam, wartete Haakon Ingstad schon ungeduldig in der Eingangshalle auf ihn.

»Da sind Sie ja endlich. Ich habe mir schon Sorgen gemacht«, sagte Ingstad.

Max fiel auf, dass der Direktor ungewöhnlich nervös war.

Das kannte er von Haakon Ingstad nicht, er hatte ihn immer als sehr souveränen, ruhigen Mann erlebt.

»Ist alles in Ordnung mit Ihnen?«, fragte Max.

»Ja, machen Sie sich keine Sorgen. Beeilen wir uns lieber. Hier in dem Umschlag ist der Brief für Professor Crichton und das Geld für Sie«, sagte der Direktor.

Max nahm den Umschlag an sich und nahm das Geld heraus.

»Wie viel ist das? Fünftausend?«, fragte er.

»Es sind zehntausend Kronen. Mehr kann ich jetzt nicht auftreiben. Es wird reichen, um Sie von hier nach Island zu bringen. Und ich denke, danach wird Professor Crichton sich um Sie kümmern«, sagte der Direktor.

»Was macht Sie so sicher, dass er das tun wird? Warum sollte er sich dafür einsetzen, dass ich in die USA einreisen kann?«, fragte Max.

»Weil ich ihn darum gebeten habe in dem Schreiben, das Sie jetzt in der Hand halten. Also verlieren Sie den Brief nicht! Außerdem ist Freddie Crichton ein guter Freund von mir. Er wird sich Ihrer annehmen, keine Sorge!«

»Ich hoffe, Sie haben recht. Dann können wir jetzt zum Flughafen fahren, oder?«

»Sie können jetzt zum Flughafen fahren. Hoffen Sie, dass das Unwetter morgen früh vorbei ist und ein Flug nach Island geht«, sagte Haakon Ingstad.

»Und was ist mit Ihnen?«

»Ich bleibe hier im Museum. Derjenige, der versucht hat, das Medaillon zu stehlen, wird es wieder versuchen. Wenn ich hierbleibe, kann ich ihn vielleicht noch eine Weile beschäftigen.«

Max glaubte, nicht richtig gehört zu haben. »Wie bitte? Warum glauben Sie, dass der hier noch mal auftaucht?«

»Er hat zwei Menschen getötet für das Medaillon, er wird

nicht so einfach aufgeben. Wer immer er ist, er weiß, was es damit auf sich hat!«

»Sie meinen, er glaubt an diese Legende, von der Frau Magnusson erzählt hat? Das ist doch nur eine Geschichte. Und nicht einmal eine gute.«

»Wer weiß schon, was an diesen alten Sagen dran sein mag. Aber in diesem Moment sind Sie und ich ein Teil der Geschichte. Und meine Aufgabe besteht nun darin, Ihnen Zeit zu verschaffen, Oslo ungehindert zu verlassen«, sagte der Direktor.

Auf einmal wirkte Haakon Ingstad wieder ganz entspannt, als hätte er urplötzlich etwas wiedergefunden, was er lange gesucht hatte. Max schaute ihn genau an.

»Warum wollen Sie auf den Kerl warten? Wir können doch beide zusammen nach Island fliegen und Sie können Ihrem Freund Freddie alles persönlich erklären.«

»Wir würden es nicht schaffen, Oslo zu verlassen, Max. Nicht zu zweit. Ich habe einen Verdacht, wer hinter dem Medaillon her ist, und diese Leute werden nicht aufgeben, niemals! Hier kann ich Ihnen die nötige Zeit beschaffen, die Sie brauchen werden.«

»Aber es macht keinen Sinn, dass Sie den Köder spielen. Außerdem wissen wir ja nicht einmal, ob der Kerl noch in Oslo ist. Also kommen Sie schon, Sie können mich ja wenigstens zum Flughafen fahren«, sagte Max.

Haakon Ingstad schüttelte den Kopf. »Nein, Max. Für mich endet der Weg heute hier. Und ich bin es Ihrem Vater schuldig, alles zu tun, um Sie zu schützen.«

»Was hat das mit meinem Vater zu tun?«

»Ihr Vater hat mir und meiner Familie damals das Leben gerettet. Auch er wusste, dass sich jemand aufopfern muss, um das Überleben der anderen zu sichern. Also hat er sich den Nazis in den Weg gestellt und uns so die Zeit verschafft, um zu entkommen. Diese Schuld mache ich heute Nacht wieder wett.«

Von draußen drang Licht in die Fenster des Museums. Ein Auto fuhr auf den Vorplatz. Die Scheinwerfer erloschen, Autotüren wurden geöffnet und wieder zugeschlagen.

»Machen Sie schnell, Max, gehen Sie durch den Personaleingang hinaus. Sehen Sie zu, dass Sie zum Flughafen kommen!«

Max blickte Haakon Ingstad in die Augen. Er konnte die Entschlossenheit des Direktors darin sehen. Er würde es nicht schaffen, ihn zum Mitkommen zu bewegen.

»Okay, ich gehe.« Max schulterte seinen Seesack und drehte sich in Richtung Personaleingang.

Vor dem Haupteingang waren Schritte zu hören. Dann hämmerte es an die Tür.

»Max! Einen Moment noch. Schicken Sie diesen Brief bitte noch für mich ab, er ist an meinen Sohn.« Haakon Ingstad hielt Max den Brief hin. Er nahm den Umschlag wortlos entgegen, unfähig etwas zu sagen.

»Vielen Dank, Max. Machen Sie es gut«, sagte Haakon Ingstad. Dann drehte auch er sich um und ging zum Haupteingang. Max blickte ihm kurz nach, aber dann ging auch er weiter.

Im Eingangsbereich standen zwei Männer. Der linke war ein Riese mit einem Kreuz wie ein Kleiderschrank. Seine Schultern schienen das enge Jackett, in das sie gezwängt waren, jeden Moment zu zerreißen. Der andere Mann war kleiner, vielleicht eins achtzig groß und etwas stämmig. Beide waren blond. Haakon Ingstad räusperte sich, als er am Eingang angekommen war. Die beiden Besucher sahen ihn an. Das

Gesicht des Riesen war mit etlichen Pflastern auf der rechten Gesichtshälfte bedeckt.

»Entschuldigen Sie, meine Herren, aber das Museum hat um diese Zeit geschlossen. Ich möchte Sie bitten, morgen wiederzukommen.«

»Sind Sie hier der Direktor?«, fragte der Kleinere der beiden.

»Ja, das bin ich«, sagte Ingstad.

»Wir sind auf der Suche nach zwei Dingen: einem Medaillon und einem Ihrer Angestellten mit Namen Falkenburg. Sagen Sie uns, wo wir beides finden, und wir sind sofort weg.«

»Ich fürchte, ich muss Sie noch einmal mit Nachdruck bitten, jetzt zu gehen!«

Haakon Ingstad spürte, wie sein Herz schneller zu schlagen begann.

»Tut mir leid, Herr Direktor. Diesen Gefallen können wir Ihnen nicht tun«, sagte der Kleine. Er nickte seinem Begleiter zu. Der Riese zog daraufhin eine Waffe und begann sehr bedächtig, einen Schalldämpfer darauf zu schrauben.

»Ich frage Sie noch einmal: Wo finden wir das Medaillon und Falkenburg?«

»Herr Falkenburg wurde heute entlassen und Medaillons gibt es hier Dutzende im Museum. Ich fürchte, ich kann Ihnen in dieser Sache nicht weiterhelfen«, sagte Haakon Ingstad.

»Dann befürchte ich, sehr geehrter Herr Direktor, dass Sie gleich unter den schlimmsten Qualen, die Sie sich vorstellen können, darum betteln werden mir die Wahrheit zu sagen«, sagte der Kleine mit unbewegter Miene. Sein riesenhafter Begleiter war in der Zwischenzeit fertig mit dem Aufschrauben des Schalldämpfers und richtete die Waffe auf Haakon Ingstad.

»Was soll das? Wollen Sie mir …«

Haakon Ingstad kam nicht dazu, den Satz zu vollenden. Der Riese drückte zweimal ab. Die Kugeln zerfetzten ihm die Kniescheiben. Haakon Ingstad brach schreiend im Eingang zusammen.

»Komm, Gero, schlepp ihn rein«, sagte der Kleine. »Ich bin überzeugt, der Direktor hat uns noch einiges zu erzählen!«

Gero packte den geschockten Direktor am Kragen und zog ihn brutal durch die Vorhalle des Museums.

Kapitel 7

Folter

Als Max den Flughafen erreichte, wurde es allmählich hell. Der Morgen graute. Max graute allerdings viel mehr vor dem bevorstehenden Flug. Er zog seinen Seesack die Schulter hoch und betrat die Abflughalle. Alles war leer, außer ihm waren nur eine Reinigungskraft und ein anderer Passagier in der geräumigen Halle. Max war noch nie am Flughafen gewesen, er hatte auch noch nie in einem Flugzeug gesessen. Die Wände der Abflughalle hatten eine dunkle Holzvertäfelung, der Fußboden war mit einem dicken dunkelroten Teppich bedeckt. Die Deckenbeleuchtung war nur teilweise eingeschaltet, lange Leuchtstoffröhren, von denen manche unruhig flackerten. Am anderen Ende der Halle, gegenüber dem Eingang, befanden sich zwei Abflugschalter. Beide waren aber noch nicht besetzt. Es blieb Max also nichts anderes übrig, als zu warten. Nachdem er sich hingesetzt hatte, überkam ihn ein leichtes Zittern. Seine Hände, seine Beine und schließlich sein ganzer Körper vibrierten. Kalter Schweiß stand ihm auf der Stirn. Was war das? Angst? Vor dem Ungewissen, das vor ihm lag, oder vor den möglichen Verfolgern? Max stand auf und suchte nach der Toilette. Er hatte das Gefühl, sich erbrechen zu müssen.

»Respekt Herr Direktor! Sie sind wirklich ein verdammt harter Hund. Wenn ich etwas mehr Zeit hätte, könnte ich mit Freude noch etliche Tage damit verbringen, Sie weiter zu foltern. Zu meinem aufrichtigen Bedauern bin ich aber hinter meinem Zeitplan zurück. Also werden Sie mir jetzt sagen, wo ich das Medaillon finde?«

Haakon Ingstad hörte kaum noch was. Sein linkes Trommelfell war geplatzt, Blut lief ihm aus dem Ohr. Er blickte auf den Boden. Vor ihm lagen drei Finger seiner rechten Hand und der Daumen der linken Hand fein säuberlich aufgereiht. Er war an seinem Schreibtischstuhl festgebunden, nackt und geknebelt. Sein Oberkörper war von unzähligen Schnitten übersät. Merkwürdigerweise war er absolut gefasst. In wenigen Minuten würde alles vorbei sein. Der Teppich unter ihm war blutrot. Die Schmerzen fingen bereits an zu verblassen. Er blickte seinem Peiniger ins Gesicht und versuchte zu lächeln.

Freder wischte sich den Schweiß auf der Stirn mit einem Taschentuch ab. Er wusste, dass es keinen Sinn mehr hatte, den Direktor weiter zu foltern, er würde nicht reden. Eine unbändige Wut stieg in ihm auf. Er blickte sich um und sah Gero seelenruhig auf einem Stuhl sitzen, damit beschäftigt, seine Waffe zu reinigen.

»Ist das alles, was du hier zu tun gedenkst?«, fragte Freder. Warum hatte Ivan diesen Kerl bloß mit ihm auf diese Mission geschickt? Diese ständig zur Schau gestellte Gelassenheit provozierte Freder fast noch mehr als der schweigsame Direktor.

»Du hast hier doch alles im Griff. Also kümmere ich mich um die Waffenpflege«, sagte Gero, ohne aufzublicken.

»Genau. Ich habe alles im Griff«, sagte Freder kühl, zog seine Waffe aus dem Holster und schoss Haakon Ingstad ins Gesicht. Er feuerte das gesamte Magazin auf den Direktor, durch die Wucht der Schüsse wurde der Stuhl nach hinten geworfen. Schließlich klickte es nur noch.

»Können wir jetzt gehen?«, fragte Gero unbeeindruckt. Schleichend färbte sich der Teppich unter dem zerschundenen Körper von Haakon Ingstad dunkelrot.

Freder drehte sich zu Gero und blickte ihm in die Augen.

»Wohin zum Beispiel?«

»Zur Wohnung von Maximilian Friedrich von Falkenburg«, sagte Gero. »Während du dich mit dem Direktor amüsiert hast, habe ich mir den Schrank mit den Personalakten angesehen.«

Er warf Freder die Akte mit einem belustigten Blick zu und stand auf.

Die Flughafenhalle begann sich zu füllen, immer mehr Passagiere trafen ein. Auch an den beiden Abflugschaltern saß bereits das Personal der Fluglinien. Max wartete darauf, dass sein Flug aufgerufen wurde. Die letzte Stunde hatte er auf der Toilette verbracht und nun hatte sein Magen sich wieder halbwegs beruhigt. Er war sich sicher, ein Bild des Elends abzugeben.

Endlich kam über die Lautsprecher der Aufruf für die Passagiere des Fluges nach Reykjavík. Max stand langsam auf, um seinen Magen nicht zu überraschen, nahm seinen Seesack und ging zum linken Abflugschalter. Der Check-in verlief erfreulich problemlos. Gut eine halbe Stunde später wurde Max gemeinsam mit den anderen Passagieren über das Rollfeld zum Flugzeug geleitet. Die Maschine kam Max gigantisch vor, er hatte zwar nie zuvor ein Flugzeug aus der Nähe gesehen, war sich aber sicher, hier eines der größten Modelle vor sich zu haben. Die gewaltige Maschine, mit den vier Propeller-Triebwerken und dem silbern glänzenden Rumpf, vermittelte ihm das Gefühl von Sicherheit und ließ ihn etwas entspannen. Er ging die Gangway hinauf und suchte seinen Sitzplatz in dem geräumigen Innenraum. In der Mitte des Flugzeugs verlief ein Gang, links und rechts davon waren jeweils zwei Sitzreihen. Max nahm weit vorne rechts am Gang Platz. Neben ihm am Fenster saß eine ältere Frau, die ihn milde anlächelte.

»Guten Morgen. Oh, was ist Ihnen denn widerfahren?«, fragte die Frau leicht erschrocken.

Max hatte fast vergessen, wie schlimm sein Gesicht immer noch aussehen musste. Er fasste sich an das Pflaster, das seine gebrochene Nase völlig bedeckte.

»Morgen. Ach, das ist halb so wild, nur ein kleiner Streit mit meiner Schwiegermutter. Sie sollten mal sehen, wie die jetzt aussieht«, erwiderte er jovial. Das Lächeln der alten Frau verging augenblicklich, sie murmelte ein knappes »Aha« und wandte ihren Blick von Max ab und sah aus dem kleinen Fenster auf das Rollfeld. Max grinste zufrieden vor sich hin. Ihm war jetzt nicht nach Austausch von Höflichkeitsfloskeln zumute. Er wurde allmählich nervös und sah sich in dem Flugzeug um. Eine Flugbegleiterin schritt den Gang ab und wies die Passagiere an, sich die Gurte anzulegen. Max bemerkte, wie sich in seinem Magen erneut Übelkeit ausbreitete. Am Rücken des Sitzes vor ihm war eine kleine Falttasche angebracht. Darin steckten eine braune Papiertüte und ein Informationsblatt der Fluglinie mit Angaben zum Flugzeugtyp. Um seine Nervosität zu bekämpfen, nahm er das Informationsblatt aus der Falttasche und las es flüchtig. Neben ein paar technischen Angaben stand dort auch die genaue Typenbezeichnung des Flugzeuges. Douglas DC-6B.

Max stutzte. Hatte er über Flugzeuge dieses Typs nicht mal was in der Zeitung gelesen? Im Zusammenhang mit Flugzeugabstürzen? Unwillkürlich zog sein Magen sich enger zusammen.

Nacheinander begannen die vier großen Propeller der Pratt-&-Whitney-Triebwerke, sich mit einem sonoren Dröhnen zu drehen.

»Guten Morgen mein Herr. Kann ich Ihnen behilflich sein?«, fragte die Stewardess ihn freundlich.

»Ist dieses Flugzeug sicher?«, fragte Max hektisch.

»Natürlich. Sie brauchen sich keine Sorgen zu machen«, antwortete die Stewardess mit einem charmanten Lächeln.

»Es ist das erste Mal, dass ich fliege. Ich möchte nicht, dass es auch mein letztes wird«, sagte Max. Er begann zu schwitzen. Die Übelkeit in seinem Magen breitete sich immer weiter aus.

»Wenn Ihnen schlecht wird, machen Sie bitte von der Papiertüte im Sitz vor Ihnen Gebrauch.« Der Stewardess schien nicht zu entgehen, dass Max kurz davor stand, sich zu übergeben. »Sie können mich jederzeit rufen, wenn Sie mehr davon benötigen.« Mit diesen Worten überließ sie Max sich selbst.

Kurz darauf erfolgte der Start. Max wurde heftig durchgeschüttelt, der Schweiß lief ihm in Strömen den Rücken hinunter und sein Magen grollte jetzt regelrecht. Für einen kurzen Moment, nachdem das Flugzeug den Boden verlassen hatte, fühlte Max sich leicht und unbeschwert. Doch das Rütteln des Flugzeugs beim Steigflug war zu viel für seinen Magen. Er befolgte den Rat der charmant lächelnden Stewardess und griff zur Papiertüte. Es sollte nicht die letzte auf diesem Flug bleiben.

Die alte Dame neben Max lächelte wieder.

Kapitel 8

Missverständnis

Reykjavík, Island 28. April 1952

Nach der Landung in Reykjavík durfte Max als Erster das Flugzeug verlassen. Die Stewardess lächelte ihn nun nicht mehr charmant an. Max war leichenblass, dessen ungeachtet aber heilfroh, festen Boden unter den Füßen zu haben. Sobald würde er nicht wieder in ein Flugzeug steigen, so viel stand für ihn fest. Jedenfalls nicht, wenn er es vermeiden konnte. In die USA würde er notfalls auch mit dem Schiff reisen. Zuerst musste er jedoch Professor Frederick Crichton ausfindig machen. Er ging zur Gepäckausgabe und fand seinen Seesack schnell zwischen den herumstehenden Gepäckstücken. Danach beeilte er sich, den Flughafen zügig zu verlassen.

Als er vom Flughafengebäude ins Freie trat, kam ihm frische, klare Luft entgegen. Max sog die Luft tief ein, schloss die Augen und atmete kurz durch. Danach zog er seine Jacke bis zum Kragen zu. Es war kälter, als er erwartet hatte. Anschließend kramte er aus seinem Seesack den Brief von Haakon Ingstad heraus. Der Direktor schrieb, dass Crichtons wahrscheinlicher Aufenthaltsort das Haukadalur Tal sein könnte.

Nicht gerade eine sehr genaue Ortsangabe, dachte Max.

Immerhin hatte der Direktor noch darauf hingewiesen, dass er das Haukadalur Tal im Westen Islands beim Breidafjördur meinte. Nicht das bekanntere Tal gleichen Namens im Südwesten von Island, in der Nähe des Langjökull. Max sah sich vor dem Flughafen um. Kein Taxi oder Bus zu sehen. Er steckte den Brief zurück in den Seesack und machte sich auf die Suche nach einer Mitfahrgelegenheit. Nach wenigen Metern ging er in ein Café in der Nähe des Flughafens und bestellte einen Kaffee. Dort hatte er Glück und traf einen Mann, der auf dem Weg nach Hólmavík durchs Haukadalur kommen würde. Der Mann war gerne bereit, Max mitzunehmen.

Nach zwei Stunden einer unbequemen Fahrt in einem schlecht gefederten Lkw stieg Max in der Nähe von Kvennabrekka aus. In dem kleinen Ort fragte er, ob jemand vor kurzem Amerikaner hier gesehen hatte. Tatsächlich war vor einigen Tagen eine Gruppe von Ausländern gesichtet worden, sie hatten sich ein kleines Zeltlager einige Kilometer entfernt errichtet. Nach einem längeren Fußmarsch durch die hügelige Landschaft, der Max wie eine Erholung nach der Fahrt vorkam, sah er die Zelte in einer kleinen Senke des Tals stehen, in kurzer Entfernung zur Küste. In der Mitte des Camps stand das größte Zelt, aus dessen Dach ein Ofenrohr herausstach.

Ike schreckte aus dem Schlaf hoch, weil er ein Geräusch gehört hatte. Jemand hatte das Zelt betreten. Dieser Jemand schien ihn noch nicht bemerkt zu haben, aber Ike sah ihn sehr wohl. Er beobachtete jeden Schritt, den der Eindringling im Zelt machte. Er ging an den Tisch, auf dem der alte Mann seine Papiere liegen hatte. Noch hatte er nicht bemerkt, dass er nicht allein im Zelt war. Ike stand vorsichtig auf. Dieser

Mann sollte nicht hier sein, da war er sich sicher. Er würde den Eindringling stellen und ihm die Kehle zerreißen! Niemand durfte ungestraft sein Territorium betreten und dabei mit dem Leben davonkommen.

Der Unbekannte sah sich die Papiere des alten Mannes an. Bestimmt hatte er vor, sie zu stehlen! Aber das würde ihm nicht gelingen.

In kleinen, trippelnden Schritten näherte sich Ike dem Fremden, sein Herz hämmerte. Noch ein paar Schritte und dann würde er ihm ein schnelles Ende bereiten. Kurz bevor Ike den Eindringling erreichte, hielt er inne und nahm dessen Geruch in sich auf. Kein Zweifel, hier handelte es sich definitiv um einen Fremden, der Duft war Ike völlig unbekannt. Ike machte sich bereit für den Kampf. Mit einem entschlossenen Satz nach vorne ging er zum Angriff über.

Max schrie auf, als der Schmerz seine rechte Wade durchflutete. Irgendein Tier hatte sich darin verbissen. Er sprang auf dem linken Bein hin und her, schüttelte sein rechtes Bein dabei wild, doch diese Bestie wollte nicht loslassen. Max fluchte, dann bekam er ein struppiges Etwas zu packen. Er drückte dem Untier den Hals zu. Unter kläglichem Quieken ließ das Monstrum von seiner Wade ab. Max lockerte seinen Griff, sogleich begann das Untier, ihn anzuknurren.

»Ganz ruhig, mein Kleiner«, sagte Max, »niemand tut dir was.«

Das Knurren wurde lauter und der kleine Hund versuchte strampelnd, sich aus Max' Griff zu befreien.

Plötzlich öffnete sich die Zeltplane und mehrere Leute kamen hinein. Mit Taschenlampen leuchteten sie auf Max und die Bestie.

»Was machen Sie da mit meinem Hund?«, fragte eine Stimme auf Englisch.

»Gar nichts, ich versuche nur, ihn zu beruhigen«, antwortete Max wahrheitsgetreu.

»Sieht eher danach aus, als ob Ike hier einen Dieb gestellt hat! Joe, schnapp ihn dir«, sagte eine Frauenstimme.

Ein riesiger Schatten kam auf Max zu.

»Halt! Warten Sie! Das ist alles ein Missverständ…«

Weiter kam Max nicht. Der riesige Schatten holte aus und schlagartig wurde es ihm schwarz vor Augen.

Kapitel 9

Der Russe

Helsinki, 28. April 1952

»Herzlich willkommen! Schön, dass ihr so unauffällig zu Werke gegangen seid!«

Mit Schwung knallte Alexander Mitrenko das Osloer Dagbladet auf den kleinen runden Couchtisch. In großen Lettern prangte die Schlagzeile ›*Museumsdirektor brutal getötet!*‹ auf dem Titelblatt.

Freder und Gero saßen auf der Couch in Alexander Mitrenkos nobler Hotelsuite im Hilton. Der Russe war ein Vulkan kurz vor dem Ausbruch, das merkte sogar Gero. Dennoch übte Mitrenko sich in Selbstbeherrschung. Er setzte sich auf einen der unverschämt weichen Hotelsessel und zog eine Zigarre aus der Jackettinnentasche seines maßgeschneiderten italienischen Anzugs. Dann holte er den Zigarrenschneider aus einer anderen Innentasche des Jacketts. Während er seine Zigarre anschnitt, blickte Gero ihn aufmerksam an.

»Nun, was habt ihr mir dazu zu sagen?«, fragte der Russe sie schließlich, als er mit dem Anschneiden fertig war.

»Es ließ sich nicht vermeiden, den Direktor zu töten. Er wusste schon zu viel. Er hätte unseren Auftrag gefährdet«, sagte Gero ohne eine Regung.

Aus dem Augenwinkel sah er, wie Freder bei seiner ruhigen Antwort die Farbe aus dem Gesicht wich. *Beherrsch dich bloß!*

Alexander Mitrenko lehnte sich in seinem Sessel zurück und zündete die Zigarre mit einem Streichholz an. Dann blickte er Gero fest in die Augen. Der hielt seinem Blick ohne Probleme stand.

»Stimmt es, was er sagt, Freder?«, fragte der Russe, ohne den Blick von Gero abzuwenden.

»Ja, es stimmt. Der Direktor wusste zu viel über das Medaillon«, antwortete Freder, ohne zu zögern.

»Ich verstehe«, sagte Mitrenko »Aber weshalb steht ihr zwei dann mit leeren Händen vor mir? Wo ist mein Medaillon?«

»Der Direktor hat es durch einen Mitarbeiter des Museums wegschaffen lassen«, sagte Freder. »Wir haben seine Wohnung durchsucht und es sieht ganz danach aus, als ob er Oslo verlassen hätte.«

»Und ihr wisst nicht wohin? Ich dachte, bei der SS hättet ihr gelernt, Flüchtige aufzuspüren«, spottete Mitrenko.

»Das waren andere Zeiten«, erwiderte Freder.

»Allerdings! Jetzt arbeitet ihr nämlich für mich ... und das MWB«, sagte Mitrenko.

»Das wissen wir«, sagte Freder.

»Dann wisst ihr auch, dass für Versager kein Platz ist!«

Schweigend blickten Gero und Freder einander an.

»Jedoch, da ihr beiden wie Freunde für mich seid, gebe ich euch eine Chance, euer Versagen wettzumachen. Die Scharte auszuwetzen. So sagt man doch auf Deutsch?«

Alexander Mitrenko schien seine Position ausgesprochen zu genießen. Er nahm einen tiefen Zug von seiner Zigarre und blies den Rauch zu Freder und Gero hinüber.

»Geht jetzt in euer Zimmer, ich rufe später noch mal nach euch«, sagte Mitrenko kühl.

. . .

»Das nächste Mal ramme ich ihm seine Zigarre so tief in den Rachen, dass er daran erstickt! Dieser eingebildete Fatzke«, fluchte Gero, nachdem sie zurück in ihrem Zimmer waren. Freder zuckte mit den Schultern.

»Und dann? Was soll das bringen?«

»Nun, dann fühle ich mich erst mal besser, reicht das nicht?« Gero grinste.

Aber ihm war klar, dass der Russe sie völlig in der Hand hatte. Als Kriegsgefangene waren sie mit ihrem Bataillon nach Kriegsende nach Russland gebracht worden. Einzig Alexander Mitrenko bewahrte sie davor, das Schicksal ihrer Kameraden zu teilen: Strafarbeit in einem Gulag. Nicht viele von ihnen würden einen Gulag wieder lebend verlassen. Nur aufgrund ihrer besonderen Kenntnisse und Fähigkeiten waren Freder und Gero davor verschont geblieben. Aber weitere Fehlschläge konnten sie sich jetzt nicht mehr erlauben. *Zum Glück habe ich noch ein Ass im Ärmel!*

Kapitel 10

Neue Freunde

Island, 28. April 1952

»Sieht aus, als ob er wieder zu Bewusstsein kommt.«

»Wird ja auch Zeit, der liegt jetzt schon fast eine Stunde hier rum.«

Max öffnete die Augen vorsichtig. Sein Kopf schmerzte. Er lag auf einem Bett, umringt von einer Gruppe von Leuten, die ihn argwöhnisch musterten. Am Fußende des Bettes stand ein älterer Mann mit grauen Haaren und ebensolchen Vollbart. Er trug einen Tweedanzug und hatte eine Brille mit runden Gläsern aufgesetzt, die ihm allerdings fast von der Nase rutschte. Er hielt den Brief von Direktor Ingstad in den Händen.

»Maximilian Friedrich von Falkenburg?«, fragte der Mann und blickte Max dabei über die Ränder seiner Brillengläser hinweg an. Max stützte sich leicht auf seine Unterarme. Warum musste der Direktor unbedingt seinen vollen Namen in den Brief schreiben?

»Ja, das ist mein Name. Aber Max genügt völlig. Sind Sie Professor Crichton?«, fragte er den Grauhaarigen.

»Genau der. Es tut mir furchtbar leid, Max, dass wir Sie für einen Dieb gehalten haben, aber die Situation war doch sehr verdächtig, wissen Sie«, sagte der Professor in entschuldigendem Tonfall.

»Halb so wild. Passiert mir in letzter Zeit öfter, wie Sie sehen«, sagte Max und deutete dabei auf sein grell leuchtendes Auge. Vorsichtig setzte er sich auf die Bettkante und tastete mit seiner rechten Hand die stattliche Beule über seinem Auge ab.

Frederick Crichton lachte laut auf. »Kommen Sie, Max. Wir essen jetzt erst mal was und dabei stelle ich Ihnen alle vor.«

Der Professor und die umstehende Gruppe gingen an den großen Tisch, der nur wenige Meter von dem Bett entfernt stand. Max erhob sich und ging langsam hinterher. Erst jetzt bemerkte er, dass er in dem großen Zelt war, das er von dem Hügel aus gesehen hatte. Als er sich dem Tisch näherte, hörte er ein Knurren unter dem freien Stuhl, auf den er sich setzen wollte.

»Ignorieren Sie Ike einfach«, sagte Professor Crichton. »Er wird sich rasch an Ihre Anwesenheit gewöhnen.«

Max nickte und setzte sich auf den Stuhl direkt neben den Professor. Ikes Blick folgte ihm dabei.

»So, dann will ich Ihnen mal die Mitglieder meines kleinen Exkursionsteams vorstellen. Der große stattliche Kerl zu Ihrer Rechten ist Joseph Carter, einer meiner besten Studenten. Er ist außerdem der amtierende Boxchampion unseres Colleges, wie Sie ja leider schon feststellen mussten.«

Max sah sich Joseph Carter genauer an. Stattlich war wohl die Untertreibung schlechthin. Der Kerl war ein riesiger Berg aus Muskeln. Außerdem der erste Schwarze, dem er persönlich begegnete.

»Freut mich sehr, Max. Tut mir sehr leid, das mit der Beule. Du kannst mich Joe nennen«, sagte Joseph und lächelte Max mit strahlenden weißen Zähnen an.

»Nix für ungut. Ist ja nicht viel passiert bei meinem Holzschädel«, erwiderte Max grinsend.

»Sehr schön. Dann machen wir weiter, rechts neben Joseph sitzt mein Assistent, Doktor Howard Smith.«

Smith nickte Max nur kurz zu und fuhr damit fort, seinen Teller aufzufüllen. Max grüßte zurück und musterte den unscheinbaren Mann nur flüchtig. Mit seinen kurzen dunkelbraunen, gewellten Haaren, dem karierten Pullunder und dem weißen Hemd darunter sah er eher aus wie ein Buchhalter.

»Neben Howard sitzt das jüngste Mitglied in unserem Team. Patrick O'Malley, ebenfalls einer meiner Studenten.«

»Freut mich«, sagte Patrick.

Max hatte noch nie jemanden mit so feuerroten Haaren gesehen.

»Mich ebenfalls«, sagte Max knapp. Er begann jetzt auch, sich seinen Teller aufzufüllen.

»Und neben Patrick sitzt Kirk Hampton«, fuhr der Professor fort.

»Willkommen auf Island. Freut mich, dich kennenzulernen«, sagte Kirk.

»Danke, gleichfalls«, sagte Max, obwohl er sich sicher war, dass dies nicht stimmte. Irgendetwas an dem Kerl gefiel ihm nicht. Vielleicht war es der arrogante Ausdruck in dessen Gesicht, mit dem er ihn abschätzig ansah.

»Zu guter Letzt, die liebreizende junge Dame, die Ihnen gegenübersitzt, ist meine Tochter Cathleen«, sagte der Professor mit Stolz in seiner Stimme.

»Hallo Max, freut mich sehr«, sagte Cathleen Crichton mit einem Lächeln.

»Hej, mich auch.« Cathleen gefiel ihm auf Anhieb. Sie hatte schulterlange blonde Haare, tiefblaue Augen und beim Lächeln zeichneten sich kleine Grübchen neben ihren vollen

Lippen ab. Ein leises Knurren neben dem Tisch brachte Max dazu, den Blick von Cathleen abzuwenden.

»Und wie hieß Ihr Wachhund noch mal? Eik?«, fragte Max an den Professor gewandt.

Wiederum lachte Frederick Crichton laut auf. Er hatte ein dröhnendes Lachen, das ansteckend wirkte.

»Nicht Eik, sondern Ike!«

»Mein Vater ist ein großer Fan von General Eisenhower, daher der Name«, fügte Cathleen erklärend hinzu.

»Und ich bin überaus zuversichtlich, dass Ike, also Eisenhower, auch der nächste Präsident der Vereinigten Staaten wird«, sagte Professor Crichton mit Nachdruck.

»Vater ist der 1. Vorsitzende des ›*I-Like-Ike*‹-Klubs in Boston«, sagte Cathleen mit Seitenblick auf ihren Vater.

»Ah ja. Und was für eine Rasse ist Ike?«, fragte Max.

Professor Crichton starrte ihn einen Moment verständnislos an.

»Ach, Sie meinen den Hund.« Das dröhnende Lachen hallte Max in den Ohren.

»Ike ist ein reinrassiger Rauhaardachshund.«

»Dachshund?«

»Kennen Sie Dachshunde etwa nicht? Ursprünglich kommt die Rasse doch aus Deutschland. Sie sind also quasi mit Ike verwandt.«

Diesmal lachten alle am Tisch. Nur Max war ganz und gar nicht danach zumute.

»Doch, ich kenne die Rasse. Nur den Begriff Dachshund habe ich dafür noch nie gehört. Wir sagen immer Teckel dazu.«

»Nun, wie dem auch sei. Lassen wir uns erst mal diesen hervorragenden Eintopf schmecken, den Cathleen uns gekocht hat«, sagte der Professor ruhig.

Gut zu wissen, dachte Max. *Sie kocht also nicht so gut, wie sie aussieht.*

Aber Max ließ sich nichts anmerken und setzte nach besten Kräften sein *Das-schmeckt-aber-gut*-Gesicht auf. Joe warf ihm einen belustigten Blick zu, als hätte er Max durchschaut.

Nach dem Essen kümmerten sich Kirk und Joe um den Abwasch, während Patrick und Cathleen die Ausrüstung für den nächsten Tag zusammenstellten. Professor Crichton blieb mit Max und Howard am Tisch sitzen.

»So, Max, jetzt erzählen Sie mir bitte Genaueres zu dem Grund Ihres Besuches hier. Haakon schreibt, Sie sollen mir etwas Wichtiges übergeben. Und im Übrigen bittet er mich, Ihnen die Einreise in die Vereinigten Staaten zu ermöglichen.« Den letzten Satz betonte der Professor besonders. Auch Howard wirkte sichtlich überrascht angesichts dieser Information.

»Haben Sie was ausgefressen in Oslo?«, fragte Howard ihn direkt.

»Nein, habe ich nicht. Das ist eine etwas kompliziertere Geschichte. Ich bin davon ziemlich überrumpelt worden«, erklärte Max.

»Dann erzählen Sie uns die Geschichte mal ausführlich. Und keine Angst, ich werde Ihnen schon nicht den Kopf abreißen.« Der Professor lächelte milde.

Die nächste Stunde verbrachte Max damit, Frederick Crichton und seinem Assistenten Howard Smith die Geschehnisse des letzten Tages in Oslo genau zu schildern. Er ließ kein Detail aus, auch nicht den Besuch bei Victoria Magnusson. Als er seinen Bericht beendete, holte er das Medaillon hervor und legte es auf den Tisch.

»Eine sehr interessante Geschichte, mein Lieber«, sagte Frederick Crichton. Er nahm das Medaillon in die Hand und betrachtete es prüfend. »Was meinen Sie dazu Howard?«

»Ich habe von der Legende dieses Kleinod betreffend schon mal gehört, aber nie daran gedacht, dass es wirklich existieren könnte.«

»Was die Runen angeht, so haben Sie mit Ihrer Übersetzung recht«, sagte Professor Crichton nachdenklich.

»Na ja, die Übersetzung stammt von Professorin Magnusson, nicht von mir.«

»Ah, Victoria. Und die Gute hat nichts weiter mit Ihnen über dieses Medaillon besprochen? Sie muss vor Aufregung ganz außer sich gewesen sein.«

»Nein, sie wirkte sehr gelassen.«

»Das wundert mich aber. Sie ist die weltweit führende Expertin auf diesem Feld. Sie war für zwei Jahre als Gastprofessorin an unserem College und hat in dieser Zeit viel von dieser Legende gesprochen. Wenn ich mich recht erinnere. Ist auch schon einige Jahre her, während des Krieges. Vielleicht war sie auch enttäuscht von der Inschrift.«

»Aber trotzdem ist dieses Medaillon der Beweis dafür, dass an der Legende was Wahres dran sein muss«, gab Howard zu bedenken. »Es könnte vorstellbar sein, dass Thors Hammer wirklich existiert und wir halten jetzt den Schlüssel dazu in den Händen.«

»Den Schlüssel?«

Professor Crichton lachte sein lautes Timbre.

»Nein Howard. Nicht den Schlüssel. Ich würde sagen, eher einen vagen Hinweis auf den Schlüssel. Zu schade, dass die Inschrift auf der Rückseite entfernt wurde.«

»Aber was nützt dieses Medaillon denn dann?«, fragte Max. »Dem Dieb war es wichtig genug, dafür zu töten.«

»Ich kann Ihnen sagen, was es uns nützt, Max: Es wird unserer kleinen Truppe hier neuen Ansporn geben. Wissen Sie, warum wir hier zur Ausgrabung in Island sind? Wir suchen den Hof von Erik dem Roten, Leifs Vater. Jetzt haben wir ein klares Ziel vor Augen. Wir müssen den Hammer finden, bevor er Ihrem Verfolger in die Hände fällt. Wer auch immer er ist, er kann nichts Gutes mit dem Hammer im Sinn haben.«

»Okay. Und wie geht es nun mit mir weiter? Sie suchen Ihren Hammer und was mache ich?«

Professor Crichton legte die Hand auf Max' Schulter.

»Sie werden uns dabei natürlich unterstützen. Haakon hat mich darum gebeten, mich um Sie zu kümmern, und einem alten Freund werde ich diesen Gefallen sicherlich nicht abschlagen! Also, Herr Falkenburg, kann ich auf Ihre Mitarbeit zählen?«

Max blickte dem Professor in die Augen.

»Absolut!«

»Nichts anderes habe ich von Ihnen erwartet. Ganz der Vater.«

»Sie haben meinen Vater gekannt?«, fragte Max erstaunt.

»Ja, ich habe ihn in Ägypten bei Ausgrabungen kennengelernt. Muss 1924 gewesen sein. Er war ein sehr fähiger Mann, ein herausragender Ägyptologe. Von seinem schrecklichen Tod zu hören, hat mich sehr betrübt.« Frederick Crichton sah Max mitfühlend an.

Max blickte den Professor schweigend an. Sein Mund war trocken und er war nicht in der Lage, etwas zu antworten. Schließlich brach Howard das Schweigen.

»Falkenburg! Ja, ich erinnere mich an den Namen. Er hat verschiedene Veröffentlichungen über das Tal der Könige gemacht. Und er war ein strikter Gegner der Legende über den Fluch des Pharao.«

»Leider habe ich von meinem Vater nicht seine Begeisterung für Ägypten geerbt. Mich interessieren eher die nordischen Mythen«, sagte Max entschuldigend.

»Wenn Sie darin nur halb so gut sind, wie Ihr Vater es in seinem Fachgebiet war, dann werden Sie uns bestimmt weiterhelfen können.«

»Stand in dem Brief von Direktor Ingstad nicht, dass ich von der Uni geflogen bin?«

»Doch, das hat er mir geschrieben«, sagte Crichton mit dem Anflug eines Lächelns. »Aber auch, dass Sie unter unglücklichen Umständen in diese dumme Situation geraten sind. Wir alle machen mal Fehler, Max. Es ist nur wichtig, daraus zu lernen und daran zu wachsen. Wenn Sie sich hier bewähren, dann garantiere ich Ihnen, dass ich alles dafür tun werde, um Ihnen die Wiederaufnahme Ihres Studiums in den USA zu ermöglichen.«

Max sah den Professor mit einer Mischung aus Dankbarkeit und Respekt an. Er konnte verstehen, warum Direktor Ingstad sich sicher war, dass dieser Mann ihm helfen würde.

»Ich werde mein Bestes tun, um Ihnen zu beweisen, dass ich diese Chance verdiene.«

»Dessen bin ich mir sicher. Aber jetzt lassen Sie uns schlafen gehen, es ist schon spät. Morgen erwartet uns viel Arbeit und ein langer Tag. Sie können bei Joseph im Zelt schlafen.«

Max war gerade dabei, sein Feldbett aufzustellen, als Joseph Carter das Zelt betrat.

»Ich hoffe, es macht dir nichts aus, hier zu schlafen?«, fragte Joe.

»Nein, überhaupt nicht. Warum sollte es?«, fragte Max.

»War nur so ein Gedanke. Dann lass uns mal an der Matratze horchen!«

An der Matratze horchen? Max konnte sich ein Lächeln nicht verkneifen. An diese Ausdrucksweise musste er sich wohl in den nächsten Tagen gewöhnen.

Joe setzte sich auf sein Bett, zog die Schuhe aus und legte sich in voller Kleidung hinein.

»Willst du deine Sachen anbehalten?«, fragte Max erstaunt.

»Es wird verdammt kalt hier in den Nächten«, sagte Joe, wickelte sich in die Decke und drehte Max den Rücken zu.

Okay, dann gute Nacht, dachte Max und drehte sich ebenfalls auf die Seite. Er schlief schnell ein und begann zu träumen.

»Hej Max! Wie lief der Test?«, fragte Tjorge lächelnd.

»Blöde Frage, genauso wie bei dir! Und wie bei Ole. Ist er noch drinnen?«

»Ja, der braucht ja immer etwas länger, er schreibt nicht so schnell, selbst dann nicht, wenn er die richtigen Antworten bereits vorliegen hat!« Das Grinsen auf Tjorges Gesicht wurde noch breiter.

»Geht's vielleicht noch lauter? Willst du, dass wir auffliegen?«

Max war überhaupt nicht wohl bei der Sache. Er hätte sich nicht darauf einlassen sollen, aber bei der letzten Party schien es ihm eine gute Idee gewesen zu sein. Vor allem mit einer Flasche Wodka intus. Es war ein offenes Geheimnis, dass Professorin Magnusson die Prüfungsaufgaben immer schon Tage vorher in ihrer Tasche mit sich führte. Also beschlossen Max, Tjorge und Ole sich das zunutze zu machen. Es war fast so einfach gewesen, wie einem Baby den Schnuller zu stehlen. Tjorge und Ole verwickelten die Professorin in ein längeres Gespräch, während Max sich die Prüfungsfragen und Antworten aus ihrer Tasche nahm und so schnell es ihm möglich war, abschrieb. Er konnte am schnellsten schreiben, deswegen fiel die Wahl auf ihn. Max schaffte es in sieben Minuten, alles Wesentliche für die Prüfung abzuschreiben und danach unbemerkt die Papiere zurück in die Tasche der Professorin zu packen, während diese immer noch mit Tjorge und Ole am Diskutieren war. Es war einfach. Und trotzdem wuchs das Unbehagen in Max an. Was, wenn Ole sich nun da drinnen noch verriet? Würde er die Klappe halten oder würde er Tjorge und ihn mit reinreißen? Dann schwang die Tür zur Aula auf und Ole kam mit einem breiten Grinsen im Gesicht auf sie zu.

»Na Jungs? Lief doch super, oder?«

Max wurde ruhiger. Jetzt konnte ja eigentlich nichts mehr passieren. Die Prüfung konnte er als erfolgreich bestanden abhaken.

»Was ist mit den anderen?«, fragte Tjorge.

Max glaubte, sich verhört zu haben.

»Welche anderen? Es gibt doch nur uns drei!«

»Uns drei und die vier weiteren, denen wir die Aufgaben verkauft haben«, erklärte Tjorge ihm ruhig.

»Verkauft? Seid ihr noch ganz dicht? Davon war nie die Rede gewesen!«

»Ganz ruhig, Max. Genau genommen haben Ole und ich die Aufgaben verkauft und dafür ein ganz schönes Sümmchen bekommen. Den anderen haben wir die Aufgaben mit den besten Grüßen von dir gegeben.« Tjorge grinste.

Max war total perplex. Er begriff, dass er richtig tief in der Scheiße steckte. Tjorge und Ole hatten ihn eiskalt auflaufen lassen. Er ballte seine rechte Hand zur Faust und wollte Tjorge gerade ins Gesicht schlagen, aber der kam ihm zuvor. Er rammte Max mit voller Wucht sein Knie in den Bauch. Keuchend sackte Max zu Boden. Tjorge packte ihn an den Haaren und zog seinen Kopf in den Nacken.

»Ich sehe, du verstehst langsam, wie die Dinge liegen. Wenn die Sache auffliegen sollte, und die Chancen dafür stehen nicht schlecht, wirst du schön die Schnauze halten, ist das klar? Wenn du mich oder Ole auch nur mit einem Wort erwähnst, mach ich dich fertig, du deutscher Bastard!«

Er ließ Max los und ging einfach weiter. Max atmete tief durch und stand langsam wieder auf.

»Tut mir echt leid, Max, das war nicht meine Idee, musst du mir glauben«, sagte Ole, ohne ihm dabei ins Gesicht zu sehen. Dann beeilte er sich, Tjorge nachzulaufen.

Hinter Max schwang die Tür zum Saal erneut auf. Er drehte sich um und blickte in das strenge Antlitz von Professorin Magnusson. Gunnar Olsen, ein weiterer Kommilitone von ihm, stand neben ihr, sie hielt ihn am Arm fest.

»Dürfte ich Sie kurz sprechen, Herr Falkenburg?«

Max nickte langsam und folgte der Professorin zurück in die Aula.

Kapitel 11

Kälte

Es regnete am nächsten Morgen. Die feuchte Luft drang ins Zelt hinein. Frierend wachte Max auf. Joe hatte recht, es war verdammt kalt, nicht nur nachts. Es kam ihm fast vor wie Winter, obwohl Anfang Mai war. Max griff nach seinem Seesack und nahm die wärmsten Sachen raus, die er darin fand. Nachdem er sich angezogen hatte, sah er rüber zu Joe. Der lag bäuchlings auf seinem Feldbett und schnarchte hingebungsvoll in seine Matratze. Max ließ ihn schnarchen und ging hinaus ins Freie. In dem kleinen Zeltlager rührte sich noch nichts. Scheinbar schliefen die anderen alle noch. Aus dem Zelt des Professors kam Ike auf ihn zugestürmt und knurrte ihn wieder an.

»Beruhig dich, Kleiner!«

Ohne weiter auf Ike zu achten, ging Max in das Hauptzelt, in dem sie gestern zu Abend gegessen hatten. Dort saß zu seiner Überraschung Cathleen Crichton bereits am Tisch mit einer Tasse Kaffee vor sich. Der kleine Kanonenofen, in der Ecke des großen Zeltes, schaffte eine angenehme Temperatur.

»Guten Morgen Max! Auch von der Kälte aufgewacht? Nimm dir einen Kaffee, dann geht's gleich besser«, sagte Cathleen und deutete auf die Kaffeekanne.

»Guten Morgen. Ja, es ist verdammt kalt, danke«, sagte Max, während er sich einen Kaffee einschenkte.

»Seit beinahe zwei Wochen sitzen wir nun schon hier in der Kälte. Aber daran gewöhnt habe ich mich immer noch nicht.«

»Kann ich gut verstehen. Habt ihr wenigstens schon was gefunden?«

»Nein, noch gar nichts. Aber Vater ist felsenfest davon überzeugt, dass wir an der richtigen Stelle sind.« Cathleen seufzte.

»Du glaubst das scheinbar nicht?«

»Doch, doch. Mein Vater hat für solche Sachen ein gutes Gespür und außerdem hat er sich monatelang auf diese Exkursion vorbereitet. Alle Aufzeichnungen deuten darauf hin, dass das Haus von Erik dem Roten tatsächlich einst in dieser Region stand. Es ist nur ... frustrierend! Ich hoffe, wir finden bald was.« Cathleen schenkte sich noch einen Kaffee nach.

»Kopf hoch. Das klappt schon noch.« Max lächelte Cathleen an. Für einen Moment trafen sich ihre Blicke. Max kam es vor, als ob die Eiseskälte in seinen Gliedern für diesen kurzen Moment verschwunden war.

Wenig später kamen auch die anderen alle in das Hauptzelt. Nach einem kurzen und kargen Frühstück teilte Professor Crichton ihnen die Aufgaben für den Tag zu. Zu seiner Enttäuschung durfte Max an keiner Grabung teilnehmen, stattdessen sollte er mit Howard und Cathleen neue Vorräte in Reykjavík einkaufen. Zum Graben würde es noch zahlreiche Gelegenheit für ihn geben, erklärte ihm der Professor.

. . .

Auf der Einkaufstour in Reykjavík stellte Max verwundert fest, dass viele amerikanische Soldaten in der Stadt unterwegs waren. Howard erzählte ihm, dass die Amerikaner schon seit Anfang der 40er-Jahre einen kleinen Stützpunkt auf Island hatten, ganz in der Nähe der Hauptstadt, in Keflavík. »Island hat keine eigene Armee, denen ist es recht, dass wir die Verteidigung ihrer kleinen Insel übernehmen«, stellte Howard mit einem selbstgefälligen Lächeln im Gesicht fest. »Erst letztes Jahr wurde das offizielle Verteidigungsabkommen unterzeichnet.«

»Was haben die Amerikaner für einen Nutzen von der Verteidigung Islands?«

»Ganz uneigennützig passiert das natürlich nicht. Die Insel liegt strategisch günstig. Im Krieg wurden hier die Nachschubrouten der Alliierten gegen die Nazis verteidigt, jetzt ist es ein Stützpunkt zur Abwehr der Kommies!«

Max fand, dass Howard sich für einen Archäologen erstaunlich gut in diesen Dingen auskannte. Aber er sagte nichts weiter zu dem Thema. Kurz darauf hielten sie beim ersten Ziel ihrer Einkaufsfahrt an, einem Lebensmittelgeschäft. Sie kauften eine Menge an Konserven und getrocknetem Fleisch ein. Obendrein noch pfundweise Kaffee. Danach ging es weiter zu einem kleinen Eisenwarenladen. Neben dem Geschäft war ein Zeitungskiosk, in dessen Sortiment sah Max auch ausländische Zeitungen. Vornehmlich amerikanische. Max erspähte aber ein Exemplar des Osloer Dagbladet. Als er die Schlagzeile darauf las, stockte ihm der Atem. Mit zitternder Hand griff er nach der Zeitung und las den Titelbericht unter der Schlagzeile:

›Museumsdirektor brutal ermordet!‹

»Max, wo bleibst du denn?«, fragte Howard, der schon im Eisenwarenladen verschwunden war und nun den Kopf wieder aus der Tür herausstreckte.

»Hey, ist alles klar bei dir?«, fragte Cathleen, die hinter Howard stand und bemerkte, wie blass Max aussah.

Ohne eine Antwort zu geben, hielt Max die Titelseite der Zeitung in Howards Richtung.

»Was steht da? Ich kann leider kein Norwegisch. Wer ist das auf dem Bild?«

»Direktor Ingstad«, sagte Max mit stockender Stimme. »Dieses Schwein hat ihn umgebracht!«

Kapitel 12

Warten

»Diese Warterei macht mich noch wahnsinnig. Es kommt mir vor, als sei ich der Hofnarr eines kleinen verwöhnten Prinzchens.« Wütend schritt Gero im Hotelzimmer auf und ab. Seit zwei Tagen ließ der Russe ihn und Freder untätig im Hotel herumsitzen.

»Reg dich ab Gero. Dein Hin und Hergerenne nervt mich!«

Gero blickte zu Freder, der gelassen auf dem Bett lag. Jetzt hatte Freder die Gelassenheit, die ihn selbst sonst immer auszeichnete. Diese Tatsache brachte Gero nur noch mehr in Rage. Und er hasste es, wenn er die Fassung verlor.

»Was glaubt er eigentlich, wer er ist? Dieses miese, milchgesichtige Bürschchen!« Gero spie die letzten Worte voller Verachtung aus.

»Nun, im Moment ist er unser direkter Vorgesetzter«, bemerkte Freder.

»Er ist nichts weiter als ein dekadentes Vollarschloch! Eine Witzfigur, ein Suppenka...«

Es klopfte an der Tür und ohne auf ein »Herein« zu warten, betrat ein Handlanger Mitrenkos das Zimmer.

»Er will euch sehen. Sofort!«

Gero hätte den Kerl am liebsten auf links gedreht, aber noch konnte er seine Wut beherrschen.

»Wir kommen«, sagte er ruhig.

Alexander Mitrenko saß in dem komfortablen Sessel in seiner Suite und trank ein Glas Champagner, als Gero und Freder das Zimmer betraten. Gero musterte ihn mit einem abfälligen Blick. Es gefiel ihm gar nicht, die Drecksarbeit für diesen selbstverliebten Großkotz zu erledigen. Aber noch blieb ihm nichts anderes übrig.

»Ah, meine lieben Freunde. Da seid ihr ja, wie schön, dass ihr Zeit hattet!« Alexander Mitrenko breitete seine Arme weit aus. Seine gekünstelte Freundlichkeit verursachte bei Gero ein komisches Gefühl in der Magengegend.

»Sicher haben wir Zeit. Wir tun ja nichts anderes, als zu warten«, antwortete Gero barsch.

Mitrenkos Gesichtsausdruck verfinsterte sich jäh. Gero sah es mit Wohlgefallen.

»*Kabjel'*! Ihr zwei habt nicht zufällig vergessen, mir etwas Wichtiges mitzuteilen?«

Gero sagte kein Wort, auch Freder blieb stumm.

»Vielleicht die Kleinigkeit, dass der Museumsmitarbeiter, der euch entkommen ist, den Namen Falkenburg trägt?«, fuhr Mitrenko mit scharfer Stimme fort.

»Was sollte daran so wichtig sein?«, fragte Gero.

Mitrenko sprang aus seinem Sessel auf, stieß dabei das Champagnerglas um und hielt Gero urplötzlich ein Messer an die Kehle.

»Verarsch mich nicht, du deutscher Bastard! Ich will die Wahrheit wissen, warum habt ihr es mir nicht erzählt? Was hattet ihr vor? Wolltet ihr euch Falkenburg schnappen?«

Gero blickte unbeeindruckt auf den gut einen Kopf kleineren Russen hinunter.

»Was hätte das geändert? Das Medaillon ist bei ihm. Er selbst ist bedeutungslos. Sein Vater ist schon lange tot.«

»Wer hier von Bedeutung ist und wer nicht, entscheide nur ich, ich ganz allein. Ist das klar?«, zischte Mitrenko ihn an. In seinen Augen konnte Gero eine Spur von Wahnsinn erkennen.

»Völlig klar«, sagte Gero ungerührt.

Langsam ließ Mitrenko das Messer sinken. Danach ging er zurück zu seinem Sessel.

»Ich will, dass ihr zwei nach Island fliegt. Laut meinen Informationen hält Falkenburg sich dort auf.«

»Und was sollen wir machen, wenn wir da sind?«, fragte Freder.

»Ihr beobachtet ihn. Ich nehme an, dass er weiß, was es mit dem Medaillon auf sich hat. Wahrscheinlich ist er schon auf der Suche nach Mjœllnir. Er ist darüber hinaus nicht allein.«

»Wer ist bei ihm?«

»Eine Gruppe von Amerikanern. Archäologen.«

»Sollen wir die alle beseitigen?«

»Nein, zumindest nicht sofort. Ich habe einen Spitzel in der Gruppe. Wartet ab und wenn das Signal kommt, schlagt zu!«

Kapitel 13

Trauer

»Sie hätten nichts daran ändern können, Max. Hören Sie auf, sich Vorwürfe zu machen«, sagte Frederick Crichton. Der junge Deutsche saß mit versteinerter Miene vor ihm. Er war allein mit ihm im Zelt, während die anderen mit den Grabungen beschäftigt waren.

»Warum?«, fragte Max kopfschüttelnd. »Wofür musste er sterben? Für dieses kleine Stück Blech!«

Crichton spürte, wie aufgewühlt Max im Moment war. Er legte ihm die Hand auf die Schulter und versuchte, etwas zu sagen, um ihn zu beruhigen.

»Haakon ist nicht umsonst gestorben, Max. Er hat sein Leben gegeben, um Sie zu schützen! Er muss geahnt haben, dass der Dieb noch mal zurückkehren würde, deshalb hat er Sie außer Landes geschafft.«

Max blickte ihn mit leeren Augen an.

»Sie meinen, die Geschichte mit der Polizei hat er sich nur ausgedacht?«

»Mit Sicherheit. Sonst hätte er Sie wohl nicht so schnell überzeugen können, Oslo zu verlassen.«

»Er sagte mir vor dem Abflug noch, dass er in der Schuld

meines Vaters stehe. Ich hätte nicht zulassen dürfen, dass er in Oslo bleibt, er hätte mich hierher begleiten sollen.«

»Haakon wäre nicht mitgekommen. Er ist ... war immer ein Sturschädel. Wenn er sich einmal was in den Kopf gesetzt hatte, konnte ihn nichts und niemand davon abbringen!« Frederick Crichton musste lächeln bei dem Gedanken an seinen alten Freund. Er war überzeugt, dass er nun in der Verantwortung stand. Haakon hatte Max Falkenburg quasi in seine Obhut gegeben, nun musste er dafür sorgen, seinen letzten Willen zu erfüllen.

»Kommen Sie, Max. Es wird Zeit, dass Sie sich mit der Arbeit eines Archäologen vertraut machen.« Er klopfte Max ermunternd auf die Schulter.

»Was, ich soll jetzt einfach so tun, als wäre nichts passiert?«

»Sie hören mir nicht zu. Ich habe gesagt, Sie sollen sich mit der Arbeit eines Archäologen vertraut machen. Für Haakon können Sie und ich nichts mehr tun. Jetzt kommen Sie, bei der Grabung gelangen Sie auf andere Gedanken. Und ich ebenfalls.« Er ging festen Schrittes aus dem Zelt ins Freie und wartete. Kurz darauf folgte Max Falkenburg ihm. Er nickte ihm wohlwollend zu.

»Folgen Sie mir, Max, ich erläutere Ihnen jetzt erst mal unsere Vorgehensweise bei Grabungen. Haben Sie schon mal was von der Sondierungsgrabung gehört?« Der junge Deutsche schüttelte mit dem Kopf. Frederick Crichton ahnte, dass er noch eine Menge Arbeit vor sich hatte, um Max die Grundlagen der archäologischen Feldarbeit einzuimpfen.

Der Nachmittag war bereits weit fortgeschritten und seit mittlerweile vier Stunden redete, erklärte und zeigte Frederick Crichton Max die Grundlagen der Grabungstechniken. Max verfügte über eine schnelle Auffassungsgabe, wie Frederick feststellen konnte. Wahrscheinlich war doch mehr von seinem Vater in ihm, als Max selber ahnen konnte.

»Sehen Sie hier, Max. Anhand dieses Aushubs nehmen wir die stratigrafischen Befunde vor. Hier kann man die Straten außergewöhnlich gut erkennen.«

»Ja, ich sehe die verschiedenen Schichten. Was sagt uns das jetzt genau?«

»Wir erkennen hier vier verschiedene Schichten. Da man für gewöhnlich davon ausgehen kann, dass die oberste Lage auch die jüngste ist, befindet sich demzufolge die älteste Schicht unten.«

»Also tragen wir jetzt Ebene für Ebene ab, bis wir an die unterste gelangen?«

»Genau! Hierbei müssen wir aber vorsichtig vorgehen. Wir wollen die Schichten so sauber wie möglich trennen.«

»Das klingt nach viel Arbeit.«

Frederick Crichton lachte dröhnend. »Oh ja, da haben Sie recht! Aber es lohnt sich, die Mühe auf sich zu nehmen!«

Crichton bemerkte den skeptischen Ausdruck in Max' Gesicht.

»Sie haben doch nichts gegen harte Arbeit, oder?«, fragte er mit einem Lächeln.

»Nein, nein. Überhaupt nicht«, versicherte Max hastig. »Es ist nur ... Na ja, es sieht nicht gerade sehr spannend aus.«

»Nicht spannend? Mein lieber Max, Sie werden noch feststellen, dass es nichts Aufregenderes gibt, als etwas zum Vorschein zu bringen, das seit Generationen unter der Erde verborgen liegt. Ihr Vater blühte bei Grabungen geradezu auf.«

»Ich weiß. Er konnte mich in den Schlaf reden mit seinen Geschichten über Ausgrabungen in Ägypten und andernorts. In dieser Hinsicht ähnele ich ihm nicht besonders.«

»Ich glaube, da irren Sie sich. Ich habe nicht den Eindruck

gehabt, dass das Medaillon und seine Inschrift Sie unbeeindruckt gelassen haben. Ihnen liegt die Archäologie im Blut, Max, Sie werden sehen.«

Nach weiteren zwei Stunden an Erklärungen ließ Frederick Crichton das Signal zum Abendessen geben. Es gab die Reste vom Eintopf des Vortages. Der Professor blickte zufrieden auf seine kleine Gruppe, während sie am Tisch saßen.

»Ich muss sagen, heute hat jeder von uns ausgezeichnete Arbeit geleistet. Deswegen gibt es als Belohnung dafür etwas ganz Besonderes.« Crichton stand auf und ging an eine kleine Kiste in der Ecke des Zeltes. Er öffnete die Kiste und holte eine Flasche mit einem bernsteinfarbenen Inhalt heraus. Mit einem breiten Grinsen im Gesicht kam er zurück und stellte die Flasche in die Tischmitte.

»Ein herausragender Whiskey. Natürlich ein irischer, die verdammten Iren wissen, wie man Whiskey brennt!« Professor Crichton bemerkte Patricks leicht verstimmten Blick.

»Entschuldigen Sie, Patrick. Sie wissen, dass ich die Iren sehr schätze«, sagte er, während er das erste Glas des Whiskeys einschenkte. Er reichte es Max.

»Nein danke, Professor. Ich bin nicht so der Whiskeytrinker.«

»Probieren Sie, Max. Etwas Vergleichbares haben Sie bestimmt noch nie getrunken.«

Frederick Crichton beobachtete Max genau, während dieser leicht skeptisch dreinblickend, einen kleinen Schluck des Whiskeys nahm. An seinem Gesichtsausdruck konnte er leicht erkennen, dass es nun einen Whiskeyliebhaber mehr gab. Crichton schenkte den anderen ebenfalls ein, dann nahm er sein Glas und hielt es in die Höhe.

»Heute habe ich die Nachricht vom Tod eines guten

Freundes erhalten. Trinken wir auf sein Wohl! Auf dich, Haakon!« Die letzten Worte sagte er so leise, dass niemand der anderen sie hören konnte. Mit Ausnahme von Max Falkenburg. Der junge Deutsche nickte ihm zu und trank sein Glas in einem Zug leer.

Kapitel 14

Der Fund

Als Max am nächsten Morgen aufwachte, spürte er ein leichtes Drücken in seinem Kopf. Der Whiskey schmeckte zwar wirklich gut, hatte bei ihm jedoch ebenfalls die typischen Nebenwirkungen, die er schon vom Wodka nur allzu gut kannte. Behutsam setzte er sich in seinem Feldbett auf und rieb sich die Schläfen. Aus dem Augenwinkel bemerkte er das Aufblitzen schneeweißer Zahnreihen. Joe grinste ihn schadenfroh an.

»Der letzte Whiskey war wohl doch einer zu viel?«

»Wie kommst du darauf? Wenn du nachts weniger schnarchen würdest, hätte ich jetzt keine Kopfschmerzen«, gab Max mit einem grimmigen Lächeln zurück.

»Ist schon klar. Komm, steh auf und halt den Kopf in kaltes Wasser, dann geht's dir gleich besser.« Joe stand auf, klopfte Max ermutigend auf die Schulter und ging nach draußen.

Max begann gemächlich, sich anzuziehen. Danach schlurfte er behäbig aus dem Zelt ins Freie. Die kalte Morgenluft bereitete ihm einen frostigen Empfang, er schlug den Kragen seines Rollkragenpullovers hoch bis unter die Nasenspitze. Aber zumindest verzog sich der Nebel in seinem Kopf ein wenig.

»Guten Morgen, Max.« Cathleen kam strahlend lächelnd auf ihn zu. Augenblicklich verzogen sich auch die letzten Nebelschwaden vor Max' Augen.

»Hallo Cathleen.«

»Du siehst aus wie jemand, der einen starken Kaffee vertragen kann«, lachte sie und nahm ihn bei der Hand. Widerstandslos ließ Max sich von ihr ins große Zelt führen. Drinnen saßen bereits Joe und Patrick. Cathleen platzierte Max den beiden gegenüber am Tisch.

»Ich mache dir sofort einen starken Kaffee.«

Während Cathleen das Wasser für den Kaffee aufsetzte, grinsten Joe und Patrick um die Wette. »Was gafft ihr zwei denn so?«, fragte Max, als er den Kragen seines Pullovers wieder herunterkrempelte. »Ich bekomme nur einen Kaffee.«

»Mach dir keine Hoffnungen«, sagte Patrick, »dieser Kaffee ist zu stark für dich.«

»Du weißt nicht, was ich an Kaffee vertragen kann!«

»Hoffentlich mehr als von Whiskey«, sagte Joe beiläufig.

»Mach dir keine Sorgen um mich. Ich komm schon klar!«

»Wer macht sich hier Sorgen?«

Professor Crichton, Howard und Kirk betraten das Zelt gefolgt von Ike. Als der Dachshund Max sah, stürmte er sofort knurrend auf ihn zu.

»Sagten Sie nicht, er würde sich an mich gewöhnen?«, fragte Max den Professor.

»Er braucht noch etwas Zeit, aber das wird schon.«

Ike entblößte wie zur Bestätigung seine kleinen, spitzen Zähne.

»Das will ich hoffen«, sagte Max leise zu sich und rieb sich mit der Hand über seine Wade.

. . .

Nach dem Frühstück teilte der Professor die Grabungsteams ein. Max sollte zusammen mit Joe Sondierungsgrabungen in der Nähe eines Hangs durchführen. Howard, Cathleen und Kirk sollten Schichtengrabungen vornehmen, während der Professor und Patrick eine Punktgrabung machen wollten.

Als sie das Zelt verließen, wirbelte Max feiner Sprühregen ins Gesicht.

Na toll, muss es ausgerechnet jetzt anfangen zu regnen?

Leicht genervt stapfte Max in Richtung seines Zeltes, um sich eine Regenjacke zu holen. Ike folgte ihm kläffend.

»Halt die Klappe!«

Das Gebell wurde noch heftiger. Max seufzte, ging weiter und versuchte, den Hund nicht zu beachten.

»Ike! Komm sofort hierher!« Professor Crichton rief den garstigen Kläffer mit donnernder Stimme zur Räson. Max sah zufrieden, wie Ike sich mit hängendem Kopf trollte.

Als Max mit seiner Regenjacke aus dem Zelt herauskam, wartete Joe schon auf ihn und drückte ihm eine Schaufel in die Hand.

»Hier! Dann lass uns mal graben gehen«, sagte er breit grinsend.

Ein paar Stunden später fühlte Max seine Hände nicht mehr. Entweder lag es an der Kälte, die ihm durch alle Glieder kroch, oder an den gefühlt mehreren Tonnen Aushub. Er sah auf seine Handflächen. Riesige Schwielen waren in beiden Händen zu sehen. Max blickte hinüber zu Joe, der immer noch unverdrossen weitergrub.

»Wie machst du das?«, fragte Max. »Ist dir die Kälte egal?«

»Nein, ich frier mir hier auch meinen Arsch ab. Aber ich versuche, nicht daran zu denken und einfach schneller zu graben. Das wärmt!«

Max konnte sich ein Grinsen nicht verkneifen. Immerhin ging es Joe nicht besser, aber er hatte eindeutig die passenderen Klamotten für diese Arbeit an. Die Regenjacke hielt ihn zwar oben herum trocken, aber seine Hose war total durchnässt und klebte an seinen Beinen. Missmutig begann Max, weiter zu graben. Mit Schwung stieß er die Schaufel in den Boden.

KLONK!

Max sah hinüber zu Joe, der ihn verdutzt ansah.

»Ich habe was gefunden«, sagte Max ungläubig.

Joe kam zu ihm rüber. »Dann lass uns das mal freilegen, aber vorsichtig!«

Max warf die Schaufel weg und fing an, mit den Händen die Erde beiseite zu schaufeln. Schnell konnte er den Gegenstand sehen, auf den er gestoßen war, ein rundes, messingfarben schimmerndes Gebilde.

»Sieht aus wie ein alter Kochtopf«, stellte Max trocken fest.

»Kann sein. Lass ihn erst mal da liegen, ich hole den Professor.«

Joe lief mit großen Schritten zu Professor Crichton, der in hundert Metern Entfernung von ihnen beschäftigt war. Max konnte sehen, wie der Professor seinerseits die Schaufel fallen ließ und in Windeseile zu ihm herübergelaufen kam. Joe, Patrick und die anderen folgten ihm. Aber der Erste, der bei Max ankam war Ike. Er sprang zu Max in die Kuhle und schnüffelte an dem Fundstück herum. Max griff den jungen Dachshund und setzte ihn an den Rand der Grube.

»Nicht so eilig, mein Kleiner«, beschied er ihn.

Zu Max' Überraschung gab Ike diesmal kein Knurren oder Kläffen von sich. Schnaufend kamen Professor Crichton und die anderen an die Grabungsstelle.

»Zeigen Sie her, Max. Was haben Sie gefunden?«

Max deutete auf den runden Gegenstand, der noch zur Hälfte im Boden steckte. Der Professor stieg zu Max in die Kuhle und begann sofort, den Rest Erde behutsam zu entfernen. Kurz darauf hielt der Professor das Fundstück in den Händen. Max' erster Eindruck schien sich zu bestätigen, es sah tatsächlich aus wie ein kleiner Kochtopf. Von allen Seiten wurde der kleine Kessel nun ausgiebig beäugt.

»Glückwunsch, Max«, sagte Patrick. »Jetzt haben wir zwei Wochen hier vergeblich gesucht und du findest gleich an deinem ersten Grabungstag etwas!«

»Anfängerglück«, erwiderte Max und zuckte mit den Schultern.

»Glück muss man sich erarbeiten«, sagte Professor Crichton. Anerkennend klopfte er Max auf die Schulter. Mit leuchtenden Augen hielt er den Kochtopf vor sich, als wäre er aus purem Gold.

»Das ist der Beweis für meine Theorie. Hier stand ein Wikingerhof, kein Zweifel.«

»Ist es nicht ein klein bisschen verfrüht, um das mit Gewissheit zu sagen?«

Cathleen sah das Ganze deutlich skeptischer als ihr enthusiastischer Vater. Max sah unübersehbar Zweifel in ihrem Gesicht. Aber der Professor ließ sich nicht beirren.

»Auf keinen Fall, Liebes! Gleich morgen werden wir dieses Gebiet hier alle gemeinsam systematisch absuchen und ich bin überzeugt, auf diese Weise fördern wir noch mehr zutage!«

Joe zog den Professor aus der Kuhle hoch. Max kletterte hinterher.

»Das heißt, für heute sind wir erst mal fertig mit Graben?«, fragte er den Professor.

»Ja, das heißt es. Für heute haben wir genug gegraben und ich denke, uns allen geht die Kälte durch Mark und Bein. Zeit, sich aufzuwärmen!« Der Professor zwinkerte Max zu.

Kapitel 15

Telefonat

»Hallo?« Sie wartete auf eine Antwort.

»Ach, Frau Magnusson. Wie schön, wieder von Ihnen zu hören!«

»Warum haben Sie Haakon umgebracht? Das war nicht nötig«, schrie Victoria Magnusson aufgebracht.

Schweigen am anderen Ende der Leitung. Es dauerte eine Weile, bis sich ihr Gesprächspartner wieder zu Wort meldete.

»Meine liebe Frau Professorin, ich versichere Ihnen, dass ich nichts damit zu tun hatte. Das entspricht absolut nicht meiner Vorgehensweise.«

»Sie lügen! Sie waren der Einzige, dem ich erzählt habe, dass Haakon im Besitz des Medaillons ist!«

»Ich halte Ihnen Ihre persönliche Betroffenheit zugute, meine Liebe. Aber wenn Sie mich noch mal der Lüge bezichtigen und meine Ehre damit anzweifeln, werde ich persönlich vorbeikommen und Ihnen das Herz herausschneiden.«

Es war nicht die Drohung, die Victoria Magnusson erschaudern ließ. Vielmehr die Art, in der sie vorgebracht wurde. Ruhig und eiskalt.

»Aber ... Wer hat es dann getan? Wer weiß noch alles von

dem Medaillon und woher?«, sagte sie mit stockender Stimme.

Gelächter erklang über den Hörer.

»Darüber sollten Sie sich keine Gedanken machen. Sie haben mir einen großen Dienst erwiesen, deshalb werde ich auch von weiteren Maßnahmen absehen. Aber für Sie ist diese Geschichte hiermit beendet. Rufen Sie mich nie wieder an! Andernfalls ...«

Es dauerte eine Weile, bis Victoria Magnusson den Hörer ebenfalls auflegte. Sie fühlte sich wie gelähmt. Es war alles ihre Schuld, ganz sicher.

Ich habe Haakon auf dem Gewissen! Niemals hätte ich diesem Schwein vertrauen dürfen.

Kapitel 16

Gaelic Coffee

Nachdem sich alle trockene Klamotten angezogen hatten, trafen sie sich im Hauptzelt. Patrick war damit beschäftigt, Kaffee aufzusetzen. Der gefundene Kessel stand auf dem Tisch in der Ecke des Zeltes. Professor Crichton saß davor und schrieb in sein kleines Notizbuch.

Max ging zu Patrick und wollte ihm helfen. Als er neben Patrick stand, sah er, dass er neben dem Kaffee auch den Whiskey in einem Topf auf der kleinen Kochstelle erhitzte.

»Was wird das denn, wenn es fertig ist?«, fragte er Patrick.

»Gaelic Coffee! Eine irische Spezialität. Du wirst es mögen, glaub mir!« Patrick grinste Max an.

»Du meinst, du kippst den Whiskey mit dem Kaffee zusammen?« Max verzog das Gesicht.

»Nicht nur das: Zur Krönung kommt da noch eine Sahnehaube on top!«

Von hinten kam Joe zu ihnen und stellte sich genau zwischen Max und Patrick. Er legte jedem eine seiner riesigen Hände auf die Schulter.

»Mmh, Gaelic Coffee! Das wirst du mögen, Max, glaub

mir! Das Einzige, was Patrick wirklich gut kann«, sagte Joe lachend.

»Pass auf was du sagst, Mann, sonst küsst du hier gleich den Fußboden!«, erwiderte Patrick gelassen.

»Na dann komm doch her, wenn du dich traust!« Joe ging in Boxpositur. Er fing an, im Halbkreis um Patrick herumzutänzeln.

»Okay, du hast es nicht anders gewollt. Max behalte bitte den Kaffee im Auge.«

Patrick nahm ebenfalls Haltung an und fing an, Joe mit leichten Schlägen zu bearbeiten, die Joe locker mit seiner Deckung abfederte. Max sah den beiden belustigt zu. Joe war annähernd zwei Köpfe größer als Patrick und wog auf jeden Fall das Doppelte. Trotzdem war Joe schnell auf den Beinen. Max sah, dass er keinen Schritt zufällig machte, er erkannte ein bestimmtes Schema in Joes Bewegungen.

»Na Jungs, müsst ihr wieder spielen?« Cathleen gesellte sich zu ihnen. Sie stellte sich neben Max. Sie roch ausgezeichnet, wie eine Rose. Er wandte sich wieder dem Kaffee zu.

»Na warte, jetzt mach ich Ernst.« Der Ankündigung von Patrick folgte ein lauter Schmerzensschrei, ebenfalls von Patrick. Sofort drehte Max sich um, während Cathleen sichtlich Mühe hatte, nicht lauthals loszulachen. Patrick hielt sich die rechte Hand und verzog das Gesicht, als ob er jeden Moment beginnen würde zu weinen. Max konnte sich ein Lächeln nicht verkneifen.

»Alles in Ordnung, Pat?«, fragte Joe mit leicht besorgter Stimme.

»Au, ja verdammt, ist schon okay. Was ist mit deinem Arm los, Mann? Der ist ja steinhart!«

»Das nennt sich Muskeln, Patrick, also etwas, was dir völlig fehlt«, sagte Cathleen mit amüsierter Stimme. Joe und Max lachten laut auf.

»Okay, ich kenne drei Personen, die heute Abend keinen Gaelic Coffee bekommen«, entgegnete Patrick grimmig.

»Ach komm schon, Pat, sei nicht so ein Spielverderber. Ist doch nur Spaß«, sagte Joe. »Zeig mal her die Hand.« Ohne eine Antwort abzuwarten, griff Joe nach Patricks Hand und sah sie mit prüfendem Blick an.

»Nix gebrochen, nichts verstaucht. Mach dir keine Sorgen. In ein paar Minuten ist der Schmerz weg.«

»Vielen Dank, Dr. Carter«, sagte Patrick und zog seine Hand zurück.

»Keine Ursache, Mr. O'Malley.«.

»So, können wir uns dann jetzt wieder den wichtigen Dingen zuwenden? Dem Gaelic Coffee zum Beispiel?«

»Jawohl Ma'am, wird gemacht!« Patrick salutierte vor Cathleen, ging an den Tisch, wo Max immer noch den Kaffee beaufsichtigte.

»Joe, kannst du die Sahne schon mal aufschlagen? Aber nicht so steif wie beim letzten Mal! Max, du holst vier Gläser und Cathleen besorgt Zucker«, sagte Patrick im Kommandoton. Max und die anderen begannen ohne Widerrede mit der Ausführung. Patrick nahm den Kaffeekocher und den Topf mit dem Whiskey von der kleinen Kochstelle und stellte beides auf den Tisch. Cathleen kam mit vier Gläsern zurück und stellte sie mit auf den Tisch.

»Max! Wo bleibt der Zucker?«, schrie Patrick durchs Zelt.

Max wühlte sich durch die Gewürzkiste.

»Hab ihn schon«, rief Max triumphierend und hielt eine kleine silberne Zuckerdose in die Höhe.

»Dann her damit. Joe, wie weit bist du mit der Sahne?«

»Fertig!«

»Sehr schön, dann bitte alle am Tisch Platz nehmen!«

Als alle am Tisch saßen, begann Patrick, die vier Gläser zu einem Drittel mit Whiskey aufzufüllen. Danach tat er in jedes Glas einen Zuckerwürfel.

»Streichholz!«

Wortlos zog Joe eine Streichholzschachtel aus seiner Hosentasche und hielt sie Patrick hin. Patrick nahm ein Streichholz, entzündete es und hielt es in ein Whiskeyglas, in dem der Whiskey entflammte. Gebannt starrte Max auf die blau züngelnden Flammen. Nachdem alle Whiskeygläser entzündet waren, füllte Patrick sie mit Kaffee auf. Der Kaffee löschte die Flammen. Anschließend nahm er die Sahne, die noch eine leicht flüssige Konsistenz hatte, und goss auf alle vier Gläser eine kleine Haube.

»Fertig! Wohl bekomms«, sagte Patrick und nahm sich ein Glas.

Max griff skeptisch zu und roch vorsichtig an seinem Glas.

»Keine Angst, Max, das schmeckt großartig«, sagte Joe zu ihm, als er seinen zweifelnden Gesichtsausdruck bemerkte.

Vorsichtig nippte Max an dem Gaelic Coffee. Er wartete einen Moment, bis sich der Geschmack in seinem Mund vollends entfaltete.

»Das schmeckt richtig Klasse. Respekt, Patrick«, sagte Max angetan.

»Hey, hättet ihr nicht warten können?« Kirk betrat das Zelt und blickte mit leicht verzogenem Gesicht in die Runde.

»Keine Angst, ist noch genug da. Nimm dir ein Glas und setz dich zu uns«, sagte Cathleen.

Sofort befolgte Kirk den Ratschlag Cathleens und setzte sich neben Max an den Tisch.

»Na, du Super-Archäologe. Schmeckt's?« Er grinste Max an. Patrick füllte Kirks Glas auf und schob es ihm rüber.

»So. Dann noch einmal: Wohl bekomms!«

Max merkte, wie die Wärme sich in seinem Inneren überall ausbreitete. Bildete er sich das nur ein oder hatte Cathleen ihm gerade zugezwinkert? Er lächelte unbeholfen zurück und hielt sein Glas etwas fester.

»Also, dann mal auf Max«, sagte Joe und erhob sein Glas.

»Auf mich? Warum?«

»Weil du den ersten Fund hier gemacht hast, Kraut«, sagte Kirk ohne ihn anzusehen.

Max wollte gerade ansetzen, Kirks herablassend arroganten Spruch zu kontern, da stand Patrick auf und rief laut in die Runde.

»Auf Max!«

»Auf Max«, erwiderten die anderen.

Max sah immer noch zu Kirk rüber, nahm dann aber sein Glas und trank.

»Okay, dann aber jetzt auf Patrick, der uns dieses köstliche Getränk zubereitet hat!«, sagte Max, kurz nachdem er sein Glas abgesetzt hatte.

»Auf Patrick«, schallte es zurück.

»Sieht so aus, als bräuchten wir mehr Kaffee und noch mehr Whiskey«, sagte Joe mit Blick auf die leeren Gläser.

»Alles klar für die zweite Runde?«, rief Patrick.

Alle johlten gleichzeitig »Ja!«.

Drei weitere Runden später war Max sich extrem sicher, dass Cathleen ihm immer öfter zuzwinkerte.

Kapitel 17

Katerstimmung

»Guten Morgen Max. Haben Sie gut geschlafen?«, fragte Professor Crichton ihn, als er am nächsten Morgen wieder ins Hauptzelt trat. Max konnte sich nicht genau erinnern, wie er in sein Bett gekommen war, aber geschafft hatte er es immerhin. Wenn auch alleine. Neben dem Professor saß Howard Smith und studierte eine Landkarte. Er beachtete Max nicht.

»Guten Morgen, ja habe ich«, erwiderte er. »Bin ich zu spät dran?«

»Nein, keine Angst, Max. Sie sind noch mit einer der Ersten. Kirk und Patrick schlafen sogar noch. Joe ist soeben los, um sie zu wecken.« Der Professor lächelte milde.

»Ich hoffe, Sie sind nicht sauer, Professor.«

»Sauer? Reden Sie keinen Unsinn, Max! Den gestrigen Abend haben Sie sich verdient. Es muss auch mal Zeit zum Feiern sein! Jetzt setzen Sie sich und frühstücken erst mal. Howard und ich haben gestern neue Grabungspläne gemacht. Wir werden jetzt ausgehend von der Stelle, wo Sie den Topf gefunden haben, die Grabung fortführen.«

»Genau genommen werden wir uns in kleinen Schritten mehr zu dieser Bucht hinarbeiten«, ergänzte Howard. Er zeigte mit dem Finger auf die Landkarte, die vor ihm auf dem Tisch ausgebreitet lag.

»Das ist aber ein ziemlich großes Stück, das da noch vor uns liegt«, sagte Max, während er sich ein Brot machte.

Howard und Professor Crichton grinsten ihn an. Einen Moment lang dachte Max, er hätte was Falsches gesagt.

»Keine Angst, Max, wir werden zuerst an einigen Stellen Sondierungsgrabungen vornehmen. Uns bleibt zu meinem Bedauern nichts anderes übrig, die Zeit läuft uns davon. In zwei Wochen müssen wir unsere Zelte hier abbrechen und zurück nach Boston. Ich beabsichtige aber, bis dahin noch etwas mehr zu finden als nur diesen Topf«, sagte der Professor.

Max kaute auf dem Brot herum. Zwei Wochen! Was würde dann aus ihm werden? Würde Crichton sein Wort halten und ihm die Einreise in die Vereinigten Staaten ermöglichen?

Als hätte der Professor seine Gedanken gelesen, sagte er an Max gewandt: »Sie werden uns selbstverständlich nach Boston begleiten, Max. Sie haben sich jetzt schon bewährt, ohne Ihren Fund würden wir vermutlich immer noch an der falschen Stelle graben.«

»Na ja, ich hatte halt Glück«, entgegnete Max.

»Stellen Sie Ihr Licht nicht so unter den Scheffel. Glück muss man sich erarbeiten.«

In diesem Moment ging die Zeltplane auf und Joe kam breit grinsend herein. Ihm folgten Patrick und Kirk, die beide einen deutlich angeschlagenen Eindruck machten.

»Guten Morgen die Herren! Ich hoffe, ihr habt ausgeschlafen und seid fit. Heute gibt es reichlich zu tun für euch«, sagte Howard zur Begrüßung.

Patrick und Kirk murmelten ein kleinlautes Hallo und setzten sich an den Tisch, um zu frühstücken. Joe setzte sich neben Max und griff sich ein großes Stück Brot.

»Na, schöne Träume gehabt?«, fragte er Max.

»Ich weiß nicht, wieso?«

»Du redest im Schlaf. Aber keine Angst, von mir erfährt keiner was«, sagte Joe grinsend.

»Was würde es denn da zu erfahren geben?«, fragte Max gedämpft.

»Vielleicht, dass du dein Kopfkissen Cathleen nennst!« Joes Grinsen wurde immer breiter. Max fühlte sich plötzlich ertappt.

»Oh, das … äh, ich kann das erklären!«

»Aber sicher kannst du das. Aber bitte nicht mir.« Lachend stand Joe auf und ging zum Kaffeekocher.

Die Zeltplane öffnete sich erneut und mit einem freudigen Kläffen lief Ike auf den Professor zu. Cathleen folgte ihm und setzte sich neben ihren Vater an den Tisch.

»Na Jungs, alle frisch und munter?«, fragte sie mit einem spöttischen Unterton.

Max biss sich auf die Unterlippe. Er blickte zu Patrick und Kirk, die beide mit geröteten Augen und zerknautschtem Gesicht zu Cathleen sahen.

»So, genug gescherzt! Ihr habt noch fünf Minuten und dann geht es an die Arbeit«, sagte der Professor. Er und Howard standen auf und gingen aus dem Zelt. Ike trottete den beiden hinterher.

»Ihr seht wirklich ganz schön scheiße aus«, sagte Joe, als er mit einem Kaffee in der Hand zurück an den Tisch kam.

»Halts Maul und trink deinen Kaffee«, erwiderte Kirk ärgerlich. Er rieb sich die Schläfen und schloss dabei die Augen.

»Kein Grund, ausfallend zu werden«, sagte Max. »Joe hat recht, ihr seht aus, als wäre eine Herde Islandponys über euch hinweggetrampelt!«

»Viel schlimmer ist: Ich fühle mich auch so«, sagte Patrick mit einem etwas gequälten Lächeln.

»Typisch Männer! Erst könnt ihr beim Saufen den Hals

nicht voll genug kriegen und dann wollt ihr am nächsten Tag auch noch Mitleid dafür haben«, sagte Cathleen. »Kommt jetzt, trinkt euren Kaffee aus und dann ab an die Arbeit. Vater hasst es, zu warten.«

Cathleen stand auf und verließ das Zelt.

»Wie macht sie das nur? Hat sie nicht genauso viel getrunken wie wir alle?«, fragte Max.

»Am College sagen alle, sie hätte den Whiskey schon mit der Muttermilch aufgesogen«, sagte Joe. »Außerdem hat sie auf diversen Studentenpartys schon Kerle unter den Tisch getrunken.«

Max blickte Joe erstaunt an. Dann blickte er rüber zu Patrick und Kirk, die von Minute zu Minute bleicher wurden. Er grinste Joe an.

»Diese Partys würde ich zu gerne mal besuchen! Aber jetzt lass uns erst mal rausgehen. Kommt ihr zwei mit?«

Patrick stöhnte, während er behäbig versuchte aufzustehen, und Kirk machte einen Gesichtsausdruck, als ob er soeben den Sensenmann persönlich gesehen hatte. Cathleen hatte recht mit ihrer Behauptung, zumindest im Bezug auf diese beiden.

Als sie aus dem Zelt traten, kam Ike laut kläffend auf Max zugestürmt.

»Hört das denn nie auf?«, stöhnte Max. Wie zur Bestätigung knurrte Ike ihn daraufhin an. Max zuckte mit den Schultern und ging weiter, ohne den Köter eines weiteren Blickes zu würdigen.

»Warum kläfft er dich nicht an?«, fragte er Joe.

»Keine Ahnung. Mag sein, dass ich ihm einfach sympathischer bin als du!«, sagte Joe, ohne eine Miene zu verziehen.

»Wer würde dich schon sympathischer finden?«, fragte Max und blickte Joe mit ernstem Gesicht an. Joe blieb stehen und starrte mit ebenso ernstem Gesichtsausdruck zurück. Dann lachten beide lauthals los.

»In Boston nehme ich dich mal mit zum Boxtraining. Beim Sparring wirst du deine Frechheiten noch bereuen!«

»Oder du wirst erleben, wie ich dich niederschlage. Genau wie Schmeling seinerzeit Joe Louis«, sagte Max mit einem breiten Grinsen.

»Träum weiter, Kleiner! Schmeling hatte im ersten Kampf nur Glück und lag im Rückkampf arg schnell auf den Brettern!«

»So ein Kampf zwischen euch wäre sicherlich eine gute Idee. Jedenfalls habt ihr sogar dieselben Vornamen wie die beiden!«, sagte Patrick, der langsam hinter ihnen herschlurfte.

»Und einer ist immerhin auch Boxer«, fügte Kirk hinzu. »Wie wär's Kraut? Juckt es dich nicht in den Fäusten?«

Max ballte seine Hand zur Faust zusammen. Am liebsten hätte er Kirk gezeigt, wie sehr es ihn in den Fäusten juckte, aber er beherrschte sich.

»Joe ist nicht ganz meine Gewichtsklasse, was hältst du davon, wenn wir zwei mal in den Ring steigen in Boston?«, fragte Max.

»Gerne! Wenn du es jemals nach Boston schaffst.«

»Mach dir darüber keine Sorgen. Dafür würde ich sogar nach Boston schwimmen.«

»Gut. Jetzt, wo das geklärt ist, können wir ja an die Arbeit gehen«, sagte Joe.

Wie zur Bestätigung kläffte Ike erneut. Max nickte und ging weiter, ohne Kirk noch eines Blickes zu würdigen.

Es wurde ein langer Tag. Mehrere Stunden verbrachten Max und Joe damit, Sondierungsgrabungen vorzunehmen. Ohne Erfolg. Auch die anderen hatten nicht mehr Glück. Am frühen Abend hatte Professor Crichton ein Einsehen und beendete die Grabung. Max konnte die Enttäuschung in seinem Gesicht sehen, augenscheinlich hatte er sich mehr erhofft.

Beim Abendessen war es diesmal sehr still am Tisch, alle waren zu erschöpft vom Vortag und den ergebnislosen Grabungen des Tages. Patrick, Joe und Kirk gingen gleich nach dem Essen ins Zelt, während Max sich um den Abwasch kümmern musste. Auch Cathleen ging kurz nach den anderen in ihr Zelt, aber vorher brachte sie ihren Teller noch zu Max und wünschte ihm eine gute Nacht. Max blickte ihr hinterher, als sie das Zelt verließ. Danach blickte er hinüber zu Professor Crichton, der mit Ike auf seinem Schoß mit Howard über den Grabungsplan für den nächsten Tag diskutierte. Offenbar waren die beiden nicht einer Meinung. Howard schüttelte mehrmals den Kopf und stand schließlich sichtlich genervt auf und verabschiedete sich in sein Zelt. Max trocknete die letzten Teller ab und ging danach zum Professor.

»Darf ich mich zu Ihnen setzen?«

»Oh, Max. Ja, setzen Sie sich ruhig. Still, Ike«, sagte der Professor.

»Er hat sich immer noch nicht an mich gewöhnt, wie es aussieht«, bemerkte Max.

»Ach, beachten Sie ihn einfach nicht, das gibt sich schon noch.«

»Gab es eine Unstimmigkeit zwischen Ihnen und Dr. Smith?«

Crichton lachte laut auf.

»Unstimmigkeit würde ich das nicht nennen, eher einen Streit. Aber das gehört nun mal dazu. Howard und ich waren schon öfter nicht derselben Meinung, aber trotzdem arbeiten wir wunderbar zusammen. Er ist ein ausgesprochen fähiger Mann. Morgen früh werden wir uns wieder zusammenraufen und uns über das weitere Vorgehen einigen.«

»Verstehe. Und wie sieht das weitere Vorgehen aus?«

»Wir setzen das fort, was wir heute begonnen haben,

Max«, sagte der Professor mit einem Augenzwinkern. »Wir graben weiter, bis wir fündig werden. Es muss hier einfach noch mehr zu finden sein als nur dieser Topf!«

»Dr. Smith teilt diese Ansicht wohl nicht?«

»Nein, in der Tat, das tut er nicht. Er ist vielmehr der Meinung, wir sollten das Lager abbrechen und es in einer Bucht einige Kilometer weiter südlich von hier versuchen. Wenn wir auch morgen nichts finden sollten, werde ich auf seinen Vorschlag eingehen. Aber ich bin mir überaus sicher, dass hier der richtige Ort ist. Ich spüre es.«

»Sie reden wie mein Vater. Man konnte ihn auch nur schwer von etwas abbringen, wenn er es sich in den Kopf gesetzt hatte.«

»Ja, ich kann mich daran erinnern. Er war stur wie ein Esel. Aber er hatte auch meistens den richtigen Riecher. In Ägypten hat er grandiose Funde gemacht, weil er sich weigerte, allzu voreilig aufzugeben. Und ich habe ebenfalls nicht vor, hier zu schnell aufzugeben!« Der Professor grinste Max an. »Ich hoffe, Sie lassen sich ebenso wenig entmutigen, nur weil wir mal einen Tag keinen Erfolg hatten?«

»Keine Angst. Ich kann ziemlich stur sein. Außerdem teile ich Ihre Ansicht, dass es hier noch mehr zu finden geben muss! Wo ein Topf ist, da muss es auch einen dazugehörigen Haushalt geben!« Max grinste den Professor an.

»Haushalt«, murmelte der Professor. »Ein Haus! Das ist es, wir müssen nach einem Haus suchen!«

»Äh, tun wir das nicht schon die ganze Zeit?«, fragte Max.

»Ja, aber wir sind falsch vorgegangen. Wir gehen davon aus, dass nur noch die Grundmauern zu finden sind, aber wir sollten uns darauf konzentrieren, ein ganzes Haus zu suchen!«

»Ich verstehe nicht ...«

»Es ist ganz einfach, Max. Wir werden alle Hügel und Erhebungen hier im Gebiet absuchen. Ich bin mir sicher, das wir dort fündig werden. Die Häuser der Wikinger hatten vornehmlich Grasdächer und auch die Mauern bestanden großteils aus Torf, also …«

»Was liegt da näher, als das eines von denen im Lauf der Jahrhunderte überwachsen ist und heute ein kleiner Hügel ist!«, vollendete Max.

Der Professor klatschte seine rechte Hand so stark auf den Tisch, dass Ike erschrocken von seinem Schoß sprang.

»Genau so ist es, Max!« Er stand auf und ging an seine Transportkiste, öffnete sie und holte eine Flasche mit einer bernsteinfarbenen Flüssigkeit heraus. Verschwörerisch grinsend kam er mit der Flasche an den Tisch zurück.

»Das ist meine Sonderabfüllung. Ein ganz besonderer Whiskey. Kommen Sie, Max, wir stoßen auf unsere Entdeckung an!«

»Wollen wir nicht lieber abwarten, bis wir wirklich was entdeckt haben?«

»Ach was! Die meisten Entdeckungen werden auf diese Art gemacht! Ich verwette diese Flasche darauf, dass wir so ein Haus finden werden!«

Diesem Argument hatte Max nichts entgegenzusetzen. Er nahm ein Glas, ließ sich von Professor Crichton einschenken und trank.

Kapitel 18

Eriks Haus

»Sehen Sie? Ich wusste doch, dass wir fündig werden würden«, sagte Professor Crichton an Max gewandt. Der Professor lachte vor Freude, während er vorsichtig die Tür freilegte, die er in dem Grashügel gefunden hatte. Max stand mit den anderen im Halbkreis um den Professor herum und war sprachlos.

Es war in der Tat so simpel gewesen, wie der Professor es am Abend vorher beschrieben hatte. Schon beim dritten Grashügel waren sie erfolgreich. Der Hügel stand vielleicht einhundert Meter entfernt von der Bucht und grenzte an eine noch größere Anhöhe. Nach wenigen Spatenstichen stieß Joe auf Holz. Der Professor lief sofort zu Joe, entriss ihm die Schaufel und grub selber vorsichtig weiter. Schnell war klar, dass dies ein Haus war. Und was für eins! Max schätzte die Länge auf wenigstens zwanzig Meter, bei sechs Metern Breite. Die Tür, die der Professor soeben behutsam von den Grassoden befreite, befand sich an der langen Seite, ungefähr drei Meter von der vermutlichen rechten Hausecke entfernt.

»Sehen Sie hier, Howard. Die Wände haben ein Steinfundament und sind danach anscheinend direkt aus Grassoden und Torf weitergebaut worden.« Die Stimme des Professors verriet seine Erregung. »Helft mir mal ein bisschen und haltet hier keine Maulaffen feil.«

Sofort sprangen Joe und Patrick nach vorne, um zu helfen, stießen dabei aber zusammen, wodurch Patrick das Gleichgewicht verlor und zu Boden ging.

»Immer langsam mit den jungen Pferden«, lachte Cathleen, als Patrick verdattert am Boden lag. Sie ging zu ihrem Vater und half ihm, die letzten Grassoden von der Tür zu entfernen.

»So, die Tür ist frei«, sagte der Professor mit einem bedeutungsschwangeren Unterton. Er drehte sich zu Max und den anderen um. »Ich werde die Tür jetzt öffnen und ein Haus betreten, in das seit Jahrhunderten kein Mensch mehr einen Fuß gesetzt hat. Es ist ...«

»Vater«, unterbrach ihn Cathleen lachend. »Halt deine Rede ein anderes Mal. Geh einfach rein!«

Einen Moment schien der Professor gekränkt davon zu sein, dass seine Tochter ihm einfach das Wort abgeschnitten hatte. Aber dann grinste auch er.

»Ist gut. Ich gehe jetzt rein.« Er hob die Augenbraue und machte ein erhabenes Gesicht.

Max starrte wie gebannt auf die kleine, einfache Holztür. Er sah, wie der Professor vorsichtig dagegen drückte. Nichts passierte. Die Tür rührte sich keinen Millimeter. Crichton tastete mit seinen Händen nach einem kleinen Spalt, zwischen Grassoden und Holz und zog. Wieder passierte nichts.

»Soll ich mal versuchen?«, fragte Joe grinsend.

»Ja, ich überlasse Ihnen die Ehre, diese vermaledeite Pforte zu öffnen«, stöhnte der Professor.

Joe ging zur Tür und drückte dagegen. Auch hier tat sich nichts. Dann packte er mit seinen Händen an den Spalt zwischen Türblatt und Gras und zog. Erst ganz leicht, doch dann immer stärker. Max sah, wie Joes Finger anfingen zu zittern. Dann flog Joe ruckartig mit der Tür in der Hand zurück, stieß mit Patrick zusammen und begrub ihn unter sich. Schallendes Gelächter war die Folge. Max kamen die Tränen vor Lachen, als er sah, wie Patrick unter Joe, der immer noch die Tür in der Hand hielt, begraben lag und nach Luft schnappte.

»Lacht nicht so blöd. Hebt lieber dieses Riesenbaby von mir runter!«

Professor Crichton beachtete das Gelächter nicht, er starrte gebannt auf die offene Tür.

»Wir brauchen Taschenlampen«, sagte er an Cathleen gerichtet. »Max, Kirk. Helft Patrick und Joe wieder auf die Beine.«

Max half Joe beim Aufstehen und ging dann näher an die offene Tür heran. Ein muffig-feuchter Geruch strömte ihm entgegen. Weit hineinsehen konnte er nicht, aber gleich in der Nähe des Eingangs sah er einen großen Stützbalken.

»Das riecht ja schlimmer als Joes nasse Socken«, sagte er grinsend. »Wurde auch höchste Zeit, dass endlich gelüftet wird!«

Cathleen kam wieder zurück mit mehreren Taschenlampen. Sie gab ihrem Vater eine und verteilte die restlichen.

»Wir gehen jetzt hinein. Ich möchte nicht, dass irgendwer da drinnen etwas anfasst ohne meine ausdrückliche Genehmigung!« Alle nickten zustimmend. Nur Ike schien die Worte nicht verstanden zu haben und rannte kläffend durch die Tür ins Hausinnere.

»Ike! Komm sofort wieder her«, rief der Professor.

Kurz darauf kam der Dachshund wieder aus dem Haus und hielt einen Knochen in seinem Fang.

»Ich dachte, wir sollten da drinnen nichts anfassen?«, fragte Patrick unschuldig. Crichton bedachte ihn mit einem bösen Blick, sagte aber weiter nichts.

»Zeig doch mal her, was du da Feines hast«, sagte der

Professor zu Ike. Doch Ike dachte überhaupt nicht daran, seinen Fund mit irgendjemandem zu teilen. Er knurrte leise, als die Hand des Professors sich seinem Maul näherte.

»Ike! Aus!«, sagte der Professor in strengem Tonfall. Doch Ike knurrte nur noch lauter. Der Professor griff nach dem Knochen, aber Ike lief einige Schritte von ihm weg und knurrte weiterhin.

»So wird das nichts. Du musst ihm etwas zum Tausch anbieten«, sagte Cathleen lachend. »Hier probier es mal damit!« Cathleen griff in ihre Jackentasche, holte ein kleines Stück Wurst hervor und reichte es ihrem Vater.

»Warum hast du ein Stück Wurst in der Tasche?«, fragte Max verwundert.

»Genau für Fälle wie diesen«, erwiderte sie.

Mit dem Köder in der Hand ging der Professor erneut auf Ike zu. Der knurrte immer noch misstrauisch, begann aber leicht zu schnüffeln.

»Na komm schon, Ike. Gib Vati den Knochen!«

Max sah, wie Cathleen mit den Augen rollte, während Patrick und Kirk sich nur mit Mühe ein Lachen verkneifen konnten. Aber schließlich hatte der Professor Erfolg. Ike ließ den Knochen fallen und schnappte sich stattdessen die ihm angebotene Wurst. Sofort griff Crichton sich den Knochen und betrachtete ihn mit prüfendem Blick.

»Hm, auf jeden Fall ist es kein Menschenknochen! Versteinert ist er auch schon.« Er warf Ike den Knochen wieder hin, der ihn sich sofort schnappte und einige Meter von ihnen weglief.

»Also lassen Sie uns hineingehen!«

Alle schalteten die Taschenlampen an und folgten dem Professor, der das Haus als Erster betrat.

Das Haus schien nur aus einem einzigen Raum zu bestehen. Es wirkte wie eine kleine Halle. Max sah eine ganze Reihe von Holzstützbalken links und rechts von der Raummitte. Die Balken wirkten teilweise seltsam verdreht. In der Raummitte war eine große Feuerstelle, fein säuberlich mit Steinen eingefasst. Sie hatte eine Länge von mindestens drei Metern und diente wohl auch als Hauptheizquelle des Hauses. Inmitten der Kochstelle sah Max Knochen liegen. Hier hatte Ike sich wohl bedient.

Max blickte zu Professor Crichton, der schon am Westgiebel angekommen war. Er stand mit Howard vor einem großen Steinhaufen. Als Max zu den beiden ging, sah er, dass es sich bei dem Steinhaufen um eine Art atavistischen Thron handelte. Im Lauf der Jahrhunderte hatte dieser Sitz fraglos deutlich gelitten, die ursprüngliche Form ließ sich nur noch vage erahnen. Der einst vermutlich stattliche Sitz war zu einer profanen Anhäufung von Steinen verkommen. Howard ging in die Knie und nahm einen der Steine aus der Seite des Haufens heraus. Schlagartig stürzte die komplette linke Seite des einstigen Hochsitzes in sich zusammen. Erschrocken taumelte Howard zurück.

»Howard! Ich hatte doch gesagt, niemand fasst etwas an«, grollte der Professor.

Hinter Max lachten Kirk und Joe über dessen Missgeschick, aber ein Blick von Howard brachte sie sofort zum Verstummen. Max reichte ihm die Hand und half ihm beim Aufstehen.

»Danke«, sagte er. »Tut mir leid, Frederick, für einen Moment hab ich vergessen, womit wir es hier zu tun haben.«

»Dann denken Sie ab jetzt daran!«

Crichton wandte sich von dem zusammengefallenen Steinthron ab und ging zur gegenüberliegenden Seite, wo sich eine Nische befand. Er leuchtete mit der Taschenlampe hinein.

»Seht, hier liegen noch mehr Töpfe herum. Ähnlich dem, den Max gefunden hat.«

»Und ich habe das passende Geschirr dazu gefunden«,

sagte Kirk. Er stand an der Wand gegenüber dem Langfeuer und leuchtete auf ein Regal alter Teller, Becher und Besteck.

»Könnte mal wieder einen Abwasch vertragen, oder, Patrick?«

»Wenn du meinst!«

»Lasst den Unsinn! Sucht lieber weiter. Wahrscheinlich gibt es hier noch Interessanteres zu finden, außer Töpfe und Geschirr«, sagte der Professor.

»Ich habe etwas Interessanteres gefunden, Vater.«

Alle drehten sich zu Cathleen um. Sie hielt etwas in den Händen. Max erkannte sofort, um was es sich handelte.

»Ein Blatt?«, fragte er verwundert.

Aber der Professor lief sofort zu ihr und nahm das Blatt genau in Augenschein.

»Unglaublich! Faszinierend. Ein Ahornblatt. Und das Blatt ist bemerkenswert gut erhalten.« Die Stimme des Professors überschlug sich nahezu vor Begeisterung. »Worin war es eingewickelt?«

»Wie kommst du darauf, dass es eingewickelt war?«, fragte Cathleen grinsend.

»Kleines, wie hätte das Blatt die Jahrhunderte sonst überstehen können? Also, worin war es eingewickelt?«

»Hierin!«

Für einen Moment war es totenstill. Alle starrten ungläubig auf das große Stück Stoff, das Cathleen vom Boden aufgehoben hatte und nun ausgebreitet vor sich hielt. Max war der Erste, der seine Sprache wiederfand.

»Ein Bildteppich«, entfuhr es ihm.

»Das ist ... einfach phänomenal«, stammelte Professor Crichton. »Man kann fast alles noch erkennen. Ein Reiter, verschiedene Personen, ein Wagen ... und ein Schiff!«

»An der rechten Seite scheint ein Stück zu fehlen«, sagte Howard und deutete mit dem Finger auf die Fransen an der rechten Seite des Teppichs.

»Ja, scheint so. Aber er wurde nicht zerrissen. Es sieht eher danach aus, als ob jemand diesen Teil abgeschnitten hat«, sagte Crichton.

»Warum sollte jemand das getan haben?«, fragte Cathleen.

»Womöglich, weil dieser Teil der Geschichte nicht überliefert werden sollte«, sagte Max.

Der Professor und Howard sahen erst ihn an und blickten dann auf den Teppich.

»Wir müssen versuchen diese Geschichte schnellstens zu übersetzen«, sagte Howard an den Professor gewandt.

»Ja, Sie haben recht«, stimmte Crichton ihm zu. »Kommt, für heute sind wir hier drinnen fertig. Wir werden morgen weitermachen. Joseph, setzen Sie die Tür bitte wieder ein!«

Der Professor rollte den Teppich vorsichtig zusammen und ging aus dem Haus hinaus ins Freie. Die anderen folgten ihm sofort. Nur Max blieb noch bei Joe.

»Na komm, Joe, ich helfe dir bei der Tür«, sagte Max. »Nicht dass du wieder was niederreißt!«

»Danke, sehr aufdringlich«, sagte Joe mit einem Grinsen.

»Mach ich doch gerne«, lachte Max.

Gemeinsam stellten sie die Tür wieder in die Zarge und stützten sie mit mehreren Grassoden ab. Anschließend gingen auch sie zum Lager zurück, wo der Professor im Hauptzelt schon grübelnd über dem Teppich gebeugt saß. Er hatte ihn auf dem Tisch ausgelegt und schrieb eifrig in sein Notizbuch. Howard stand neben ihm zu seiner Rechten und Cathleen links von ihrem Vater. Beide runzelten die Stirn beim Blick auf die Bilder des Teppichs. Der Professor hingegen schien keinerlei Probleme damit zu haben, die Darstellungen zu deuten. Niemand sagte einen Ton, einzig das Kratzen von Crichtons Stift in seinem Notizbuch war zu hören. Mit einem Mal knallte der Professor seinen Stift auf den Tisch. Cathleen zuckte merklich zusammen. Howard ließ sich dadurch nicht irritieren.

»Was haben Sie gefunden, Frederick?«

Der Professor blickte erst Howard in die Augen, dann sah er zu Cathleen. Hiernach drehte er sich zu Max und Joe herum und machte eine Geste, dass sie näher treten sollten. Auch Patrick und Kirk winkte er aus der anderen Ecke des Zeltes herbei. Max konnte förmlich spüren, wie sehr Crichton diesen Augenblick genoss. Als alle bei ihm waren, stand der Professor sehr bedächtig auf und blickte mit bedeutungsschwerem Blick in die kleine Runde seiner Studenten und Mitarbeiter. Oder blickte er auf sie herab wie auf seine Jünger? Max konnte sich ein Grinsen ob der theatralischen Inszenierung nicht verkneifen. Er hatte beim ersten Blick auf den Teppich schon das erkannt, was der Professor ihnen jetzt verkünden wollte. Zu oft hatte er jene Bilder während seines Studiums bei Professorin Magnusson schon studiert und er kannte das Wappen, welches in der Mitte des Teppichs prangte. Aber um nichts in der Welt wollte Max ihm diesen Moment zerstören. Also blickte auch er gebannt auf Professor Frederick Crichton.

»Dieses Haus, das wir heute gefunden haben«, Crichton machte eine kurze Pause und ließ seine Worte einen Augenblick lang wirken, »war die Heimstätte von Erik dem Roten und seiner Familie!«

Während die Umstehenden ein erstauntes Gesicht machten, blickte Max hinüber zu Ike, der in einer Ecke des Zeltes genüsslich an seinem jahrhundertealten, versteinerten Knochen nagte.

Kapitel 19

Der Teppich

Der nächste Morgen begann furchtbar. Es regnete wie aus Eimern und die Eiseskälte erinnerte Max eher an den Januar als an den Mai. Es kostete ihn einiges an Überwindung, aus seinem Zelt ins Freie zu treten. Er zog sich die Kapuze seiner Regenjacke über den Kopf und rannte hinüber ins Hauptzelt. Dort begrüßte Ike ihn kläffend. Sein Steinknochen lag immer noch in der Ecke des Zeltes. Ohne den Hund zu beachten, ging Max an den Tisch, wo der Professor und Howard über den Teppich gebeugt saßen. Beide waren so vertieft in den Bildteppich, dass sie Max nicht bemerkten. Erst sein lautes »Guten Morgen!« schreckte die beiden Archäologen aus ihrer Arbeit auf.

»Oh, hallo Max. Ich habe gar nicht bemerkt, dass Sie reingekommen sind«, sagte Howard entschuldigend. Danach wandte er sich sofort wieder dem Teppich zu.

»Machen Sie Fortschritte bei der Entschlüsselung des Teppichs?«, fragte Max, als er sich den beiden gegenüber an den Tisch setzte.

Mit einem Seufzer lehnte sich der Professor nach hinten in seinen Stuhl, nahm die Brille von der Nase und rieb sich die Augen.

»Nein, leider nicht. Wir hängen an diesem Bild hier fest!«

Er tippte mit dem Finger auf ein Bild in der unteren rechten Ecke des Teppichs, nahe der Stelle, wo ein Stück abgetrennt worden war. Max sah sich das Bild genauer an. Es zeigte ein Wikinger-Langschiff, ein Drachenboot. Es hatte ein gestreiftes Segel. Mehrere Männer waren auf dem Schiff. Ganz vorne am Bug stand ein Mann, der eine Kiste in den Händen hielt. Hinter ihm stand ein riesiger Kerl mit einer doppelschneidigen Axt. Über dem Bild erkannte Max die feinen Umrisse von Runen. Er kniff die Augen zusammen und las.

»Leifur. Leif Eriksson«, entfuhr es ihm.

»Ja, der Mann vorne am Bug ist Leif Eriksson. Er hat diese Kiste, die er in den Händen hält, von seinem Vater Erik genommen, bestieg dann dieses Schiff und ab hier kommen wir nicht weiter. Die restlichen Runen sind verblasst und der Rest des Teppichs fehlt«, sagte Professor Crichton.

»Leider ist dieser Teppich nicht ganz so gut erhalten wie der Teppich von Bayeux«, sagte Howard.

»Ganz abgesehen davon, dass der Teppich von Bayeux über sechzig Meter lang ist.«

»Hoffentlich ist das Stück, das hier fehlt, nicht auch sechzig Meter lang«, witzelte Max.

Der Professor warf ihm einen düsteren Blick zu.

»Mit Sicherheit nicht. Aber selbst dieses kleine Stück stellt uns vor ein großes Problem. So wissen wir nicht, wo wir suchen müssen.«

»Wo wir was suchen müssen?«, fragte Max.

»Mjœllnir natürlich. Was sonst sollte sich in der Kiste befinden?«

»Laut Professorin Magnusson hat Leif den Hammer nach Nordamerika gebracht.«

»Ja und diese Theorie ist sehr wahrscheinlich auch korrekt«, entgegnete Crichton mit grimmigem Blick. »Nur wo in Nordamerika? Leif hat mehrere Fahrten dorthin unternommen, der Hammer könnte überall sein.«

»Aber zumindest haben wir jetzt einen Beweis, dass der Hammer existiert und dass Leif ihn fortgebracht hat«, sagte Max.

»Nein. Haben wir nicht«, sagte Howard ernst. »Das Einzige, was wir haben, ist ein Bild, wie Leif eine Holzkiste von seinem Vater entgegennimmt und diese wegbringt. Das beweist gar nichts.«

»Zusammen mit dem Medaillon wird es aber schon beweiskräftiger«, entgegnete Max selbstbewusst.

»Wir wollen aber nichts beweisen, Max. Wir müssen den Hammer finden, bevor es der Dieb und Mörder aus Oslo tut«, sagte der Professor. »Wer immer er ist und für wen er auch arbeitet: Es kann nichts Gutes sein, wofür er den Hammer benutzen will.«

»Benutzen.« Max stockte einen Moment. »Die Professorin hat gesagt, niemand könnte den Hammer benutzen, solange er nicht die Handschuhe und den Gürtel Thors trägt.«

»Der Megingjarder! Thors Gürtel, Sie haben recht, Max«, entfuhr es dem Professor.

»Wie würden Sie vorgehen, wenn Sie so einen mächtigen Gegenstand sicher verwahrt wissen wollen?«, fragte er Howard. Der überlegte kurz, blickte dann zu Max und erwiderte: »Ich würde zuerst den Hammer in ein Versteck bringen, so weit entfernt, wie es nur möglich ist. Und danach würde ich die beiden Gegenstände, ohne die niemand in der Lage ist, den Hammer anzufassen, getrennt voneinander verstecken.«

»Genauso ist es! Leif brachte den Hammer nach Nordamerika, aber er kam zurück und gravierte das Medaillon. Und sicherlich hatte er den Gürtel und die Handschuhe noch bei sich und hat sie weit entfernt von dem Hammer versteckt.«

»Also müssen wir zuerst die Handschuhe und den Megingjarder finden, bevor wir den Hammer suchen können«, sagte Max. »Aber wo suchen wir die?«

»Hier!« Der Professor stand auf. »Wir stellen das ganze Haus auf den Kopf. Es muss hier einen Hinweis darauf geben, wo wir die Handschuhe und den Gürtel finden können. Leif hatte sicherlich nicht vor, dass der Hammer auf ewig unentdeckt bleibt. Er wird sie bestimmt nicht einfach ins Meer geworfen haben.«

»Niemand schmeißt einen so mächtigen Gegenstand einfach ins Meer«, flüsterte Max.

»Wie bitte?«, fragte Howard.

»Ach nichts. Das hat Professorin Magnusson zu mir gesagt, als ich sie fragte, warum Leif den Hammer denn nicht einfach ins Meer geworfen hat, wenn er wollte, dass ihn niemand findet.«

»Das ist es: das Meer«, sagte Howard und griff hastig nach der Landkarte.

»Hier, direkt vor uns in der Bucht befindet sich eine kleine Insel.« Howard deutete mit dem Finger auf einen kleinen Punkt auf der Karte.

»Ein idealer Ort, wenn man etwas verstecken möchte«, murmelte der Professor.

»Ja, die Insel liegt direkt im Sichtfeld des Hauses.«

»Also, worauf warten wir dann noch?«, fragte Max.

»Vielleicht auf besseres Wetter«, sagte Cathleen, die gerade das Zelt betrat und sich schüttelte. »Es regnet Katzen und Hunde!«

»Außerdem möchte ich darauf hinweisen, dass wir kein Boot haben, um mal eben zur Insel zu paddeln«, sagte Howard.

»In Ordnung, dann konzentrieren wir uns heute noch auf das Haus. Cathleen, du fährst mit Kirk in die Stadt und besorgst uns noch ein paar Ausrüstungsgegenstände«, befahl der Professor.

»Und Kaffee, wir brauchen Kaffee«, ergänzte Max, der zum Kaffeekocher hinübergegangen war.

»Sonst noch was, der Herr?«, fragte Cathleen giftig.

»Also, wenn du schon fragst: Ein paar trockene Hosen wären auch ganz nett und ...«

»Vergiss es!« Cathleen drehte Max demonstrativ den Rücken zu.

»Womit das jetzt also auch geklärt wäre«, stellte der Professor trocken fest. »Komm Cathleen, ich schreibe dir eine Liste der Dinge, die du bitte für uns besorgst.«

Max kochte grinsend den Kaffee, während Cathleen mit ihrem Vater das Zelt verließ. Kurz darauf kamen auch Joe, Patrick und Kirk in das Zelt.

»Mensch, Max, warum hast du mich denn nicht geweckt?«, fragte Joe mit gespielter Empörung in seiner Stimme.

»Weil du gerade so schön mit deinem Kissen geknutscht hast. Dabei wollte ich dich lieber nicht stören.«

Grinsend setzte Max sich mit einer Tasse Kaffee in der Hand an den Tisch, wo Howard immer noch über dem Bildteppich brütete.

»Kaffee?«, fragte Max.

»Nein, danke. Ich glaube, wir haben noch etwas übersehen, etwas Entscheidendes. Aber ich finde es nicht.«

»Vielleicht weil der wesentliche Teil fehlt«, gab Patrick zu bedenken und deutete auf den rechten Rand des Teppichs.

»Warum sollte dieses Stück auch sonst entfernt worden sein? Wenn es was von Bedeutung gab, dann auf dem fehlenden Stück«, sagte Joe.

»Ich glaube trotzdem, dass es auch hier noch was zu finden gibt. Dieser Teppich lag nicht zufällig noch in Eriks Haus«, sagte Howard.

Keiner erwiderte etwas darauf. Max blickte auf das Knüpfwerk.

Es stimmt, irgendjemand hatte diesen Teppich absichtlich im Haus gelassen. So offensichtlich, dass man ihn finden musste!

»Vielleicht sollten wir uns das Haus noch mal genauer vornehmen, womöglich liegt der entscheidende Hinweis noch dort«, sagte Max. »Was ist denn eigentlich mit dem Blatt?«

»Das Ahorn-Blatt. Es war bestimmt nicht ohne Grund in den Teppich eingewickelt«, sagte Kirk.

Max bemerkte einen ungewohnten Enthusiasmus in seiner Stimme, nicht die gewohnte Herablassung. *Vielleicht ist er ja doch in Ordnung.*

»Das Blatt ist doch einfach nur der Hinweis, dass Leif die Küste Nordamerikas betreten hat. Irgendwo«, sagte Patrick.

»Mag sein«, sagte Howard. »Aber eventuell ist da doch noch mehr dran. Wir gehen jetzt erst mal alle in Eriks Haus und suchen dort weiter. Heute Abend können wir uns immer noch mit dem Teppich beschäftigen.«

Die Zeltplane ging auf und Cathleen kam herein.

»Bäh, so ein Mistwetter. Da bist du ja, Kirk. Komm, wir zwei fahren in die Stadt, es gibt einiges zu beschaffen.«

Max musste lächeln, als er Cathleen am Zelteingang stehen sah. Klatschnasse Hosenbeine, die dicke gelbe Regenjacke darüber und trotzdem sah sie einfach immer noch hinreißend aus. Und dazu plapperte sie so ungezwungen drauflos, als ob sie kein Wässerchen trüben konnte. Zu gerne wäre er mit ihr in die Stadt gefahren. Alleine.

»Okay. Dann lass uns mal losfahren. Viel Spaß noch, Jungs«, sagte Kirk und zwinkerte ihnen zu.

»Eingebildeter Fatzke«, murmelte Max vor sich hin.

»So und wir nehmen uns dann das Haus noch mal richtig vor, meine Herren«, sagte Howard mit Nachdruck und stand auf.

Max und die anderen folgten ihm ins Freie, wo Cathleen und Kirk gerade mit dem knatternden Transporter an ihnen vorbeifuhren. Etwas neidisch blickte Max dem kleinen Lieferwagen hinterher. Dann zog er seine Kapuze über den Kopf und trottete in Richtung des Hauses von Erik dem Roten.

Am Abend war die Stimmung längst nicht so enthusiastisch wie am Tag zuvor. Obwohl sie eine Menge an Funden in dem Haus gemacht hatten, wollte kein rechtes Erfolgsgefühl aufkommen. Max blickte sich im Hauptzelt um, überall standen Kisten mit den Funden des Tages. Töpfe, Becher, Kessel, Teile von Schiffsausrüstungen und Werkzeuge aller Art. Normalerweise wäre das ein Grund zum Feiern, so einen Fund hatte es seit der Entdeckung des Oseberggrabes nicht mehr gegeben. Direktor Ingstad würde schier wahnsinnig werden vor Freude über einen solchen Fund. Aber der Direktor war tot. Und Max spürte eine Mischung aus Enttäuschung und Wut in sich aufsteigen. Denn obwohl diese Objekte zweifelsohne etwas ganz Besonderes darstellten, das eigentliche Ziel ihrer Suche hatten sie nicht gefunden, nicht den kleinsten Hinweis darauf. Der Teppich blieb der einzige Anhaltspunkt, weswegen der Professor und Howard erneut über den Bildern grübelten, während Max und die anderen die Funde des Tages katalogisierten. Von draußen drang das

Knattern eines Transporters ins Zelt hinein. Kurz darauf betraten Cathleen und Kirk das Zelt.

»Hallo, da sind wir wieder! Oh, was ist denn hier los, haben wir einen Antiquitätenhandel aufgemacht?«, fragte Cathleen mit einem charmanten Lächeln auf den Lippen, als sie die ganzen Fundstücke erblickte.

»Wieso, hast du Interesse an ein paar Stücken? Ich könnte dir einen guten Preis machen«, entgegnete Patrick.

»Schreiben Sie in Ruhe weiter, Mr. O'Malley«, sagte Professor Crichton. »Hast du alles bekommen?«

»Ja, ist alles auf dem Lkw. War aber nicht billig!«

»Mach dir darüber mal keine Sorgen. Wenn wir dadurch einen Hinweis auf den Verbleib des Hammers finden, ist es jeden Cent wert. Max und Joe! Ihr helft Kirk beim Abladen.«

Max staunte nicht schlecht, als er das Schild auf der riesigen Kiste las, die auf der Ladefläche des Lkw stand.

»Ein Schlauchboot!«

»Gut erkannt, Sherlock. Hier, nimm schon mal die Paddel«, sagte Kirk in seiner gewohnt herablassenden Art und reichte Max vier Paddel von der Ladefläche runter. Danach wuchteten sie zu dritt die riesige Kiste mit dem Schlauchboot vom Lkw herunter.

»Ich hoffe, das Ding müssen wir nicht mit Lungenkraft aufblasen!«

»Keine Sorge, wir haben Handpumpen dafür.«

»Besser als nichts! Für wie viele Personen ist dieses Monsterschlauchboot denn ausgelegt?«

»Für sechs! Fangt am besten gleich an, die Luft hineinzupumpen«, sagte Professor Crichton, der aus dem Zelt gekommen war. »Dann können wir gleich kontrollieren, ob es auch dicht ist, und wenn nötig flicken. Morgen früh setzen wir dann sofort auf die kleine Insel in der Bucht über.«

Kapitel 20

Die Insel

»Immer schön sachte, Pat! Du musst mehr auf den Rhythmus deines Nebenmannes achten! So kommen wir sonst nie an«, sagte Joe.

»Warum achtet Kirk nicht auf meinen Rhythmus? Ich tue schon, was ich kann«, schnaufte Patrick.

»Welcher Rhythmus? Du hast doch gar keinen, Patrick!«, lachte Kirk.

»Hört auf zu streiten und paddelt weiter!«

Die strenge Stimme des Professors beendete das Geplänkel sofort. Max merkte, wie seine Arme immer mehr zu brennen begannen. Dabei hatten sie gerade mal die Hälfte des Weges zu der kleinen Insel geschafft. Cathleen durfte sich glücklich schätzen, dass sie mit Ike im Lager bleiben durfte. Das einzig Positive war das Wetter. Es war trocken, gab kaum Wind und ab und zu ließ sich sogar die Sonne zwischen den Wolken blicken. Das Brennen in den Armen nahm immer mehr zu, Max fühlte sich, als ob er mehrere Hundert Liegestütze gemacht hatte. Patrick sah allerdings noch erschöpfter aus als er. Nur Joe ließ keinerlei Müdigkeit erkennen und trieb sein Paddel mit unerbittlicher Härte immer wieder ins

Wasser. Er ließ sich auch nicht von dem vor ihm sitzenden Kirk beirren, der ihn ziemlich oft wie rein zufällig mit seinem Paddel nass spritzte. Max war sich sicher, dass er dies absichtlich tat. Er würde sich Kirk deswegen heute Abend noch mal zur Brust nehmen.

Schweigend paddelten sie weiter und nach fünfzehn Minuten, die Max schier endlos erschienen, erreichten sie die kleine Insel. Max und die anderen Ruderer sprangen aus dem Schlauchboot in das knöchelhohe Wasser, um das Boot die letzten Meter an die flache Böschung zu ziehen.

»Verdammt, ist das kalt«, fluchte Patrick.

»Nur ein paar Meter, dann haben wir es geschafft«, schnaufte Max.

Kurz drauf hatten sie das Schlauchboot komplett aus dem Wasser gezogen und der Professor und Howard stiegen ebenfalls aus dem Boot.

»Gut gemacht, Jungs! Dafür gibt's heute Abend einen extra heißen Tee für euch«, sagte Howard mit einem Lächeln auf den Lippen und klopfte danach Joe aufmunternd auf die Schulter.

»Wonach wollen wir denn jetzt suchen?«, fragte Max und blickte sich auf dem kleinen Eiland um. Es war über und über mit Gras bewachsen, hatte unzählige Hügel und nirgendwo war ein Anzeichen zu erkennen, dass hier früher schon Menschen gewesen waren.

»Wir werden uns in drei Gruppen aufteilen. Kirk und Howard gehen die Küstenlinie in Richtung Osten, Patrick und Joe nach Westen und Max und ich gehen schnurgerade über die Insel«, sagte der Professor mit Bestimmtheit.

»Allzu groß ist es hier ja nicht, also werden wir uns schon in wenigen Minuten am anderen Ende wiedertreffen«, sagte Howard.

»Und was machen wir, wenn wir was finden sollten?«, fragte Patrick.

»Laut schreien, was denn sonst«, sagte Joe grinsend. »Die anderen werden uns hier schon hören.«

»Gut, dann sind ja alle Unklarheiten beseitigt. Los!«, sagte Crichton.

Alle nahmen ihre Ausrüstung aus dem Schlauchboot und gingen los. Max ging schweigend neben Professor Crichton her, der seinen prüfenden Blick stets auf den Boden gerichtet hielt.

»Glauben Sie wirklich, dass Leif hier etwas vergraben hat?«, fragte Max, nachdem sie eine Weile schweigend nebeneinander hergegangen waren.

»Absolut! Leif kam zurück nach Island, um den Teppich im alten Haus seiner Familie zu verstecken. Sicherlich hat er noch etwas anderes bei sich gehabt.«

»Den Gürtel oder die Handschuhe Thors.«

»So ist es! Es muss einfach so sein«, sagte der Professor mit zuversichtlichem Unterton.

»Aber wozu das alles? Für wen hat er das versteckt?«

»Vielleicht hat er den Hammer als eine Art Familienerbstück betrachtet und wollte, dass seine Nachkommen die Möglichkeit haben, den Hammer zu finden. Wie Professorin Magnusson so treffend sagte, so einen mächtigen Gegenstand schmeißt man nicht einfach weg.«

Crichton lachte laut auf nach den letzten Worten.

»Was ist daran so lustig?«, wollte Max wissen.

»Ach, ich musste nur gerade daran denken, was die gute Victoria für ein Gesicht machen wird, wenn sie erfährt, dass wir den Hammer gefunden haben. Sie wird vor Wut und Neid zerplatzen!«

»Sie mögen sie wohl nicht?«

»Das ist eine schamlose Untertreibung, Max. Diese Frau hat in den Jahren an unserer Universität mehr Gift verspritzt als ein ganzes Nest Königskobras! Sie würde alles tun für

Ruhm, Ehre und diese Dinge.« Die Miene des Professors verfinsterte sich.

»Aber wollen das nicht alle Archäologen? Ruhm und Ehre meine ich«, sagte Max.

Abrupt hielt der Professor an und blickte Max an.

»Ruhm? Ehre? Was bedeutet das schon, das ist alles vergänglich, Max. Ihr Vater wusste das – leider nur zu gut! Auch Ruhm und Ehre konnten ihn nicht retten. Und Ihr Vater hatte jede Menge davon«, sagte Crichton ernst.

Max nickte. Er konnte sich gut an die unzähligen Auszeichnungen seines Vaters erinnern. Er hatte eine ganze Kiste voll davon. Eine Kiste voll mit Ruhm und Ehre! Einige der Ehrungen waren sogar vom Führer persönlich unterzeichnet. Und doch zögerten die SS-Leute keinen Moment, ihn zu erschießen.

»Er sagte immer, seine ganzen Auszeichnungen bedeuten ihm nichts. Nur die Wahrheit und das Wissen zählen. Diese Dinge hätten immer Bestand.«

»Ihr Vater hatte recht, Max, das ist auch das Einzige, was für uns zählen sollte«, sagte der Professor mit ruhiger Stimme und ging weiter.

Gedankenversunken folgte Max ihm.

»Habe ich Ihnen eigentlich schon erzählt, wie Ihr Vater, Haakon und ich uns einmal fürchterlich betrunken haben?«, fragte der Professor auf einmal.

»Wie? Äh, nein«, antwortete Max etwas verwirrt.

»Haha, das war vielleicht ein Abend. Es war 1929 in Kairo, wir waren alle zu Ausgrabungen dort. Haakon und Ihr Vater hatten an dem Tag etwas gefunden und hatten allen Grund zum Feiern. Ich bin da einfach so reingerutscht.« Einen Moment hielt der Professor inne und blickte starr geradeaus. Max versuchte, seinem Blick zu folgen, aber da gab es nichts zu sehen. »Ach, das waren schon herrliche Zeiten damals«, sagte Crichton schwermütig. »Nun sind Haakon und Ihr Vater tot. Jetzt ist es an uns, die Wahrheit ans Licht zu bringen und das Wissen darüber zu bewahren!« Mit einem verschmitzten Grinsen blinzelte der Professor Max zu.

»Dann lassen Sie uns weitersuchen – wird Zeit, dass wir wieder einen Grund zum Feiern finden«, erwiderte Max ebenso grinsend.

»Das ist der richtige Geist Max. Ganz wie Ihr Vater. Also los finden wir das verdammte … was auch immer es zu finden gibt.«

Mit energischen Schritten ging Crichton voran. Nach einigen Metern stürzte er urplötzlich der Länge nach hin. Max lief sofort zu ihm.

»Professor, alles in Ordnung?«, fragte er besorgt, als er das Blut in Crichtons Gesicht sah.

»Ja, alles bestens. Mein Kinn hat den Sturz abgefangen«, sagte Crichton ironisch und holte ein Taschentuch aus seiner Hosentasche, um sich das Blut vom Kinn zu wischen.

»Warum sind Sie gestürzt?«

»Das möchte ich auch gerne wissen. Helfen Sie mir mal hoch.«

Wieder auf den Beinen ging der Professor zurück zu der Stelle, an der er ins Straucheln gekommen war. Er ging in die Hocke und teilte die hohen Grasbüschel mit den Händen. Ein kleines kreuzförmiges Metallstück kam zum Vorschein.

»Grundgütiger! Ist es das, was ich glaube?« Mit ungläubigem Gesicht blickte er Max an.

»Es … es sieht aus wie ein Schwertgriff«, stellte Max fest.

Vorsichtig tastete der Professor das Metallstück ab und schloss schließlich seine Finger um den vermeintlichen Knauf. Er begann zu ziehen, ganz allmählich bewegte es sich. Max legte seine Schaufel ab und half Crichton beim Herausziehen. Mit vereinten Kräften gelang es ihnen schließlich, das Schwert aus dem Boden zu ziehen.

»Unglaublich! Es ist wirklich ein Schwert und was für eins.

Haben Sie schon mal ein so langes Schwert gesehen?«, fragte Max erstaunt. Die Klinge war mindestens einen Meter zwanzig lang. Sie war schartig und komplett von Rost überzogen.

»Es ist ein Langschwert. Und ich glaube, wir wissen beide, wem es gehörte.« Ehrfürchtig betrachtete der Professor die alte Klinge. »Rufen Sie die anderen, Max!«

Max formte einen Trichter mit seinen Händen und brüllte in westliche und östliche Richtung nach den anderen. Dann wandte er sich wieder zu Professor Crichton um.

»Soll ich anfangen zu graben?«

»Ja, hier vorne ist die Stelle, wo das Schwert steckte. Irgendwo hier werden wir was finden. Ganz sicher!«

Vorsichtig stieß Max seinen Spaten in den Boden und begann zu graben. Von Osten her kamen Kirk und Howard angelaufen. Auch Joe und Patrick waren schon zu sehen, wie sie von Westen angelaufen kamen.

»Habt ihr was ...« Howards Stimme stockte, als er das Langschwert erblickte.

»Gefunden? Ja, allerdings, das haben wir«, antwortete der Professor lächelnd. »Wollen Sie mal halten?« Er streckte Howard das Schwert entgegen. Max sah, wie die Kinnlade von Howard herunterklappte und seine Augen sich weiteten.

»Das ist, das ist ... einfach phänomenal«, stammelte Howard und griff mit der rechten Hand nach dem Schwert.

»Vorsicht, es ist schwer«, mahnte der Professor. Aber Howard nahm die Klinge mit einer Hand und führte sogleich ein paar Probeschwünge damit durch.

»Ha! Das wollte ich schon immer mal machen. Sagenhaft!« Ein breites Grinsen zeigte sich in Howards Gesicht. »Und wo genau haben Sie es gefunden?«

»Ich bin drüber gestolpert, es steckte einfach im Boden, dort an der Stelle, wo Max jetzt gräbt!«

»Kommt, steht da nicht rum. Helft Max beim Graben«, sagte Howard an Kirk, Joe und Patrick gerichtet.

»Nicht nötig«, rief Max. »Ich bin schon fündig geworden!«

Max legte den Spaten beiseite und legte seinen Fund per Hand frei. Er wischte die Erde von der Oberfläche der Kiste, auf die er soeben gestoßen war, während Howard noch seine Übungsschwünge vollführte. Sofort waren der Professor und der Rest der Gruppe bei ihm.

»Was ist es?«, fragte Crichton ungeduldig.

»Eine kleine Holzkiste mit ein paar Runen auf dem Deckel. Leider kaum zu erkennen«, antwortete Max. Vorsichtig hob er die kleine Lade aus dem Boden. Sie war nicht sonderlich schwer. »Wollen Sie sie öffnen?«, fragte er den Professor.

»Nein, das überlasse ich Ihnen. Machen Sie den Deckel auf.«

Ohne zu zögern, klappte Max den Deckel der Kiste auf. Zum Vorschein kamen ein Stück Teppich und ein Sack. Howard beugte sich vor und griff nach dem Teppichstück.

»Das gehört zweifelsfrei zu unserem Teppich. Aber komplett ist es auch nicht«, stellte er ernüchtert fest. Die Aufmerksamkeit des Professors lag hingegen nur auf dem Sack in der Kiste. Behutsam griff er danach und öffnete ihn.

»Handschuhe«, flüsterte er. »Eiserne Handschuhe!« Crichton holte einen heraus und hielt ihn hoch.

»Wow, da passen ja sogar Joes Pranken hinein«, staunte Patrick.

»Die Dinger sehen wirklich so aus, als ob sie dafür gemacht wären, einen Hammer zu halten«, ergänzte Kirk.

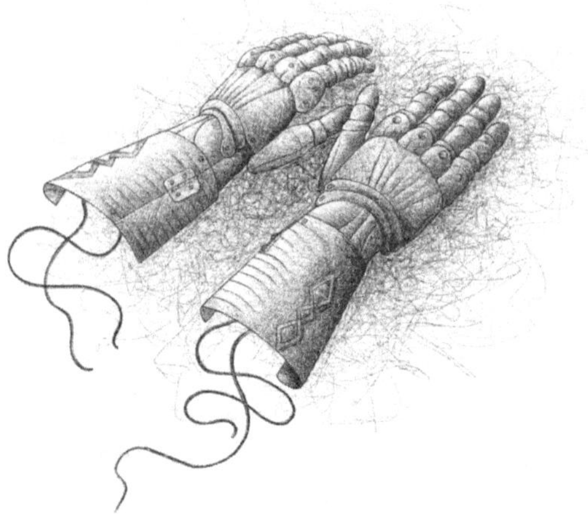

»Ja. Das oder einfach nur für ein Langschwert«, gab Howard mit skeptischer Miene zu bedenken.

»Hm, die Handschuhe sind total schmucklos. Keine Gravierungen oder Sonstiges zu erkennen«, sagte der Professor. »Kommt, wir rudern wieder zurück. Wir haben gefunden, was wir suchten!«

»Wir rudern wieder zurück?«, flüsterte Max zu Joe. »Ich glaube, er meint, *wir* rudern wieder zurück, während er dasitzt.« Joe grinste, erwiderte aber nichts.

Als das Schlauchboot wieder in der Bucht vor Eriks Haus ankam, fühlte Max seine Arme kaum noch. Mit letzter Kraft zog er, zusammen mit den anderen drei Ruderern, das Schlauchboot an Land.

»Nie wieder rudern«, stöhnte Patrick.

»In Zukunft nur noch Motorboote«, stimmte Max ihm zu.

Professor Crichton lachte.

»Bei den Wikingern hättet ihr keinen Tag lang überlebt mit der Einstellung. Kommt, wir gehen erst mal ins Lager. Das Schlauchboot kann hier an der Bucht bleiben.«

Als sie das Lager erreichten, kam Ike ihnen freudig kläffend entgegen. Aber der Professor hatte keine Zeit, sich lange mit einer Begrüßung aufzuhalten, also lief Ike direkt weiter zu Max.

»Na Kleiner«, sagte Max, beugte sich hinunter und tätschelte Ike hinter dem Ohr.

»Ihr zwei werdet noch echte Freunde«, sagte Joe grinsend.

»Immerhin besser, als wenn er mich die ganze Zeit ankläfft.«

Sie betraten das Hauptzelt, wo Cathleen damit beschäftigt war, Kaffee zu kochen.

»So früh schon zurück? Bitte sagt mir, dass ihr was gefunden habt«, sagte sie fröhlich.

»Und ob wir was gefunden haben, hier!«, antwortete Crichton und legte den Sack mit den Handschuhen auf den Tisch.

»Dann ist es also wirklich wahr, der Hammer existiert?«

»Na ja, zumindest haben wir ein paar große Eisenhandschuhe gefunden und dazu dieses Prachtstück«, sagte Howard und zeigte Cathleen das Langschwert.

»Wow, das ist ja riesig! Aber könnten die Handschuhe denn nicht zu diesem Schwert gehören?«

Max blickte den Professor an, Cathleens skeptische Frage schien sich mit seinen Zweifeln zu decken.

»Nun ja, ganz ausschließen lässt sich das nicht. Aber wir haben noch etwas gefunden, ein weiteres Fragment von dem Bildteppich. Ich hoffe, dieses Stück weist uns den Weg zu größeren Entdeckungen.« Der Professor legte das Teppichstück auf den Tisch, danach nahm er das größere Segment und platzierte es daneben.

»Kommen Sie, Howard, wir beide versuchen, den Teppich weiter zu entschlüsseln. Kirk, Sie probieren, das Langschwert von der Rostschicht zu befreien. Cathleen, du kümmerst dich um die Handschuhe. Und ihr drei holt die restliche Ausrüstung und das Schlauchboot ins Lager.« Beim letzten Satz zeigte Crichton auf Joe, Patrick und Max.

»Na toll, ich dachte, wir könnten uns jetzt erst mal etwas ausruhen«, maulte Max.

»Tja, da muss ich Sie leider enttäuschen, Herr Falkenburg. Also, worauf warten Sie noch? Je schneller Sie die Sachen ins Lager holen, umso eher können Sie sich ausruhen!«

Ohne etwas zu erwidern, verließ Max das Zelt, Joe und Patrick folgten ihm. Draußen vor dem Zelt lachten Joe und Patrick laut los.

»Darf ich fragen, was so lustig ist?«

»Der Alte hätte dir am liebsten den Kopf abgerissen, das ist los«, sagte Joe.

»Genau, auf Widerspruch reagiert er äußerst allergisch. Und wenn er dich dann auch noch *›Herr Falkenburg‹* nennt, ist das ein klares Zeichen dafür, dass er stinksauer ist«, fügte Patrick hinzu.

»Genauso gut hätten wir das Schlauchboot und die Sachen gleich mitnehmen können. Dann bräuchten wir jetzt nicht das ganze Stück wieder zurücklaufen«, sagte Max verärgert.

»Ja, hätten wir. Manchmal ist unser guter Professor halt etwas sprunghaft in seinen Entscheidungen. Du wirst dich schon noch dran gewöhnen, wenn wir erst wieder in Boston sind«, sagte Joe gleichmütig. »Ach, schau an. Dein neuer Freund möchte uns begleiten!«

Max drehte sich zum Zelt um und sah, wie Ike ihnen hinterherlief.

»Na schön, der kann uns beim Tragen bestimmt helfen!«, sagte Max und lächelte.

»Wie wär's, wenn wir gleich erst mal eine kleine Pause einlegen, sobald wir beim Schlauchboot angekommen sind? Unsere Essensrationen für den Inseltrip sind ja noch da«, sagte Patrick und grinste breit.

»Vorschlag angenommen«, sagten Max und Joe beinahe gleichzeitig.

Sie blieben annähernd eine ganze Stunde beim Schlauchboot. Max spielte mit Ike Stöckchen holen, wohingegen Joe ein Nickerchen hielt und Patrick mit Essen beschäftigt war. Schließlich konnten sie sich doch noch dazu aufraffen, das Schlauchboot samt Ausrüstung zurück zum Lager zu schleppen. Ike lief ihnen mit seinem Stock im Maul voraus, während Max bereits zum wiederholten Mal an diesem Tag bemerkte, wie seine Arme brannten. Als sie das Lager erreichten, waren alle drei schweißgebadet.

»Uff! Das langt mir für heute aber auch an Schlepperei«, sagte Max und rieb sich seine Arme.

»Na komm, lass uns ins Zelt gehen. Da gibt es bestimmt schon neue Arbeit zu verteilen«, sagte Joe und grinste.

Aber als sie das Zelt betraten, bot sich ihnen ein Anblick der Verwüstung. Stühle und Tisch waren umgeworfen, Becher lagen auf dem Boden und alle Kisten waren durchwühlt.

»Was zum Teufel ist hier passiert?«, fragte Max erschrocken. Dann erblickte er in der hinteren Zeltecke Professor Crichton und Howard. Die beiden saßen Rücken an Rücken auf dem Boden und waren gefesselt und geknebelt. Joe hatte sie auch gesehen und war als Erster bei ihnen. Sofort versuchte er, die Fesseln zu lösen.

»Hier, nimm das Messer«, sagte Patrick und hielt ihm sein Taschenmesser hin.

»Wo ist Cathleen?«, fragte der Professor, als Joe ihn von dem Knebel befreit hatte.

»Keine Ahnung, wir haben sie nicht gesehen«, sagte Joe.

»Was ist hier geschehen?«, fragte Max. Aber er hatte schon eine Ahnung, wer hierfür verantwortlich war.

»Sucht Cathleen! Und Kirk«, sagte der Professor erregt.

»Ich suche sie«, sagte Patrick und lief sofort aus dem Zelt.

»Zwei Kerle kamen plötzlich ins Zelt und schlugen uns nieder. An mehr kann ich mich nicht erinnern«, sagte Howard und tastete seinen Kopf ab. Er hatte eine riesige Beule am Hinterkopf, das Haar war leicht blutverkrustet.

»War einer der beiden Kerle vielleicht so groß wie Joe und blond?«, fragte Max.

»Ja«, antwortete Crichton verbissen. »War das der Dieb aus dem Museum, der Mörder von Haakon?«

»Ganz sicher war er das. Und jetzt hat er auch noch einen Partner«, sagte Max. »Komm, Joe, wir müssen Cathleen und Kirk finden, bevor ...«

»Ich hab sie«, hörten sie Patrick von draußen rufen. »Ich habe Cathleen gefunden!«

Blitzschnell sprang der Professor auf und lief aus dem Zelt. Max und Joe hatten Mühe, ihm zu folgen und Howard versuchte es erst gar nicht.

»Hierher!« Patricks Stimme kam aus Cathleens Zelt.

Sofort stürmten sie in das Zelt und fanden Cathleen gefesselt und geknebelt vor. Patrick war gerade dabei, ihre Fesseln zu zerschneiden.

»Nehmen Sie ihr doch zuerst den Knebel aus dem Mund!«, schrie der Professor.

»Okay, okay. Ich mach ja schon«, sagte Patrick.

»Cathleen, mein Schatz! Ist alles in Ordnung?«, fragte Crichton besorgt.

»Au, mein Kopf. Nicht so laut, Vater. Ja, alles in Ordnung«, sagte Cathleen leicht benommen.

»Wo ist Kirk? Haben Sie den auch gefunden?«, fragte der Professor Patrick.

Patrick schüttelte den Kopf.

»Den brauchst du auch nicht zu suchen, Vater. Er ist mit den beiden Kerlen mitgefahren!«

»Sie haben ihn als Geisel genommen?«, fragte Max.

»Nein! Er ist ihr Partner«, sagte Cathleen bitter.

Kapitel 21

Verräter

»Na, das lief doch wie am Schnürchen! Beinahe schon ein wenig langweilig oder was meinst du?«, fragte Freder.

»War doch auch nicht anders zu erwarten«, antwortete Gero. »Die hatten ja keine Ahnung, was auf sie zukommt.«

Zufrieden betrachtete Gero die Eisenhandschuhe und die Teppichstücke, die sie erbeutet hatten. Diesmal würde der Russe keinen Grund zur Klage finden. Lächelnd packte er die Sachen in seinen Rucksack.

»Was meinst du, fühlt unser junger Freund sich wohl dahinten?«, fragte er Freder.

»Aber sicher tut er das. Verräter fühlen sich immer wohl, wenn ein Verrat geglückt ist. Da kann man auch mal auf der Ladefläche liegen«, sagte Freder lachend.

Gero blickte durch das Fenster der Fahrerkabine auf die Ladefläche. Unter einer Plane lag der junge Amerikaner gut verschnürt.

»Wie lange noch bis zum Treffpunkt?«

»Nur noch zehn Minuten. Ich will hoffen, der verdammte Mitrenko hat auch wirklich alles so arrangiert wie besprochen«, sagte Freder abschätzig.

»Darüber mach ich mir bei dem noch am wenigsten Sorgen«, erwiderte Gero.

»Ich weiß, was du meinst. Aber wenn wir hiermit fertig sind, müssen wir hoffentlich nicht mehr für diesen irren Bastard arbeiten!«

Gero nickte. Auch wenn er wusste, dass dies nicht so schnell passieren würde. Schweigend fuhren sie weiter, bis sie den vereinbarten Treffpunkt erreichten. Eine kleine abgelegene Bucht, die weit genug von Reykjavík entfernt war, um ungesehen mit einem Wasserflugzeug zu starten. Wie er erwartet hatte, stand das Flugzeug schon parat. Der Pilot winkte ihnen wie verabredet mit einer roten Flagge zu. Freder lenkte den kleinen Pritschenwagen so dicht an die Bucht wie möglich und stoppte den Motor. Unterdessen ließ der Pilot schon das Triebwerk warmlaufen. Gero stieg aus, warf seinen Rucksack auf den Rücken und ging nach hinten zur Ladefläche und zog den Verräter mitsamt der Plane herunter.

»Fass mal mit an«, sagte er zu Freder.

Zusammen trugen sie ihn zum Flugzeug und warfen ihn unsanft durch die Kabinentür auf den Boden. Ein dumpfes Stöhnen erklang.

»*Dabro pashawalat*«, begrüßte sie der Pilot auf Russisch.

»Flieg schon los«, sagte Gero.

»Okay. Setzt euch hin!«

Unverzüglich begann der Pilot mit dem Start und nur einige Augenblicke darauf waren sie schon in der Luft. Gero blickte aus dem Fenster auf die rasch immer kleiner werdende Insel.

»Das wäre geschafft. Ein Kinderspiel«, sagte Freder und lehnte sich entspannt zurück.

»Noch nicht ganz. Eine Kleinigkeit wäre da noch zu erledigen«, sagte Gero und stand auf. Er ging zu dem immer noch in die Plane eingewickelten Verräter und befreite ihn von dieser. Die Arme ließ er auf dem Rücken gefesselt und auch den

Knebel entfernte er nicht. Gero zog den Kerl unsanft auf die Beine und führte ihn zur Tür. Vor dem Ausstieg drehte er den Verräter herum, sodass er ihm in die Augen blicken konnte. Gero kannte den Ausdruck in seinen Augen nur zu gut. Angst, nackte Todesangst. Zufrieden lächelte er den jungen Amerikaner an.

»Du fragst dich jetzt bestimmt, was das alles soll, nicht wahr?«, fragte Gero ihn und machte eine kleine Pause. »Nun, niemand mag Verräter. Es gibt nichts Schlimmeres, als Verrat zu begehen.« Gero spuckte aus. Das Entsetzen in den Augen seines Opfers wurde immer größer.

»Ich will ehrlich zu dir sein«, sagte Gero ruhig. »Du wirst sterben. Gleich. Du hast allerdings die Wahl, ob es ein schneller, vergleichsweise schmerzloser Tod wird oder ein langer und qualvoller!«

Der Geknebelte versuchte, etwas zu sagen, aber alles, was Gero hörte, war ein ersticktes Gestammel. Aber er musste es auch nicht hören, er wusste genau, dass dieser jämmerliche Kerl um sein Leben flehte. Aber es würde ihm nichts nützen.

»Beruhige dich, ich erkläre dir jetzt deine Auswahlmöglichkeiten. Entweder ich stoße dich hier aus dem Flugzeug und mit Glück stirbst du schon beim Aufprall auf die Wasseroberfläche. Wenn du Pech hast, brichst du dir alle Knochen und ertrinkst qualvoll.«

Jetzt klang das Gestammel aus dem geknebelten Mund eher nach Schreien.

»Oder, die zweite Möglichkeit und die weitaus nettere, wie ich finde: Ich schneide dir hier die Kehle durch und du bist sofort tot. Völlig schmerzfrei. Ich verspreche es dir. Du hast die Wahl.«

Gero schaute dem Verräter fest in die vor Panik geweiteten Augen. Auf einmal hörte er, wie Freder lauthals zu lachen anfing.

»Haha, der Kerl pisst sich gerade ein!«

Gero blickte hinunter und sah, wie sich langsam ein kleiner, übel riechender See zu seinen Füßen bildete.

»Das war ein großer Fehler, Kleiner! Ich hasse Feiglinge. Unser letztes Opfer hatte weitaus mehr Courage als du. Aber vermutlich liegt das daran, dass du Amerikaner bist.«

Gero schob den Verräter etwas zur Seite und riss mit einem kräftigen Schwung die Kabinentür auf.

»Hey, was treibt ihr da hinten?«, rief der Pilot ihnen zu.

»Klappe halten und weiterfliegen«, schrie Freder zurück.

»Also bringen wir es hinter uns!« Gero packte den völlig verängstigten Amerikaner und zog ihn vor die offene Tür.

»Noch irgendwelche letzten Worte?«

Nur unverständliches Gestammel kam zur Antwort.

»Schön gesagt!«

Dann stieß Gero den Verräter aus dem Flugzeug. Ein erstickter Schrei des Entsetzens erklang kurz. Dann schloss Gero die Kabinentür wieder.

»Du wolltest ihm völlig schmerzfrei die Kehle durchschneiden?«, fragte Freder belustigt.

»Na ja, ich hätte ihn so oder so einfach hinausgestoßen.«

Zufrieden setzte Gero sich neben Freder und schloss die Augen.

»Riecht nach Pisse hier drinnen«, sagte Freder und lachte dreckig.

Kapitel 22

Abflug

»Ich kann es immer noch nicht glauben, dass Kirk uns verraten hat!« Unruhig ging der Professor im Zelt auf und ab. »An wen und warum? Das ergibt doch überhaupt keinen Sinn.«

»Verrat ergibt selten Sinn«, sagte Howard ruhig. Er hielt sich einen Eisbeutel an seine stattliche Beule am Kopf.

»Und du bist dir sicher, dass es Deutsche waren?«, fragte der Professor an Cathleen gerichtet.

Sie nickte. »Absolut!«

»Hey, was seht ihr mich auf einmal alle so an?«, fragte Max. Ihm war nicht wohl bei den Blicken der anderen. Wieder fühlte er sich wie ein Ausgegrenzter. Genau wie früher schon in Oslo.

»Keine Angst, Max. Niemand verdächtigt Sie. Aber warum haben Sie nicht erwähnt, dass der Mörder von Haakon ein Deutscher war?«

»Weil ich es nicht wusste. Ich dachte, er wäre Norweger. Er sprach perfekt Norwegisch! Aber Direktor Ingstad hat auch schon vermutet, dass es kein Norweger war.«

Howard knallte den Eisbeutel auf den Tisch.

»Es spielt doch keine Rolle, welche Nationalität sie haben!

Viel wichtiger ist die Frage: Was machen wir jetzt? Frederick?« Mit ernstem Blick schaute Howard zu Professor Crichton.

»Ich weiß es nicht genau. Was schlagen Sie vor, Howard?«

»Noch haben wir eine Chance. Wir wissen, wo wir zu suchen haben!«

»Sagt mal, spinnt ihr?« Unversehens sprang Cathleen auf. »Wir können von Glück reden, dass wir noch am Leben sind! Und ihr überlegt ernsthaft, jetzt noch weiter zu suchen?«

»Beruhige dich«, beschwichtigte der Professor sie. »Es ist noch nichts entschieden.«

»Wissen wir denn wirklich, wo wir suchen müssen?«, fragte Max.

»Ja. Frederick und ich konnten vor dem Überfall noch die Bilder des Teppichs transkribieren. Wir müssen nach Grönland.«

»Vater, du willst doch nicht weitermachen?«, fragte Cathleen flehentlich.

»Schatz, Howard hat recht. Wir wissen, wo wir suchen müssen. Die Diebe müssen den Teppich erst entschlüsseln. Wir besitzen also einen kleinen Vorsprung ...«

»... den wir nutzen sollten«, vollendete Max. »Wir können nicht zulassen, dass diese Kerle den Hammer in die Hände bekommen!«

»Er hat recht«, stimmte Joe zu. »Außerdem sind wir jetzt direkt betroffen durch diese Ratte Kirk.«

»Also, dann sind wir uns wohl einig. Cathleen, Liebes, du bleibst hier und nimmst den nächsten Flug heim in die Staaten.«

»Das könnte dir so passen! Wenn ihr alle so verrückt seid und euer Leben aufs Spiel setzen wollt, dann bin ich auch mit dabei!«

Der Professor zögerte einen Moment, dann nickte er.

»Gut. Wir brechen sofort auf. Jeder packt das Nötigste ein. Das Lager lassen wir stehen.«

»Wie wollen wir nach Grönland kommen?«, fragte Patrick.

»Fliegen«, sagte Howard. »Wir werden uns einen Flug nach Grönland organisieren, ich weiß auch schon wo.«

»Muss das sein?«, fragte Max. »Fliegen ist nicht so ganz mein Fall.«

»Es ist die einzige Möglichkeit, schnell genug nach Grönland zu kommen.«

»Hast du etwa Flugangst?«, fragte Cathleen schnippisch.

Max vermied es, eine Antwort zu geben.

»Keine Angst, Max, ich pass schon auf dich auf«, sagte Patrick aufmunternd. Ike bellte zustimmend.

Wenige Stunden später fuhren sie alle mit dem kleinen Lkw nach Reykjavík. Während der Professor, Howard und Cathleen in der Fahrerkabine saßen, mussten Joe, Patrick und Max mit der Ladefläche vorliebnehmen. Nach knapp dreistündiger Fahrt kamen sie durchgerüttelt in Reykjavík an. Beim Blick von der Ladefläche stellte Max allerdings fest, dass nicht der Flughafen das Ziel ihrer Fahrt war. Vielmehr fuhren sie durch Reykjavik durch.

»Wo fährt er denn hin?«, fragte Max die anderen beiden.

»Zum Flughafen nehme ich an«, sagte Patrick.

»Da sind wir gerade dran vorbeigefahren.«

»Setz dich wieder hin, Max. Howard wird schon wissen, was er tut«, sagte Joe gelassen.

Eine Dreiviertelstunde später hatte Max die Antwort. Der Lkw kam zum Stehen. Verschiedene Kommandos wurden draußen gebrüllt, kurz danach öffnete sich die Plane zur Ladefläche und ein amerikanischer Soldat schaute zu ihnen durch die Öffnung.

»Alles klar hier!«, rief er. Danach schloss sich die Plane wieder und der Lkw setzte seine Fahrt fort. Kurz darauf hielten sie wieder, diesmal wurde der Motor abgestellt. Die Türen der Fahrerkabine knallten.

»So, wir sind da«, hörte Max Howard rufen.

»Also, dann wollen wir mal«, sagte Joe, ging zum Ende der Ladefläche und sprang herunter. Patrick folgte ihm auf dem Fuße.

Max seufzte, nahm seinen Rucksack und verließ die Ladefläche ebenfalls. Als er sich umsah, erkannte er sofort, wo er war.

»Willkommen in Keflavík«, sagte Howard. »Das hier ist quasi amerikanischer Boden. Von hier werden wir gleich nach Grönland fliegen, ich muss nur noch kurz was mit dem Kommandanten klären. Ich bin gleich zurück.«

Verdutzt blickte Max zu Joe. Der zuckte auch nur mit den Schultern und hatte einen Ich-habe-keine-Ahnung-Ausdruck im Gesicht. Howard ging in Richtung einer großen Baracke und verschwand kurz darauf im Innern.

»Was machen wir auf einem Militärstützpunkt?«, fragte Max den Professor.

»Howard hat hier Kontakte, wohl noch aus seiner Zeit beim Militär. Wenn wir Glück haben, schafft er es uns einen Flug nach Grönland zu organisieren. Andernfalls wird es schwierig. Es gibt keine zivilen Linienflüge dorthin.«

»Gibt es denn überhaupt einen Flugplatz auf Grönland?«, fragte Max besorgt.

»Es gibt einen amerikanischen Stützpunkt, dort können wir landen.«

»Noch einen Stützpunkt? Die Amerikaner sind wirklich überall. Können wir dann nicht gleich fragen, ob uns ein paar Soldaten begleiten? Zur Sicherheit?«

Professor Crichton lächelte.

»Und was soll ich denen sagen, Max? Dass wir unbedingt den sagenhaften Hammer Thors finden müssen? Ist Ihnen klar, was die dann denken werden?«

Einen Moment lang war Max versucht, etwas zu erwidern, aber dann wurde ihm klar, dass der Professor recht hatte. Niemand würde ihnen die Geschichte glauben. Max konnte sie selber immer noch nicht wirklich glauben. Er war wahrhaftig auf der Jagd nach einer Legende aus der nordischen Mythologie.

Wenige Minuten später kam Howard wieder aus der silbernen Baracke heraus. Er kam in Begleitung eines Soldaten, soweit Max erkennen konnte, wohl ein Pilot.

»Wir haben Glück«, sagte Howard freudestrahlend. »Gleich startet hier ein Versorgungsflug für die Basis auf Grönland. Wir dürfen mitfliegen. Also nehmt eure Sachen und folgt mir.«

Der Pilot und Howard gingen voran, die anderen folgten ihnen über den Stützpunkt in Richtung Rollfeld. Ike lief neben dem Professor her, als er plötzlich nach vorne schoss und versuchte, eine Seemöwe zu fangen. Abrupt blieb der Pilot stehen.

»Wo kommt denn der Hund her? Gehört der zu Ihnen?«, fragte er.

»Das ist meiner«, antwortete Crichton.

»Der kommt auf gar keinen Fall mit ins Flugzeug«, sagte der Pilot in einem scharfen Tonfall.

»Er muss in jedem Fall mit«, beharrte der Professor.

»Aber …«, setzte der Pilot an und stockte. Max sah, dass er einen Seitenblick zu Howard machte, der den Flieger sehr ernst ansah.

»Ist gut. Wir machen eine Ausnahme«, sagte der Pilot schließlich leicht zerknirscht.

»Sehr schön. Sie werden Ike gar nicht bemerken, das verspreche ich Ihnen«, sagte der Professor zufrieden und ging weiter.

Einen Moment lang blieb Max stehen. Fast schien es ihm, dass Howard derjenige war, der dem Piloten mit seinem Blick dazu gebracht hatte, doch zuzustimmen. Konnte das sein? Er beschloss, Howard besser im Auge zu behalten.

Als sie schließlich das Flugzeug erreichten, merkte Max, wie seine Beine weich wurden und sich sein Magen langsam verkrampfte. Er versuchte, sich nichts anmerken zu lassen.

»Alles klar Max? Du bist so bleich«, fragte Joe.

»Doch, doch. Alles klar. Das Essen scheint mir vorhin nicht so bekommen zu sein«, wiegelte Max ab.

»Okay, alle Mann einmal herhören! Und die Dame natürlich auch«, rief der Pilot ihnen zu.

»Sie werden gleich feststellen, dass dies eine Transportmaschine ist, die nicht für die Beförderung von Passagieren gedacht ist! Deswegen möchte ich, das Sie während des gesamten Fluges auf Ihren Plätzen bleiben und die Sitzgurte geschlossen lassen! Haben das alle verstanden? Gut! Dann darf ich Sie bitten, an Bord zu gehen!«

Während alle die Gangway hinaufgingen, verharrte Max unten am Fuß der Treppe. Howard drehte sich auf der Gangway zu ihm um.

»Max, kommen Sie?«

»Äh ja, sofort!«

Mit zittrigen Knien stapfte Max den Laufgang hinauf. Als er das Innere der Maschine betrat, wurden ihm die Worte des Piloten erst richtig bewusst.

Nicht für die Beförderung von Passagieren gedacht!

Max sah sich um, konnte aber nirgendwo Sitze entdecken. Stattdessen waren an der linken und an der rechten Außenwand des Flugzeuges sehr rustikal eine Art Sitzbänke befestigt. Ein langes Stahlrohr, zwischen dem und der Kabinenwand ein dickes Tuch gespannt war, sodass man mit dem Rücken zur Außenhülle saß.

»Max, setzen Sie sich hierher«, rief Howard und zeigte auf den leeren Platz neben ihm.

Unbeholfen stakste Max zu ihm und ließ sich auf die provisorische Sitzbank fallen.

»Hier legen Sie den Gurt an«, sagte Howard. »Max? Ist alles in Ordnung?«

»Ja … sicher«, erwiderte Max mit matter Stimme.

»Er ist kreidebleich«, sagte Cathleen. Sie saß Max genau gegenüber, auf der anderen Seite des Flugzeugs. »Also doch Flugangst!« Das Lächeln in Cathleens Gesicht erschien Max das Bösartigste zu sein, das er je gesehen hatte. Aber er war nicht in der Lage, irgendetwas zu erwidern. Kalter Schweiß lief ihm den Rücken herunter.

»Alle so weit fertig?«, erklang die Stimme des Piloten aus dem Cockpit. »Ich fahre jetzt zur Startbahn. In wenigen Minuten sind wir in der Luft.«

»Hier, Max, nehmen Sie das«, sagte Howard und drückte ihm ein Kaugummi in die Hand. »Das wird hoffentlich ein wenig helfen. Kauen beruhigt.«

»Danke«, sagte Max. »Gibt es hier auch eine … Tüte?«

»Oh«, sagte Howard. »Einen Moment!« Er schnallte sich ab und ging nach vorne ins Cockpit. Max sah, dass er eine Klappe rechts in der Kabinenwand öffnete und einen ganzen Stapel von Papiertüten herausnahm. Dann ging er zurück zu seinem Platz und drückte Max alle Tüten in die Hand.

»Danke«, sagte Max.

»Hey Max«, rief Joe ihm zu. »Kopf hoch, das wird schon nicht so schlimm werden.«

Max dankte ihm mit einem zaghaften Lächeln. *Ich hoffe, du hast recht!*

Kapitel 23

Nasdrowje!

Helsinki, 2. Mai 1952

»Ah, meine beiden Freunde sind wieder da. Und ich sehe, ihr habt mir Geschenke mitgebracht.« Mit weit ausgebreiteten Armen empfing Alexander Mitrenko sie in seiner Hotelsuite. Er trug einen glänzenden Morgenmantel und in der rechten Hand hielt er ein Champagnerglas. Gero fühlte sich sofort angeekelt von der aufgesetzten Freundlichkeit des Russen. Aber er beschloss, dass Spiel mitzumachen.

»Danke für die herzliche Begrüßung«, sagte er. »Wir haben in der Tat sehr schöne Geschenke mitgebracht.« Gero reichte seinen Rucksack an Mitrenko weiter.

»Vielen Dank. Aber setzt euch doch. Möchtet ihr was trinken? Aber sicher wollt ihr das. Ich bin so ein schlechter Gastgeber! Sergei, Champagner für meine Freunde!«

Während Freder und Gero auf der Couch Platz nahmen, holte Mitrenko die Handschuhe und die Teppichstücke aus dem Rucksack. Seine Augen begannen zu leuchten, mit einem breiten Grinsen blickte er Freder und Gero an.

»Hervorragend! Ich wusste doch, dass ich mich auf euch verlassen kann! Was habt ihr mit dem Verräter gemacht?«

»Der ist jetzt Fischfutter«, antwortete Freder.

»Sehr schön. Und die anderen im Lager? Habt ihr die unbehelligt gelassen?«

»Ja, wir haben sie nur ein wenig erschreckt und gefesselt.«

»Gut. Ich hoffe, das wird sie davon abhalten, weiter nach dem Hammer zu suchen.«

»Warum sollten wir sie nicht töten? Das würde sie ganz sicher davon abhalten, uns in die Quere zu kommen«, sagte Gero.

»Weil so viele tote Amerikaner auf einen Haufen nur unnötiges Aufsehen erregen würden! Und das Letzte, was ich jetzt möchte, ist zu viel Aufsehen. Der Museumsdirektor hat schon gereicht.« Mitrenko lächelte.

»Stimmt. Aber ich glaube nicht, dass sich die Amerikaner so leicht verschrecken lassen. Sie werden bestimmt weitersuchen.«

»Falls dem so sein sollte, werde ich die richtigen Maßnahmen dagegen ergreifen. Da könnt ihr sicher sein. Ich kann doch auch bestimmt auf eure Hilfe zählen?«

»Stets zu Diensten«, erwiderte Freder in einem unterwürfigen Ton.

»Das weiß ich wirklich zu schätzen. Haben Sie sich den Teppich schon genauer angesehen?«, fragte er Gero.

»Ja, habe ich.«

»Und?« Mitrenkos Stimme bekam einen feindseligen Klang. Gero wusste, dass der Russe es hasste, nachzufragen. Aber genau das bereitete Gero den meisten Spaß.

»Der Teppich erzählt zweifelsohne von Leif Eriksson«, sagte er schließlich.

»Und die Handschuhe? Sind es wirklich die Handschuhe des Donnergottes?«

»Schwer zu sagen. Es sind auf jeden Fall außergewöhnliche Handschuhe, ich glaube kaum, dass es bei den Wikingern jemand gab, der imstande war, solche Stücke anzufertigen.«

Mitrenko setzte sich in den Sessel und breitete die Teppichstücke auf dem Couchtisch aus. Eine Weile blickte er starr auf den Teppich, erst als Sergei mit dem Champagner zurückkam, hob er den Kopf.

»Ah, sehr schön, Sergei. Nun schenk unseren Freunden ein.« Mitrenko wartete, bis Sergei eingeschenkt hatte, dann hob er sein Glas.

»Auf euch! Möge unsere Partnerschaft weiterhin so erfolgreich verlaufen. *Nasdrowje!*«

Gero und Freder hoben die Gläser. Während Gero jedoch skeptisch abwartete, stürzte Freder den Inhalt seines Glases in einem Zug hinunter.

»Aber, aber Herr von Steinheim! Warum so misstrauisch?« Kühl lächelnd stand Mitrenko auf, ging zu Gero hinüber und kippte einen Teil von Geros Champagner in sein Glas. Dann trank er es in einem Zug aus.

»*Nasdrowje*!«, sagte Gero und trank ebenfalls.

»Gut. Lasst mich nun allein. Ich will sehen, welche Geheimnisse der Teppich für mich bereithält!«, sagte Mitrenko und ging zurück zu seinem Sessel.

Freder und Gero standen auf. Freder griff nach der Champagnerflasche, die vor ihnen auf dem Tisch stand.

»Können wir die mitnehmen?«

Mitrenko stutzte einen Augenblick, dann lachte er.

»Aber sicher doch, meine Freunde!«

Als sie die Suite verlassen hatten, packte Gero Freder am Kragen.

»Was hast du vor? Willst du dich mit dem verbrüdern?«

»Reg dich ab, was ist schon dabei? Ich hab halt Lust drauf, mich mit teurem Champagner zu betrinken. Außerdem kann es sicherlich nicht schaden, wenn unser Verhältnis zum Russen etwas besser wird«, erwiderte Freder ruhig.

Gero ließ ihn los. »Ja, mag sein, dass du recht hast. Aber je schneller wir mit der Sache hier fertig sind, desto besser.«

»Lass Mitrenko da drin noch ein wenig über den Teppich rätseln. Wir trinken jetzt erst mal einen. Und danach holen wir uns den Hammer!«

Freder ging den Hotelflur weiter zum Fahrstuhl. Gero blickte ihm hinterher und überlegte, was genau Freder vorhatte. Er würde ihn besser im Auge behalten müssen, bevor er sie beide durch eine Dummheit in Gefahr bringen würde. *Nicht noch einmal!*

Kapitel 24

Kulusuk

Grönland, 2. Mai 1952

Max drehte sich um und blickte aus dem Fenster. Unten konnte er Land sehen.

Endlich!

Aber was er sah, entmutigte ihn auch ein wenig. Grönland war riesig. Wie sollten sie hier bloß einen jahrhundertealten Wikingerhof finden? Er blickte hinüber zu Professor Crichton. Der schlief seelenruhig mit Ike auf seinem Schoß. Auch alle anderen hatten die Augen geschlossen, mit Ausnahme von Howard.

»Wir sind gleich da«, sagte Max leise zu ihm.

»Ich weiß«, erwiderte Howard. »Der Flug dauert nicht lang. Geht es Ihnen besser?«, fragte er und blickte dabei auf die drei geschlossenen Papiertüten, die zu Max' Füßen standen.

»Ja, ein wenig. Ist ja auch nicht mehr viel im Magen drin.«

»Machen Sie sich nichts daraus. Mit der Zeit gewöhnen Sie sich ans Fliegen, Sie werden sehen.«

»Ich hoffe, Sie haben recht!«, sagte Max und lächelte. »Wo werden wir denn landen?«

»Auf Kulusuk, eine kleine Insel direkt an der Ostküste vor

Grönland. Dort befindet sich eine kleine US-Basis, eine Radarstation.«

»Liegt unser Ziel in der Nähe?«

»Wie man's nimmt. Auf dem Landweg haben wir wohl keine Chance, es rechtzeitig zu erreichen. Wir werden von Kulusuk mit dem Schiff weiterfahren. Ich hoffe, dass wir unser Ziel innerhalb eines Tages erreichen.«

»Haben wir denn überhaupt ein Schiff?«

»Auf der Basis gibt es ein paar kleinere Frachtschiffe. Wir werden eines davon nehmen.«

»Wieso hilft uns das US-Militär überhaupt? Sie scheinen ja wirklich gute Kontakte zu haben.«

»Ich war einige Jahre in der Army, da hat man halt so seine Beziehungen. Zerbrechen Sie sich darüber nicht den Kopf, Max. Bereiten Sie sich lieber auf eine holprige Landung vor. Die Landebahn ist nur eine bessere Schotterpiste!«

»Na Klasse!« Max blickte wieder aus dem Fenster. Sie flogen jetzt schon viel tiefer, der Pilot hatte bereits mit dem Landeanflug begonnen. In einiger Entfernung konnte Max eine kleine Insel erkennen, auf der nur wenige Gebäude standen.

Kulusuk! Sieht auf irgendeine Weise drollig aus. Ich hoffe nur, wir kommen da heil runter!

»Okay, jetzt alle gut festhalten! Ich setze zur Landung an«, ertönte die Stimme des Piloten. »Kann etwas holprig werden, aber kein Grund zur Panik.«

Automatisch krallte Max sich fest an die Sitzbank und presste die Lippen zusammen. Er blickte zum Professor, der Ike auf seinen Arm nahm und ihm beruhigend zuredete.

Dann erfolgte der Aufprall. Max wurde heftig nach oben geschleudert, der Gurt verhinderte Schlimmeres, aber drückte sich dafür tief in seinen Magen. Kurzzeitig blieb ihm die Luft weg. Ike bellte wie verrückt. Das Flugzeug vibrierte und ächzte.

Max erwartete jeden Moment das totale Auseinanderfallen der Maschine. Doch zu seinem Erstaunen blieb es aus. Das Vibrieren nahm ab und wich einem Rumpeln. Max spürte, wie sie langsamer wurden. Endlich kamen sie zum Stehen.

»Endstation, alle bitte aussteigen«, sagte der Pilot lächelnd, als er aus dem Cockpit kam.

»Super Landung, Respekt«, sagte Howard.

Max dachte zuerst, Howard wollte den Piloten auf den Arm nehmen, doch als er das Flugzeug verließ, sah er die Landebahn. Oder zumindest das, was er dafür hielt. Eine Schotterpiste mit mehreren tiefen Kratern. Es war wirklich eine reife Leistung, hier ein Flugzeug unfallfrei zu landen.

»Unglaublich, die Piste, oder?«, fragte Joe.

»Welche Piste? Hätte ich das vorher gewusst, wäre ich bestimmt nicht mitgeflogen!«

Patrick klopfte ihm von hinten auf die Schulter.

»Na komm schon, Max, ist doch alles gut gegangen.«

»Zum Glück. Aber jetzt habe ich vom Fliegen erst mal die Nase voll!«

Ike kam bellend auf ihn zugelaufen.

»Na Kleiner. Du freust dich auch, wieder festen Boden unter den Füßen zu haben, oder?« Max kniete sich hin und kraulte Ike hinter den Ohren.

»Kommt, wir haben keine Zeit zu verlieren!«, sagte der Professor. »Lasst uns zum Kommandanten dieses Stützpunktes hier gehen.«

Alle nahmen ihre Rucksäcke auf und folgten dem Professor, der mit Howard vorausging. Es war ein langer Weg bis zu den wenigen Gebäuden der Basis. Etwas abseits von den anderen Bauwerken stand die Radaranlage. Als sie an dem kleinen roten Holzhaus ankamen, das wohl das Hauptgebäude der Basis darstellte, kam ein breitschultriger Mann in Uniform aus der Tür.

»Guten Tag, Colonel! Freut mich, Sie zu sehen«, sagte Howard und streckte ihm die Hand entgegen.

»Die Freude ist ganz Ihrerseits«, erwiderte der Colonel kühl und missachtete Howards ausgestreckte Hand. »Wie ich höre, wollen Sie mir eines meiner Schiffe entführen?«

»Nein, nicht entführen. Wir wollen es bloß für eine Weile ausleihen«, sagte Howard gelassen. »Seien Sie unbesorgt, wir bringen es unbeschadet zurück!«

Max sah, dass dem Colonel diese Antwort nicht sonderlich gefiel. Aber er hielt sich aus irgendeinem Grund zurück. Oder war Howard der Grund? Es war schon verwunderlich, dass ein Zivilist einen solchen Eindruck beim Militär machen konnte.

»Ist gut, Captain. Ich merke schon, dass ich Ihnen diese Sache nicht ausreden kann. Wann wollen Sie aufbrechen?«, fragte der Colonel.

»Am besten sofort«, antwortete Howard, ohne zu zögern.

Der Colonel nickte. »Das habe ich so erwartet. Das Schiff ist bereit zum Auslaufen. Aber Sie werden sicherlich verstehen, dass ich Ihnen keine Männer für diese Fahrt zur Verfügung stellen kann. Sie müssen alleine klarkommen!« Mit einem abwertenden Blick auf ihre kleine Gruppe machte der Colonel klar, was er davon hielt.

»Machen Sie sich keine Sorgen, wir kommen schon klar. Wir haben einige erfahrene Seebären in unserer Gruppe«, erwiderte Howard lächelnd.

Ehe Max länger darüber nachdenken konnte, wer denn diese Seebären sein könnten oder warum Howard vom Colonel als Captain angesprochen wurde, rief der Colonel lautstark nach seinem Adjutanten. Sofort kam jemand aus dem Gebäude gerannt.

»Williams! Fahren Sie diese Männer und die Dame zu unserem Hafen zur SEA HAWK!«

Williams salutierte. »Jawohl Sir, wird gemacht!« Sofort lief der Mann hinter das Haus, kurz darauf konnte Max das Starten eines Motors hören.

»Wir sind Ihnen sehr dankbar für Ihre Unterstützung, Colonel!«, sagte der Professor.

»Passen Sie gut auf mein Schiff auf! Ansonsten werden Sie mich von meiner anderen Seite kennenlernen«, sagte der Colonel an Howard gerichtet. »Wenn Sie mich jetzt entschuldigen würden, ich habe Wichtigeres zu tun!«

Ohne auf eine Antwort zu warten, drehte der Colonel sich um und ging zurück ins Haus. Howard zeigte sich unbeeindruckt, nahm seinen Rucksack von der Schulter und holte eine Wasserflasche heraus. Nachdem er einen Schluck genommen hatte, sagte er: »Netter Kerl, oder? Ich glaube, wir sollten seine Gastfreundschaft nicht länger als nötig strapazieren und uns auf den Weg machen.«

Wie aufs Stichwort kam um die Hausecke laut knatternd ein alter Armeepritschenwagen gefahren.

»Zwei Mann können vorne bei mir sitzen, der Rest muss bitte hinten Platz nehmen!«, sagte der Adjutant.

»Kein Problem, Corporal«, sagte Howard. »Frederick, wollen Sie mit Cathleen vorne Platz nehmen? Ich gehe dann mit den Jungs auf die Ladefläche.«

»Einverstanden«, sagte Crichton und bückte sich, um Ike auf den Arm zu nehmen.

»Also Jungs, aufsitzen«, sagte Howard und nahm seinen Rucksack auf.

»Jawohl Sir«, sagte Patrick und salutierte.

»Lass den Quatsch und komm«, sagte Joe und schlug Patrick mit der flachen Hand an den Hinterkopf.

Max musste lachen. »Na, das kann ja noch heiter werden mit euch Seebären.«

Kapitel 25

Sea Hawk

Die Fahrt zum Hafen von Kulusuk dauerte nicht lange. Sie fuhren durch eine karge Landschaft, in der es nur ab und zu etwas Grünes zu sehen gab. Der Rest bestand aus Sand, Geröll und Felsen. Im Zentrum der Insel erhoben sich kleinere Berge, die teilweise oder auch ganz von Schnee bedeckt waren. Max vermutete, dass sich dies auch den ganzen Sommer über nicht ändern würde. Es war verflucht kalt hier. Doch je näher sie der Küste kamen, desto grüner wurde es. Max gefiel die urwüchsige Landschaft, sie erinnerte ihn ein wenig an sein Zuhause in Norwegen. Er seufzte still. In der Ferne konnte er zwischen den Hügeln einige Häuser erkennen. Allzu dicht besiedelt war diese kleine Insel sicher nicht.

Von einer unsanften Bremsung wurde er plötzlich aus seinen Gedanken gerissen.

»Wir sind da«, sagte Howard.

Als sie die Ladefläche verlassen hatten, standen sie an einem kleinen Anleger, den Max beim besten Willen nicht als Hafen bezeichnet hätte. Nur zwei Schiffe lagen dort. Keines der beiden sah sonderlich vertrauenerweckend aus. Max blickte auf den Bug des ersten Schiffes. SEA HAWK. Er atmete tief durch. Ein stolzer Falke war diese schwimmende Ruine sicherlich nicht. Eher eine lahme Ente. Vielleicht war Fliegen doch nicht so schlimm. Die SEA HAWK hatte bestimmt schon mehr Jahre auf dem Buckel als Max. Es war ein kleiner Holzkutter, bei dem an allen Ecken schon die graue Farbe abblätterte. Zum Vorschein kam darunter altes Holz, an einigen Stellen konnte man schon ausgetauschte Planken erkennen.

Hinter ihnen erklang das Brummen des Motors. Der Adjutant wendete den Pritschenwagen und fuhr sofort zurück zur Basis. Sie standen allein am Anleger. Bei der SEA HAWK.

»Wollen Sie wirklich mit diesem Seelenverkäufer fahren?«, fragte Max Howard.

»Aber sicher will ich das«, sagte Howard grinsend. »Haben Sie was gegen die SEA HAWK?«

»Und ob ich was gegen sie habe! Schauen Sie sich diesen heruntergekommenen Kutter doch bloß mal an. Sieht aus, als ob er jeden Moment sinken könnte. Sie wollen doch nicht auch etwa ernsthaft mit dem Ding fahren, Professor?« Max blickte Hilfe suchend zu Crichton.

»Es ist das einzige Schiff, das wir kriegen können, also nehmen wir es auch.«

»Ihr habt den Professor gehört, alle Mann an Bord«, sagte Howard zufrieden.

»Darf ich vielleicht auch mitkommen?«, fragte Cathleen in einem leicht gekränkten Tonfall.

»Entschuldigen Sie. Natürlich auch alle Damen an Bord. Wie sieht's aus, Max, kommen Sie?«

»Was bleibt mir anderes übrig? Klar komme ich mit«, sagte Max trotzig und stieg über die kleine Reling an Bord. Joe folgte ihm, aber auch er schien der SEA HAWK nicht sonderlich zu trauen. Seine Bewegungen waren weitaus vorsichtiger als sonst.

Howard betrat das Deck und wandte sich sofort zum

kleinen Ruderhäuschen, das sich achtern befand. Max ging derweil mit den anderen unter Deck und schaute sich die Kabinen an. Mit skeptischem Blick begutachtete er die kleinen Kajüten, in denen jeweils zwei Klappkojen übereinander angebracht waren. Es gab nur drei von diesen Minikabinen. Der Rest des Platzes unter Deck wurde von der Kombüse samt kleiner Messe eingenommen und ein paar Stauräume waren vorhanden.

»Na Joe, möchtest du oben schlafen?«, fragte Max und grinste.

»Nein danke. Ich traue diesen klapprigen Betten nicht. Hoffentlich halten die mich überhaupt aus!« Vorsichtig rüttelte Joe an einer der Kojen und schüttelte mit dem Kopf. »Vielleicht schlafe ich lieber gleich auf dem Fußboden.«

»Wenigstens müssen wir nicht verhungern.«, rief Patrick ihnen zu. Er stand in der Kombüse und hatte alle Schranktüren geöffnet.

»Es gibt hier alle Köstlichkeiten, die von der US Navy jemals hergestellt wurden. Seht euch nur dieses appetitliche Dosenfleisch von ... 1937 an.« Grinsend hielt Patrick eine kleine flache Dose hoch.

»Der liebenswürdige Colonel hat uns mit Sicherheit nur die erlesensten Spezialitäten herbringen lassen«, sagte Cathleen. »Aber keine Sorge, das Zeug hält ewig. Wir werden das schon überstehen.«

»Wow, ich hab noch was von 1934 gefunden«, rief Patrick fröhlich.

»Kommt, lasst uns wieder an Deck gehen, solange Pat sich hier amüsiert«, sagte Joe.

Oben an Deck gingen sie zum Ruderhaus, wo Howard und Professor Crichton sich aufhielten. Howard kontrollierte den Kompass, während der Professor am Kartentisch eine Seekarte betrachtete.

»Na Käpt'n, dürfen wir die Kommandobrücke betreten?«, fragte Cathleen ihren Vater.

»Aber sicher doch, Liebes. Falls ihr hier alle reinpasst, es ist etwas beengt«, erwiderte der Professor.

»Hier ist soweit alles in Ordnung«, sagte Howard. »Wir können ablegen. Max, machen Sie bitte die Leinen los?«

»Aber klar doch, kein Problem, Herr Bootsmann.« Max salutierte und machte auf dem Absatz kehrt.

»Warte, Max, ich helfe dir dabei«, sagte Cathleen und folgte ihm.

Max sprang vom Schiff an Land und löste zunächst die Achterleine vom Poller und warf sie Cathleen zu. Dann ging er nach vorne und löste die Bugleine. Danach sprang er schnell wieder an Bord.

»Alle Leinen los«, rief er in Richtung des Ruderhauses.

»Gut gemacht, Max. Dafür befördere ich Sie ab sofort zum Ersten Maat«, sagte Howard.

»Hey, ich habe auch geholfen. Warum werde ich nicht befördert?«, protestierte Cathleen.

»Du hast doch nur die Leinen aufgefangen. Und hast die noch nicht mal auf die Klampen gelegt«, sagte Max gespielt vorwurfsvoll.

»Keiner hat mir gesagt, dass ich das tun soll, Erster Maat«, giftete Cathleen zurück.

»Ach, ich wusste gar nicht, dass du die Art Frau bist, der man sagen muss, was sie zu tun hat«, sagte Max. Er ging einen Schritt auf Cathleen zu und sah ihr in die blauen Augen. Einen Moment hatte er das Gefühl, in einem tiefen See zu ertrinken. Doch dann holte Joes tiefes Timbre ihn wieder zurück aus seinem Tagtraum.

»Genug geturtelt. Stoßen Sie uns lieber ab, Herr Maat!«

»Wer turtelt denn hier? Ich würde nie ... Au!« Cathleen hatte ihm einen kräftigen Tritt in den Hintern verpasst.

»Hast du das gesehen?«, fragte er Joe. »Ich bin dafür, dass sie dafür kielgeholt wird. Oder über die Planke geht!«

»Hier geht niemand über die Planke, solange ich es nicht befehle«, sagte Professor Crichton. »Ab an die Arbeit!«

»Aye, aye Käpt'n!«, sagten Max und Joe unisono.

Zusammen stießen sie die SEA HAWK von der Uferkante ab. Howard startete unterdessen den Schiffsmotor. Mit einem leichten Stampfen setzte sich das Schiff langsam in Bewegung. Max blickte in Richtung der untergehenden Sonne, die dem Wasser einen rötlichen Schimmer verlieh. Mit Wehmut sah Max danach auf die schnell immer kleiner werdende Insel.

»Hey, träumst du?«, fragte Joe.

»Nein. Ich habe nur kurz darüber nachgedacht, was wir hier eigentlich tun.«

»Und, was tun wir?«

»Wir bringen uns in Lebensgefahr. Oder was meinst du?«

»Wir sind auf der Suche nach einem mächtigen Gegenstand der nordischen Mythologie, da muss man ein gewisses Risiko in Kauf nehmen.«

Max blickte Joe an. Der riesige Schwarze schaute ernst, kein Lächeln war in seinem Gesicht zu erkennen.

»Du hast recht, das ist es wert«, sagte er schließlich. Direktor Ingstad hätte das genauso gesehen. Ich bin es ihm schuldig, jetzt nicht aufzugeben.

»Hey ihr zwei«, rief Cathleen ihnen zu. »Kommt unter Deck, es gibt gleich was zu essen. Patrick hat tatsächlich was Genießbares entdeckt.«

»Okay. Dann begeben wir uns mal in Gefahr«, sagte Max.

»In Lebensgefahr«, ergänzte Joe, während sie in Richtung der Kombüse gingen.

Kapitel 26

Der Graf

Das Telefon klingelte schon seit längerer Zeit. Er wusste genau, wer da so spät noch anrief. Aber er wollte ihn noch ein wenig warten lassen. Nachdem weitere zwanzig Sekunden verstrichen waren, nahm er den Hörer von der Gabel.

»Ich höre.«

»Wir haben die Handschuhe und die Teppichstücke! Außerdem noch ein Langschwert, wahrscheinlich von Leif Eriksson.«

»Und wo sind die Sachen jetzt?«

»Wir haben beides den Russen übergeben. Das Schwert haben wir behalten. Würde sich gut in deiner Sammlung auf dem Schloss machen.«

»Guter Junge! Lass das Schwert in deinem Zimmer zurück, wenn ihr aufbrecht. Ich werde es dann dort von einem meiner Männer abholen lassen. Hat Mitrenko die Teppichstücke schon entschlüsselt?«

»Er zerbricht sich noch den Kopf, aber es kann nicht mehr lange dauern, bis er es geschafft hat.«

»Ausgezeichnet! Alles läuft nach Plan. Lass ihn ruhig die ganze Arbeit machen, ich habe schon einmal einen Rückschlag bei der Suche nach dem Hammer hinnehmen müssen. Diesmal können andere für ihn bluten. Egal, was passiert, du bringst mir den Hammer, verstanden?«

»Natürlich werde ich das.«

»Das wäre auch besser für dich. Einen Fehlschlag werde ich nicht tolerieren. Dann vergesse ich, dass du der Sohn meines Bruders bist. Ohne Mjœllnir gibt es für dich keine Rückkehr nach Deutschland.«

»Ich werde dich nicht enttäuschen, Onkel.«

»Das hoffe ich. Und noch etwas: Versuche, mir den Sohn von Falkenburg zu bringen, lebendig!«

»Warum, was willst du mit ihm?«

»Stell keine Fragen, tu es einfach!«

Er legte den Hörer wieder auf die Gabel. Zufrieden lehnte er sich zurück und nahm die kleine Glocke vom Tisch neben seinem Sessel und läutete. Sofort kam Victor, sein Hausdiener herbei.

»Sie wünschen, Herr Graf?«

»Victor, bringe mir eine Flasche Rotwein und rufe meinen Sohn.«

Mit einer angedeuteten Verbeugung machte der Diener kehrt und verließ das Zimmer wieder.

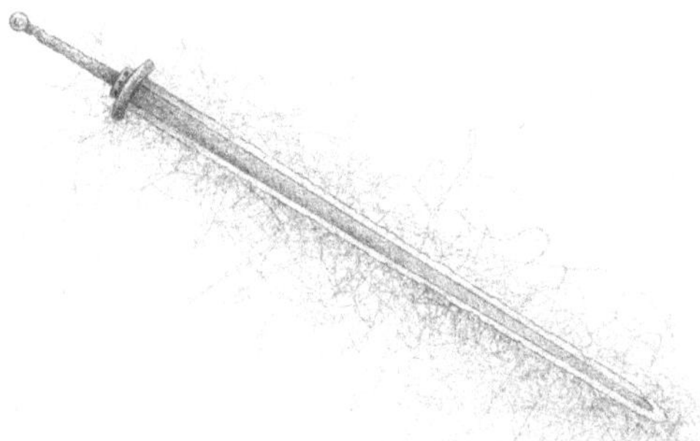

Kapitel 27

Auf See

Nach dem Essen ging Max nach oben zum Ruderhaus. Er hatte eine Portion des Hackbratens für Howard dabei, der die ganze Zeit am Ruder geblieben war.

»Na, haben Sie Hunger?«, fragte Max beim Betreten der Kommandobrücke.

»Natürlich. Vielen Dank fürs Herbringen«, sagte Howard.

»Bedanken Sie sich nicht zu früh«, erwiderte Max und stellte den Teller auf dem Kartentisch ab.

»Können Sie in der Zwischenzeit das Ruder übernehmen? Einfach nur den jetzigen Kurs beibehalten.«

»Klar, das kriege ich hin.«

Howard überließ Max das Ruder und setzte sich an den Kartentisch. Max musste sich ein Lachen verkneifen, als er sah, wie Howard sehr skeptisch das Essen begutachtete.

»Und Sie sind sicher, dass man das hier essen kann?«

»Na ja, sicher bin ich mir nicht, aber wir haben es alle gegessen. Patrick sagt, es ist Hackbraten«, sagte Max breit grinsend.

»Na gut. Das wird mich schon nicht umbringen«, sagte Howard und führte eine Gabel voll mit dem Hackbraten zum

Mund. Sein Gesichtsausdruck verriet Max sofort, dass auch er nicht sonderlich von Patricks Kochkünsten angetan war. Aber er sagte nichts und aß weiter.

»Wie lange werden wir brauchen bis zum Ziel?«, fragte Max nach einer Weile.

»Ich schätze etwas über einen Tag, wenn alles gut läuft.«

»Was machen wir, wenn die anderen uns zuvorkommen?«

»Das wird hoffentlich nicht passieren. Falls doch, müssen wir irgendwie versuchen, sie daran zu hindern, den Hammer zu finden«, sagte Howard. Max konnte die Entschlossenheit in Howards Worten deutlich hören. Er verkniff sich aber die Frage, wie das mit dem irgendwie aufhalten genau funktionieren sollte.

»Kommen Sie, ich übernehme das Ruder wieder.«

»Ist gut. Wollen Sie die ganze Nacht durchfahren oder soll ich Sie später ablösen?«

»Wenn Sie wollen, können sich mich gerne um drei Uhr ablösen kommen.«

»Okay, dann bis um drei«, sagte Max, nahm den Teller wieder mit und ging hinaus. Als er gerade die Türschwelle des Ruderhauses erreicht hatte, sagte Howard noch »Vielen Dank, Max.«

Max nickte ihm kurz zu und ging weiter. Als er wieder in der Kombüse ankam, waren nur noch Patrick und Joe da.

»Na, hat es ihm geschmeckt?«, erkundigte sich Patrick sofort, als er ihn sah.

»Träum weiter. Er hat genauso gewürgt wie wir alle«, erwiderte Max grinsend.

»Dann kocht ihr doch, wenn ihr meint, dass ihr es mit den zur Verfügung stehenden Zutaten besser hinkriegt.«

»Nun schmoll doch nicht gleich. Das Essen war unter den gegebenen Umständen ganz akzeptabel«, sagte Max. »Wo sind denn der Professor und Cathleen hin?«

»Dahin, wohin ich auch gleich verschwinde: ins Bett«, sagte Joe.

»Gute Idee. Kannst du mir deinen Wecker leihen? Ich muss Howard um drei am Ruder ablösen.«

»Klar, kannst du dir nehmen. Aber dann schlaf du mal lieber in einer Einzelkabine«, sagte Joe und grinste.

Max nahm den Wecker aus Joes Rucksack und ging in eine der noch freien Kabinen. Er stellte den Alarm auf zehn vor drei.

Als der Wecker klingelte, schreckte Max erschrocken hoch und stieß sich den Kopf an dem Klappbett über ihm.

»Au, verdammt«, fluchte er, während er mit einer Hand nach dem Wecker tastete und ihn ausstellte. Danach zog er sich im Dunkeln an, verließ die Kabine und ging nach oben. Howard war die Müdigkeit nicht anzusehen. Er stand unverdrossen am Ruder und blickte hinaus in die Nacht. Es war beinahe Vollmond und hell erleuchtet. Max konnte an der Steuerbordseite die Küstenlinie Grönlands erkennen.

»Guten Morgen Max«, sagte Howard fröhlich. »Pünktlich auf die Minute. Dann leg ich mich mal eine Runde aufs Ohr. Halten Sie einfach immer den Kurs bei, Sie können sich auch an der Küste orientieren, die Sonne wird bald aufgehen.«

»Mach ich. Gute Nacht«, sagte Max.

»Gute Nacht«, sagte Howard und verschwand unter Deck.

Max gähnte ausgiebig. Er blickte zur Küste, wo sich eine zerklüftete Schattenlandschaft zeigte. Danach kontrollierte er den Kurs am Kompass. Bereits nach wenigen Minuten begann Max, sich zu langweilen.

Hoffentlich penne ich nicht gleich wieder ein vor Langeweile.

Plötzlich hörte Max Schritte und sah einen Schatten über das Deck huschen. Kurz darauf betrat Cathleen das Ruderhaus.

»Hallo Max«, sagte Cathleen. »Hast du was dagegen, wenn

ich dir ein wenig Gesellschaft leiste? Vater schnarcht mit Ike um die Wette.«

Max war schlagartig hellwach.

»Aber klar doch, gerne!«

Cathleen stellte sich neben ihn ans Ruder. Max bemerkte, dass sie nur ein dünnes Nachthemd und eine Jacke darüber trug. Er blickte zum Thermometer, das minus zwei Grad anzeigte.

»Ist dir nicht kalt?«, fragte er Cathleen.

»Ein wenig, vielleicht kannst du mich ja etwas wärmen?« In Cathleens Augen spiegelte sich das Mondlicht. Ohne lange nachzudenken, legte Max einen Arm um Cathleens Hüfte. Sie fühlte sich wunderbar weich an. Er spürte, wie Cathleen ihren Kopf an seine Schulter legte und ihn ebenfalls umarmte. Plötzlich wurde Max warm, regelrecht heiß. Eine angenehme Hitze. Er drehte den Kopf zur Seite und blickte direkt in Cathleens blaue Augen. Einen Moment zögerte er, doch dann berührte Cathleen seine Wange mit der Hand. Sie zog ihn sanft an sich heran, neigte den Kopf und küsste ihn. Für einen Moment vergaß Max alles um sich herum. Das Boot, die Kälte, das Ruder. Er spürte nur noch Cathleens weichen, warmen Körper. Er zog sie fester an sich heran, küsste sie immer heftiger. Sie erwiderte seine stürmischen Zungenschläge, drückte ihren Körper dichter an ihn heran. Max wusste nicht, wie lange sie so dastanden und sich küssten. Plötzlich hörte Cathleen auf und drückte ihn sanft zurück.

»Ich glaube, es ist besser, wenn ich wieder hinuntergehe. Du solltest dich lieber mehr darauf konzentrieren, das Boot zu steuern«, sagte sie mit einem Lächeln.

Max konnte nichts antworten, seine Gedanken fuhren in seinem Kopf Karussell.

»Ja, ist wohl wirklich besser«, sagte er schließlich.

»Gute Nacht Max«, sagte Cathleen und hauchte ihm noch einen Kuss auf die Wange.

Als sie weg war, fühlte Max sich, als ob er gerade aus einem Traum erwacht war. Er blickte liebestrunken aus dem Fenster. Der Schreck fuhr ihm in die Glieder und schlagartig waren seine Gedanken wieder klar. Die Küste war weg! Max drehte sich herum zum Kompass und sah, dass er vom Kurs abgekommen war. Er ging zurück auf die richtige Route und nach einer Weile tauchte auch die Küstenlinie wieder zu seiner rechten auf.

Tief durchatmen, Max!

Der Rest der Nacht verlief ohne weitere Störungen, sehr zu seinem Bedauern.

Kapitel 28

Konflikt

Helsinki, 3. Mai 1952

Gero und Freder betraten die Hotelsuite des Russen am nächsten Morgen. Mitrenko trug immer noch den gleichen Morgenmantel wie am Abend zuvor und Gero vermutete, dass er die ganze Nacht über nicht ein Auge zugemacht hatte. Mit einem Nicken bedeutete der Russe ihnen, Platz zu nehmen. In der Zimmerecke standen zwei von Mitrenkos Handlangern, bei denen es sich mit Sicherheit um Elitesoldaten handelte. Gero musterte die beiden argwöhnisch, er spürte, dass etwas nicht stimmte. Auf dem Tisch lagen die Teppichstücke, die sie den Amerikanern abgenommen hatten.

»Kaffee?«, fragte Mitrenko.

»Gerne doch«, antwortete Freder schnell. Gero nickte stumm.

»Sergei, wärst du so nett unseren beiden Freunden einen Kaffee einzuschenken?«

Einer der beiden Handlanger setzte sich in Bewegung, holte ihnen Kaffeetassen aus der kleinen Zimmerbar und schenkte ihnen Kaffee ein. Unwillkürlich spannte Gero jeden Muskel im Körper an, als Sergei vor ihm stand. Freundlich grinsend stellte er ihnen die Tassen hin und ging danach wieder an seinen Platz hinter Mitrenko zurück.

»Wie geht es jetzt weiter? Konnten Sie den Teppich entschlüsseln?«, fragte Gero.

»Aber natürlich konnte ich das!«, antwortete Mitrenko mit seinem arrogantesten Grinsen. »Haben Sie etwa daran gezweifelt, Herr von Steinheim?«

»Nicht eine Sekunde«, sagte Gero und blickte dem Russen fest in die Augen.

»Sehr gut! Vertrauen ist wichtig in einer Partnerschaft, vielleicht sogar das Wichtigste! Oder sehen Sie das anders?«

»Nein«, antwortete Gero. Er beobachtete Freder aus dem Augenwinkel, der sichtlich immer nervöser wurde.

»Ich wusste doch, dass ich mich auf Sie verlassen kann, Herr von Steinheim. Sie sind ein Mann von Ehre aus einer ehrbaren Familie. Sie haben eine lange Familientradition, Sie waren Leutnant bei der SS, und wenn ich mich nicht irre, war Ihr Großvater Oberst in Diensten des Kaisers?«

»Sie irren sich nicht. Und mein Vater hat dem Führer als General gedient. Aber worauf wollen Sie hinaus?«

Mitrenko nahm seine Kaffeetasse vom Tisch, trank einen Schluck und stellte sie provozierend langsam wieder zurück.

»Ich will damit sagen, dass ein Mann von Ehre wie Sie, dessen Familie gleichwohl aus ehrbaren Leuten bestand, niemals einen Verrat begehen würde. Auch wenn mir natürlich klar ist, dass unsere Partnerschaft erst durch Ihre Gefangennahme im Krieg zustande kam, denke ich doch, dass Ihnen Ihre Ehre dessen ungeachtet etwas bedeutet.«

Ohne etwas zu erwidern, nickte Gero.

»Aber Sie hingegen«, fuhr Mitrenko fort und wandte sich Freder zu, »haben keinerlei Ehre im Leib. Sie sind nicht besser als ein tollwütiger Straßenköter!« Die Stimme des Russen wurde schlagartig eiskalt.

Gero blickte zu Freder. Schweiß stand ihm auf der Stirn und er rieb seine Hände nervös.

»Was hast du getan?«, fragte Gero ihn.

Freder gab keine Antwort. Sein Blick war leer und er schien durch Gero hindurchzusehen.

»Ich kann Ihnen sagen, was er getan hat«, sagte Mitrenko. »Er hat versucht, sich mein Eigentum anzueignen. Verrat ist ein hartes Wort, aber es trifft hier ausgezeichnet zu. Viel besser als auf den armen Teufel, den Sie im Meer versenkt haben. Das war nämlich nicht der Spitzel, den ich bei den Amerikanern habe!«

»Was? Aber ich dachte ...« Gero stockte und blickte Freder fassungslos an. »Du! Du hast alleine mit dem Spitzel gesprochen! Du hast versucht, ihm einen Handel vorzuschlagen.«

»Nicht nur das, er wollte den Spitzel überreden, mich zu töten!« Mitrenkos Lippen wurden ganz schmal. »Ist es nicht so?«

Urplötzlich blitzte ein Messer in Freders Hand auf. Mit einem Schrei sprang er auf und stürzte auf Mitrenko zu. Aber er kam nicht so weit. Mehrere Schüsse streckten ihn nieder, noch bevor er Mitrenko erreichte. Die beiden Russen hinter Mitrenko hatten zwar ihre Waffen gezogen, brauchten aber nicht abzudrücken. Gero war schneller. Als er das Messer aufblitzen sah, riss er seine Waffe aus dem Schulterholster und schoss Freder drei Kugeln in den Rücken. Die beiden Russen richteten ihre Waffen nun auf ihn. »Ich hasse es, hintergangen zu werden«, sagte Gero. Er legte seine Waffe auf den Tisch und schob sie Mitrenko zu. Die beiden Russen hielten ihre Waffen im Anschlag auf ihn gerichtet.

»Steckt die Pistolen wieder ein und macht die Sauerei hier weg«, sagte Mitrenko zu ihnen.

Dann wandte er sich wieder Gero zu.

»Sie sind schnell. Und Sie zögern nicht zu tun, was getan

werden muss.« Ein eiskaltes Lächeln zeigte sich auf dem Gesicht des Russen.

»Warum haben Sie nicht gestern Abend schon gehandelt?«

»Weil ich sehen wollte, auf wessen Seite Sie stehen, Leutnant von Steinheim.«

»Nun wissen Sie es. Ich stehe auf meiner Seite!« Gero taxierte Mitrenko mit seinem Blick.

»Gut. Jetzt, wo wir diese unerfreuliche Sache hinter uns gebracht haben, können wir uns ja wieder dem Wesentlichen zuwenden. Der Teppich ist zwar nicht vollständig, aber es steht unzweifelhaft fest, dass wir in Grönland weitersuchen müssen. Ich habe in der Nacht schon mit General Rutenkow telefoniert und ihn um weitere Männer gebeten. Wir werden uns mit ihnen vor der Küste Grönlands treffen.«

»Wo genau müssen wir suchen? Grönland ist groß. Außerdem könnten uns die Amerikaner zuvorkommen.«

»Zerbrechen Sie sich nicht den Kopf. Ich konnte das Gebiet, in dem wir suchen müssen, auf einen Radius von fünfzig Kilometern eingrenzen. Und was die Amerikaner angeht, mein Spitzel wird sich um sie kümmern!«

Selbstzufrieden lehnte Mitrenko sich in seinem Sessel zurück und blickte auf den großen Blutfleck auf dem Teppich vor ihm. Die beiden Handlanger hatten Freders Leiche in ein paar Bettlaken eingewickelt und schleppten ihn gerade ins Badezimmer.

»Was ist, wenn die Amerikaner ihren Spitzel vorher enttarnen?«, fragte Gero.

Mitrenko lachte laut auf.

»Keine Sorge, das wird nicht passieren. Für die Amerikaner ist der Spitzel bereits entkommen, sie werden keinen Argwohn hegen – bis es für sie zu spät ist. Aber ich hoffe, es wird nicht so weit kommen müssen. Ich kenne Professor

Crichton recht gut, es wäre ein Jammer, wenn ich gezwungen sein sollte, ihn zu töten.«

»Gut, dann hoffe ich Ihr Spion macht seine Sache gut. Wann brechen wir auf nach Grönland?«

»Am frühen Nachmittag. Bis dahin sollten Sie sich überlegen, wie Sie uns die Leiche Ihres Freundes vom Hals schaffen können.«

Kapitel 29

Grönland

Die Sonne stand bereits am Himmel, als Joe zu Max ins Ruderhaus kam. Max blickte auf seine Armbanduhr. Schon neun Uhr?

»Guten Morgen Max. Wie war deine Nacht?«, fragte Joe.

»Morgen. Ganz okay, ich musste ja dein Schnarchen diesmal nicht ertragen.«

»Mein Schnarchen? Da müsstest du mal Patrick hören, der hat heute Nacht einen ganzen Wald niedergesägt.«

»Na, dann passt ihr zwei ja hervorragend zusammen.« Max grinste Joe an.

»Sieh lieber zu, dass du runter in die Kombüse kommst! Es gibt Frühstück. Ich lös dich so lange am Ruder ab.«

»Frühstück? Super, dann mach mal«, sagte Max und überließ Joe das Ruder. »Ich hoffe nur, dass Patrick nicht wieder verbrannten Speck serviert.«

»Lass dich überraschen.«

Max verließ das Ruderhaus und ging unter Deck in die kleine Messe, wo die anderen bereits beim Frühstück saßen. Ihren Mienen war zu entnehmen, dass keiner von ihnen besonders begeistert von dieser ersten Mahlzeit des Tages war.

»Guten Morgen! Was gibt es zum Frühstück, ich habe einen Riesenhunger.«

»Dann versuch lieber, dir einen Fisch zu fangen. Hier gibt es nur Zwieback und Dosenwurst«, sagte Patrick.

»Dieser verdammte Colonel. Wenigstens was Anständiges zu essen hätte er uns mitgeben können, anstelle dieses Fraßes«, fluchte Howard.

Max war zu hungrig, um lange enttäuscht zu sein. Er setzte sich an den Tisch, nahm sich von dem Zwieback und der Wurst etwas und fing an zu essen. Erst danach bemerkte er, dass Cathleen ihm gegenübersaß und ihm verschwörerisch zulächelte. Ohne sich etwas anmerken zu lassen, aß Max weiter. Er war sich nicht sicher, wie der Professor es auffassen würde, wenn er mitbekam, dass er mit seiner Tochter anbändelte. Wahrscheinlich wäre es klüger zu warten, bis die Suche abgeschlossen war.

»Ich gehe nach oben und schaue nach, wie weit wir schon gekommen sind«, sagte Howard und verließ die Messe.

Professor Crichton war indes vertieft in sein kleines Notizbuch. Seine runde Brille rutschte ihm beinahe von der Nasenspitze, während er über die Gläser hinweg las. Dann klappte er das Buch schlagartig zu und schob die Brille wieder auf dem Nasenrücken nach oben.

»Ich denke in ein paar Stunden müssten wie den Eriksfjord erreichen«, sagte er mit ruhiger Stimme.

»Den Eriksfjord? Wissen Sie denn genau, welcher es ist?«, fragte Max skeptisch, während er in seinen Zwieback biss. »Ich meine, es gibt hier unzählige Fjorde.«

»Das ist mir durchaus bewusst. Aber auf dem Teppichstück, das wir bei den Handschuhen gefunden haben, war ein ganz bestimmter Küstenabschnitt Grönlands abgebildet. Das zeigt uns zwar nicht die genaue Lage, aber schränkt doch immerhin den Bereich ein, den wir absuchen müssen.«

»Und du bist dir sicher, dass du dich nicht irrst?«, fragte Cathleen.

Einen Moment lang schien es Max, als ob der Professor durch diese Frage in seinem Stolz verletzt worden wäre. Doch dann lächelte Crichton seine Tochter an.

»Liebes, manchmal redest du genau wie deine Mutter. Ja, ich bin mir sicher. Und Howard teilt diese Ansicht ebenfalls«, sagte der Professor milde.

»Und die Diebe? Die werden doch bestimmt ebenfalls dahinterkommen«, sagte Max.

»Das ist zu erwarten. Deswegen müssen wir ihnen unbedingt zuvorkommen. Wenn sie erst den Gürtel haben, können sie sich ungehindert des Hammers bemächtigen. Und niemand weiß, welche Macht sie dadurch erlangen könnten.«

»Vielleicht ist es ja doch nur eine Legende, und der alte Leif spielt uns nur einen Streich. Ich meine, wer glaubt schon an dieses ganze Götterzeugs?«, fragte Patrick.

»Es gibt Dinge zwischen Himmel und Erde, die nicht einfach zu verstehen sind. Und manche übersteigen unser Vorstellungsvermögen um ein Vielfaches. Aber ich stimme Ihnen zu, wir wissen nicht, ob wir am Ende unserer Suche wirklich Thors Hammer finden werden. Trotzdem werde ich alles daransetzen, es zu versuchen. Ich werde nicht zulassen, dass Mjœllnir, sollte es ihn wirklich geben, in die falschen Hände gerät.«

Darauf wusste niemand etwas zu erwidern. Mit einem zufriedenen Gesichtsausdruck stand Frederick Crichton vom Tisch auf und ging an Deck.

»Tja, Patrick, so viel dazu. Der Professor wird sich nicht von der Suche abbringen lassen«, stellte Max fest.

Patrick zuckte mit den Schultern. »Meinetwegen. Aber glaubt ihr ernsthaft, dass es diesen Hammer wirklich gibt? Dass die Götter existiert haben?«

Max blickte Cathleen an. Sie schaute leicht abwesend zur Schiffswand. Als sie seinen Blick bemerkte, lächelte sie ihn an.

»Wie der Professor schon sagte, es gibt mehr Dinge zwischen Himmel und Erde, als wir glauben. Ich lasse mich überraschen«, erwiderte Max.

»Ich ebenfalls«, sagte Cathleen. »Kommt ihr mit an Deck?«

Max nahm sich noch ein Stück des trockenen Zwiebacks und folgte Cathleen und Patrick an Deck. Die Temperatur war im Vergleich zur Nacht nur unwesentlich gestiegen, das Thermometer im Ruderhaus zeigte vier Grad Celsius.

»Ihr kommt gerade rechtzeitig«, sagte Joe und zeigte zur Küste. »Wir haben unser Ziel schon erreicht.«

Cathleen ging an die Reling und blickte zum Landstreifen. Patrick und Max stellten sich zu ihr. Sie fuhren gerade in einen Fjord ein. Auf dem Wasser sah Max Dutzende kleine Eisschollen schwimmen. Die Bucht war zu beiden Seiten von mächtigen Hügeln eingefasst und an seinem Ende erhob sich ein kleiner Berg, der großteils mit Schnee bedeckt war. Als sie weiter in den Fjord einfuhren, sah Max an den Ufern nur eine karge, trostlose Landschaft. Er stellte sich vor, was Erik der Rote vor beinahe tausend Jahren gedacht haben musste, als er dieses Land zum ersten Mal erblickte. Nach einer Weile wandelte sich die Landschaft jedoch. Nun konnte Max grüne Wiesen erkennen. Zwar nicht so saftig grün, wie er es aus Norwegen kannte, aber immerhin grün. Für Erik den Roten ausreichend grün, um diesem neu entdeckten Land den wohlklingenden Namen Grönland zu verleihen.

»Sind das Häuser da hinten?«, fragte Patrick und deutete mit dem Finger zur Steuerbordseite.

Max kniff die Augen zusammen und schirmte sie mit seiner Rechten vor der Sonne ab.

»Ja, das sind Häuser. Aber garantiert nicht von Wikingern erbaut.«

»Vielleicht sind es Nachfahren von Erik?«

»Nein, die Wikinger haben ihre Siedlungen hier schon vor Jahrhunderten aufgegeben und haben Grönland verlassen. Das sind sicherlich Nachkommen der dänischen Einwanderer.«

»Wir könnten ja trotzdem fragen, ob sie was wissen.«

»Ob sie was wissen? Wo Erik der Rote sein Haus hatte?« Cathleen lachte spöttisch.

»Wenn das so einfach wäre, dann hätten schon längst andere Leute den Hammer entdeckt.«

Ein plötzlicher Schlag riss sie alle von den Beinen. Max stürzte direkt auf Cathleen und begrub sie unter sich. Die SEA HAWK schaukelte besorgniserregend, beruhigte sich aber sofort wieder.

»Hey, komm runter von mir oder willst du mich zerquetschen?«, fluchte Cathleen.

»Danke fürs Auffangen«, erwiderte Max grinsend, während er sich hochstemmte.

»Kann mir mal einer sagen, was gerade passiert ist?«, fragte Patrick.

Ein kurzer Blick über die Reling zeigte Max, was passiert war.

»Wir haben eine Eisscholle gerammt. Wir können von Glück sagen, dass es nur eine kleine war, sonst hätten wir wohl zum Ufer schwimmen müssen.«

Der Professor kam aus dem Ruderhaus heraus. Ein dünner Blutfaden rann ihm das Gesicht herunter. Anscheinend war er beim Zusammenstoß mit der Eisscholle mit dem Kopf irgendwo angeschlagen.

»Alles in Ordnung bei euch?«, fragte er, während er das Blut mit einem Taschentuch abtupfte. »Max, Patrick. Geht an den Bug und haltet Ausschau nach weiteren Schollen. Ich möchte nicht noch einen Zusammenstoß riskieren!«

Bei der Weiterfahrt blieben sie jedoch von weiteren unliebsamen Begegnungen verschont. Sie sahen mehrere

Einbuchtungen, die sich als Anlegeplatz eignen würden. Der Professor stand mittschiffs und blickte ständig zwischen den möglichen Anlegeplätzen hin und her. Mitten im Fjord lag eine kleine Insel, die sie passierten. Dahinter wurde die Bucht immer schmaler. Das Ende des Fjords war erreicht. Vor ihnen erstreckte sich eine über mehrere Hundert Meter breite Meeresbucht.

»Das ist der Platz, hier legen wir an«, rief der Professor in Richtung Ruderhaus.

Der Berg, den Max bei der Einfahrt in den Fjord gesehen hatte, lag jetzt zu ihrer linken. Howard steuerte die SEA HAWK vorsichtig zur rechten Seite der Bucht, er drosselte den Motor ein wenig und kurz drauf stoppte er ihn ganz.

»Wir Ankern hier und fahren die letzten paar Meter mit dem Schlauchboot an Land«, sagte Howard, als er aus dem Ruderhaus trat. »Erster Maat, setzen Sie den Anker!«

Nachdem Max den Befehl befolgt hatte, holte Howard gemeinsam mit Joe und Patrick eine große Kiste aus dem Ruderhaus. In der Kiste befand sich ein Schlauchboot, noch größer als das, mit dem sie in Island zur kleinen Insel gepaddelt waren. Während Howard das Schlauchboot mit Luft aus Druckluftflaschen füllte, holten die anderen ihre Sachen aus den Kabinen. Kurz darauf ließen sie das Schlauchboot zu Wasser und ruderten die letzten Meter an Land.

Ike sprang als Erster an Land. Mit einem Satz hüpfte er aus dem Schlauchboot hinaus und rannte sofort auf die spärlich mit Gras bewachsene Wiese, die unmittelbar am Ufer lag. Mit sichtlichem Vergnügen wälzte sich der kleine Hund auf dem Grasboden herum und schüttelte sich danach ausgiebig.

Nachdem sie das Boot an Land gezogen hatten, sahen sich auch die anderen am Ufer um. Nirgendwo waren Anzeichen von menschlicher Ansiedlung zu erkennen.

Der Professor nahm seinen Rucksack aus dem Schlauchboot und zog ihn auf seinen Rücken.

»So, dann wollen wir mal«, sagte er und ging geradewegs voraus.

Max schaute dem Professor hinterher, der unbeirrt seinen Weg ging. Ike lief locker neben ihm her und markierte hier und da einen Stein.

»Okay, schnappt euch eure Sachen und dann nichts wie hinterher«, rief Howard ihnen zu.

Nach einigen Minuten hatten sie den Professor und Ike eingeholt. Max sah sich um, die Grasflächen waren an einigen Stellen von kleinen und großen Wasserlachen unterbrochen. An anderen Stellen ragten Steine und Felsen hervor. Es war schwer vorstellbar, dass jemand ausgerechnet diesen Platz für eine Ansiedlung aussuchen würde. Aber Professor Crichton tat seine Bedenken mit einer lapidaren Handbewegung ab, als er sie äußerte. So gingen sie noch eine halbe Stunde landeinwärts, bis sie die Ausläufer des kleinen Gebirges, das Max schon bei der Einfahrt in den Fjord aufgefallen war, erreicht hatten.

»Hier beginnen wir unsere Suche«, sagte der Professor bestimmt. »Sucht auch hinter den umliegenden Hügeln, ob ihr Anzeichen findet, die auf eine frühere Besiedlung hinweisen! Wir machen es wie gehabt, derjenige, der fündig wird, ruft laut nach den anderen. Cathleen, du kommst mit mir.«

Max blickte dem Professor nach, als er mit Cathleen und Ike in den Hügeln verschwand. Dann wandte er sich zu Joe um.

»Okay Großer, wollen wir dann in der entgegengesetzten Richtung suchen?«

Bevor Joe dazu kam, auf Max' Frage zu antworten, hörten sie einen Schrei.

Cathleen!

Max ließ seinen Rucksack auf der Stelle fallen und lief so schnell er konnte über den großen Hügel, hinter dem der Professor mit seiner Tochter verschwunden war. Auf einem weiteren Hügel sah er Cathleen am Boden knien, der Professor war nirgends zu sehen. Ike lief aufgeregt um sie herum und kläffte. Cathleens Blick war auf den Boden gerichtet, als Max sie erreichte, bemerkte er sofort das große Loch vor ihr.

»Was ist passiert?«, keuchte Max.

»Der Untergrund hat auf einmal nachgegeben und Vater ist eingebrochen. Er antwortet mir nicht!«

Die Angst in ihrer Stimme war nicht zu überhören. Max beugte sich vorsichtig über den Rand und spähte in das Loch hinab. Er konnte nicht weit sehen, das Licht wurde von einer tiefschwarzen Dunkelheit verschluckt. Aber Max erkannte einen hoch aufragenden Gegenstand. Verwirrt blickte er Cathleen an.

»Da steht ein Kreuz!«

»Ist doch scheißegal, was da steht, wir müssen Vater da rausholen«, fuhr sie ihn an.

Mittlerweile waren auch Joe, Patrick und Howard bei ihnen angekommen und blickten verwundert auf das Loch. Howard zögerte nicht lange und holte eine Taschenlampe und ein Seil aus seinem Rucksack heraus.

»Patrick, binde dir das Seil um die Brust! Wir lassen dich da herunter«, sagte Howard.

»Warum ich, es kann doch …«

»Weil du der Leichteste bist. Mach schon!«

Howard warf Patrick das Seilende zu. Dann legte er sich flach auf den Boden und leuchtete mit der Taschenlampe in das Loch hinein.

»Ich kann ihn sehen. Er scheint bewusstlos zu sein«, sagte er ruhig.

»Nun macht doch was, holt ihn da raus!«

Cathleen war ganz und gar nicht so ruhig wie Howard, hektisch lief sie um das Loch herum.

»Fertig, Patrick? Dann los!«

Zu dritt ließen sie Patrick langsam in das Loch hinab. Am Rand des Schlunds, da wo das Seil auflag, brach noch ein großes Stück vom Boden ein.

»Schön langsam«, mahnte Howard.

Kurz darauf hörten sie Patrick schon rufen.

»Ich bin unten. Der Professor ist okay.«

Max konnte Cathleen ansehen, dass ihr ein ganzer Berg vom Herzen fiel.

»Werft noch eine Leuchte herunter!«

Diesmal war es die Stimme von Professor Crichton. Howard warf ihm seine Lampe hinunter. Max legte sich vorsichtig an den Rand des Loches und starrte hinab. In einigen Meter Tiefe tanzten die zwei Lichtkegel der Taschenlampen aufgeregt hin und her.

»Das ist unglaublich«, hörte Max den Professor sagen. »Geht zum Fuß des Hügels hinunter, auf die Westseite.«

Als sie unten ankamen, hörten sie ein dumpfes Klopfen aus dem Hügelinneren. Sofort fingen Max und Joe damit an, die spärlichen Grassoden des Hügels abzutragen. Hinter der Schicht aus Gras, Sand und Erde kam eine Holztür zum Vorschein. Aber keine normale Tür. Es schien vielmehr ein Tor zu sein. Und auf der Tür sah Max erneut ein Kreuz. Zu viert gruben sie weiter und legten das Holzportal zur Gänze frei.

»Das ist doch nicht zu fassen«, sagte Howard. »Eine Kirche!«

Die beiden Flügel der Holztür begannen zu knarren und ächzten, als der Professor und Patrick sie von innen aufstemmten.

»Na, hat jemand was zu beichten?« Patrick stand breit grinsend in der Mitte der imposanten Türflügel.

Cathleen lief sofort an ihm vorbei zu ihrem Vater und fiel ihm um den Hals.

»Ich bin so froh, dass dir nichts passiert ist.«

»Ich hab mir nur den Fuß ein wenig verstaucht und eine exorbitante Beule am Kopf, aber ansonsten geht's mir gut«, sagte der Professor lächelnd. »Kommt, schaut euch die erste christliche Kirche Grönlands genau an.«

Langsam gingen sie in die kleine Kirche hinein. Durch das Loch im Dach fielen die Sonnenstrahlen direkt auf einen moosbewachsenen Steinaltar, auf dem das Holzkreuz stand, das Max von oben gesehen hatte. Die Wände waren mit mehreren Kruzifixen und falben Wandteppichen behangen. Auf einem der Teppiche glaubte Max, eine Kreuzigungsszene zu erkennen, aber der Teppich war beträchtlich vermodert, sodass er es nicht mit Gewissheit sagen konnte.

»Was glauben Sie, wer diese Kirche gebaut hat?«, fragte Joe den Professor.

»Haben Sie die Saga von Erik dem Roten nicht gelesen? Sein Sohn Leif hat die Grönländer zum christlichen Glauben gebracht und Eriks Frau Thjodhild hat sich eine Kirche bauen lassen, um ihrer neuen Frömmigkeit Ausdruck zu verleihen.«

»Das soll diese Kirche hier sein?«, fragte Patrick.

»Welche sonst? Es gab und gibt nicht allzu viele Kirchen in Grönland. Das ist mit Sicherheit Thjodhilds Kirche«, entgegnete Howard.

»Vielleicht war die Kirche der Grund dafür, dass Leif den Hammer fortgebracht hat.«

Der Professor drehte sich zu Max herum und leuchtete ihm mit der Taschenlampe ins Gesicht.

»Gut möglich. Aber es gab mit Sicherheit noch einen anderen Grund.«

Max blinzelte in das Licht der Taschenlampe und drehte den Kopf in Richtung des Steinaltars. Das große Holzkreuz wurde in einer Vertiefung im Altar gehalten. Beim genaueren Betrachten erkannte Max die Runen auf dem Kreuz.

»Zu Ehren des einzigen und wahren Gottes«, las er kaum vernehmbar murmelnd. Er schritt näher an den Altar heran und begutachtete das Kreuz eingehend. Joe trat neben ihn und leuchte das Kruzifix ebenfalls an. Auch er konnte die Inschrift lesen. Er sah Max in die Augen. Sofort verstand Max, was Joe vorhatte. Sie legten die Lampen auf den Boden und stiegen auf den Altar. Gemeinsam versuchten sie, das Kreuz aus der Mulde im Opfertisch zu ziehen.

»Hey, was treibt ihr da?«, fragte der Professor. »Nichts anfassen, habt ihr das vergessen? Hört auf oder …«

Mit einem Ruck löste sich das Kreuz aus der Halterung im Altar. Max verlor durch das ruckartige nach oben Schnellen des Kreuzes den Halt und stürzte auf den Boden. Joe wankte ebenfalls, konnte sich jedoch auf dem Altar halten. Er hielt das Kreuz in den Händen, es war nahezu so groß wie Joe selbst.

Sofort kamen die anderen zum Altartisch gelaufen. Patrick half Max wieder auf die Beine.

»Was habt ihr euch bloß dabei gedacht?« In der Stimme des Professors schwang Wut mit.

Ohne darauf einzugehen, ging Max an den Altar und griff in die offene Mulde hinein. Sein Arm versank fast bis zur Schulter darin, dann bekam er es zu fassen und zog es hinauf.

»Ein Teppichstück«, sagte Cathleen verblüfft.

Vorsichtig nahm der Professor Max das Stück aus der Hand. Es war mit einem dünnen Seil umwickelt. Crichton löste es behutsam und entfaltete den Teppich. Klirrend fiel ein mit Eisenteilen besetzter Gürtel auf den Altar. Joe stand die ganze Zeit über auf dem Opfertisch, das Kreuz in der Hand. Beim Anblick des Gürtels warf er das Kreuz zu Boden, wo es laut polternd aufschlug.

»Ich will verdammt sein, wenn das nicht der Gürtel Thors ist«, flüsterte er.

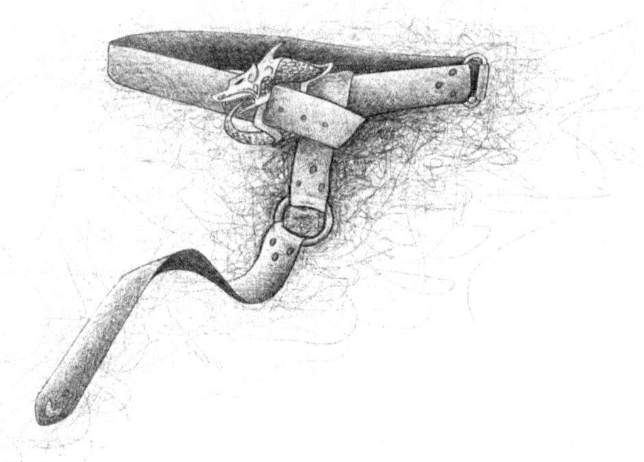

Kapitel 30

Überrumpelung

Staunend standen sie alle um den Altar herum und starrten auf das Teppichstück und vor allem auf den Gürtel, der darin eingewickelt war. Die Gürtelschnalle bestand aus purem Gold und zeigte einen Drachen, der das Ende seines Schwanzes im Maul hielt. Der Gürtel war aus einem groben Leder gefertigt, das mit vielen Eisennieten verziert war. Ein großer Eisenring war ebenfalls an dem uralten Leibriemen befestigt.

»Ein unglaublicher Fund«, sagte Professor Crichton. »Heute ist ein großer Tag in der Geschichte der Archäologie!«

Max sah, wie die Augen des Professors vor Begeisterung leuchteten.

»Was ist mit dem Teppichstück? Ist da ein Hinweis auf das Versteck des Hammers?«, fragte Cathleen.

»Ja. Zumindest vermute ich das«, antwortete der Professor. »Hier siehst du? Das sind scheinbar die Umrisse einer Küste. Und direkt an dem Gebiet ist ein X. Da könnte der Hammer liegen.«

»Aber welche Küstenlinie ist es?«, fragte Patrick.

»Ich schätze Nordamerika. Und wahrscheinlich ziemlich weit im Nordosten, also Neufundland oder Labrador.«

»Dann sollten wir keine Zeit verlieren und sofort dahin aufbrechen«, sagte Howard.

»Und was ist mit der Kirche?«, fragte Max. »Dieser Fund ist doch mindestens eine genauso große Sensation.«

»Die Kirche wird uns nicht weglaufen. Wir verschließen den Eingang wieder und kommen zurück, sobald wir den Hammer gefunden haben.«

»Howard hat recht. Wir begeben uns schnellstmöglich auf den Weg an die Nordküste Amerikas.«

Der Professor nahm den Gürtel und das Teppichstück vom Altar und packte beide in seinen Rucksack.

»Also los«, sagte Joe.

Sie verließen die Kirche und bedeckten den Eingang mit Grassoden und Erde. Anschließend stiegen sie erneut den Hügel hinauf und gingen den Weg zurück, den sie gekommen waren. Schnell erreichten sie wieder flaches Gelände und ließen die Hügellandschaft hinter sich zurück. Abrupt blieb Patrick stehen und drehte sich zu den Hügeln um.

»Was ist los?«, fragte Max ihn.

»Keine Ahnung. Ich habe da hinten was aufblitzen sehen, aber ich habe mich wohl getäuscht.«

Patrick drehte sich wieder zu Max herum und lächelte.

»Hey, kommt ihr?«, rief Howard ihnen zu.

Wie aus heiterem Himmel hörte Max einen Knall. Er blickte Patrick ins Gesicht. Alle Farbe war daraus entwichen. An seiner rechten Schulter bildete sich ein roter Fleck in seinem Hemd, der rasch immer größer wurde. Patrick sackte auf die Knie.

»Max ich ...«

Dann brach die Hölle um sie herum los.

Ohne nachzudenken, packte Max Patrick am Arm und schleifte ihn hinter sich her, während die Kugeln überall neben ihm im Boden einschlugen. Er hörte Howard was von »in Deckung gehen« schreien und lief, so schnell er das mit

Patrick im Anhang konnte, auf einen Steinhaufen zu. Als er mit Patrick hinter die Deckung stürzte, konnte er mindestens zehn Männer sehen, die mit Gewehren im Anschlag aus den Hügeln direkt auf sie zukamen. Dutzende Geschosse prasselten auf den Steinhaufen ein. Max blickte sich um und sah den Professor zusammen mit den anderen hinter einem großen Felsen in Deckung sitzen. Dann sah er, wie Howard in seinen Rucksack griff und zwei Waffen daraus hervorholte. Die Angreifer waren mindestens genauso überrascht wie Max, als Howard das Feuer eröffnete. Drei der Männer, die auf sie schossen, brachen zusammen. Sofort stoppten die restlichen Kerle den Vormarsch und suchten sich ebenfalls Deckung in den Hügeln.

»Max! Wenn ich jetzt sage, kommst du mit Patrick hierüber gelaufen«, rief Howard. Max nickte ihm zu. »Jetzt!« Howard sprang hinter dem Felsen hervor und schoss mit einer kleinen Maschinenpistole mehrere Salven in Richtung der Hügel. Mit Patrick unter dem Arm rannte Max zu dem Felsen hinüber. Als sie in Deckung waren, stellte Howard das Feuer ein und ging ebenfalls zurück hinter den Felsen.

»Was ist mit Patrick?«, fragte der Professor besorgt.

Howard sah sich die stark blutende Wunde an Patricks Schulter an.

»Ein glatter Durchschuss. Wir müssen die Blutung stillen, wir brauchen etwas zum Verbinden.«

Joe zog seine Jacke aus und presste sie auf die Wunde. Patrick stöhnte laut auf vor Schmerz. Dann holte der Professor aus seinem Rucksack ein großes Tuch hervor, riss es in Streifen und begann, Patrick damit zu verbinden.

Währenddessen schlugen um sie herum erneut die Kugeln ein. Howard reichte Max eine Waffe.

»Kannst du damit umgehen?«

»Ich denke schon.«

»Okay, dann los«, schrie Howard und verließ erneut die

Deckung, um auf die Angreifer zu feuern. Max tat es ihm gleich und schoss mehrmals auf die Angreifer. Sie trafen immerhin zwei Männer. Aber entmutigt musste Max feststellen, dass die Zahl ihrer Gegner sich dessen ungeachtet erhöht hatte. Mehr als zwanzig Männer waren jetzt in den Hügeln und kamen langsam näher.

»Wir müssen hier weg«, rief er Howard zu, der mit dem Nachladen seiner Waffen beschäftigt war.

»Gute Idee. Irgendwelche Vorschläge wohin? Zum Schiff schaffen wir es niemals!«

Max blickte sich um. Abgesehen von dem großen Felsen, hinter dem sie kauerten, und dem kleinen Steinhaufen, gab es keinerlei Möglichkeit, wo sie Schutz suchen konnten.

Schüsse peitschten in den Boden neben ihm und wirbelten Sand und Steine auf.

»Sie sind gleich hier. Was sollen wir machen?«, fragte Cathleen mit verzweifelter Stimme. »Vielleicht lassen sie uns in Ruhe, wenn wir ihnen den Gürtel überlassen.«

»Niemals! Wir geben den Gürtel nicht kampflos auf!« Die Stimme des Professors trug eine grimmige Entschlossenheit in sich.

Wieder schlugen Schüsse in den Felsen und den Boden ein. Dann war es plötzlich totenstill. Max spähte vorsichtig hinter der Deckung hervor. In knapp dreißig Meter Entfernung standen die Angreifer in einer Reihe aufgestellt. Einer löste sich aus der Kette und ging einige Schritte nach vorn. Max erkannte ihn sofort. Der Hüne hielt ein Maschinengewehr in den Händen und in seinem Gesicht zeigte sich ein hässliches Grinsen.

»Hey, Amerikaner! Gebt uns den Gürtel und wir lassen euch am Leben«, rief er auf Englisch. »Wollt ihr wirklich euer Leben dafür wegwerfen?«

Der Professor wollte eine Antwort zurückschreien, aber Howard legte ihm den Arm auf die Schulter.

»Nicht, Frederick, das ist den Atem nicht wert! Diese Kerle werden uns auf jeden Fall töten.«

»Und was nun?«, fragte Joe.

»Kämpfen bis zum bitteren Ende«, erwiderte Howard unerschütterlich. »Aber vielleicht gibt es noch eine Chance.« Erneut griff Howard in seinen Rucksack. Er holte zwei eiförmige Metallkörper hervor.

»Handgranaten! Howard, ich glaube, wenn das hier vorbei ist, müssen Sie mir einiges erklären«, sagte Crichton.

»Sobald die erste Granate explodiert, lauft ihr alle so schnell wie möglich zur Bucht. Max, Joe, ihr tragt Patrick! Ich werde versuchen, die Kerle noch eine Weile aufzuhalten.«

»Joe kann Pat auch alleine tragen. Ich bleibe hier und gebe Ihnen lieber Feuerschutz. Zu zweit haben wir mehr Chancen, die Schweinehunde abzuwehren.« Max blickte Howard entschlossen in die Augen.

»Okay. Haltet euch bereit, gleich wird's ziemlich laut rumsen.« Howard zog den Sicherungsstift von einer Handgranate ab.

»Hier habt ihr unsere Antwort«, brüllte Howard und warf die Handgranate im hohen Bogen über den Felsen. Die Angreifer fluchten und schrien wild durcheinander, kurz darauf erfolgte die Detonation.

»Lauft«, rief Max, dann sprang er mit Howard hinter dem Felsen vor und feuerte auf die verbliebenen Gegner. Die Explosion der Handgranate hatte ihre Wirkung nicht verfehlt. Mehrere Männer lagen regungslos auf dem Boden, andere schrien vor Schmerzen. Max erlöste einen Einarmigen von seiner Pein. Den Hünen konnte er nirgends sehen.

»Vorsicht, Max!« Howard warf sich gegen Max, der daraufhin das Gleichgewicht verlor und stürzte. Direkt neben seinem Kopf schlugen mehrere Schüsse ein. Howard erwiderte das Feuer und erwischte einen der Schützen. Der andere warf sein Gewehr weg und floh.

»Schnell, wir müssen zur Bucht, ehe die Kerle sich von dem Schreck erholen.« Howard packte Max am Arm und zog ihn auf die Beine. Dann rannten sie den anderen hinterher zur Bucht. Verwundert stoppten sie, als Joe ihnen mit Patrick auf dem Rücken wieder entgegenkam. Cathleen und ihr Vater folgten ihm. Ike lief neben dem Professor her.

»Zurück! An der Bucht sind noch mehr von den Kerlen«, rief Joe ihnen außer Atem entgegen.

»Verdammt«, fluchte Howard. »Kommt, wir versuchen unser Glück in dieser Richtung!«

Ohne lange zu zögern, rannte Howard nach Westen weiter, wo einige Hügel vor ihnen lagen. Max half Joe dabei, Patrick zu tragen, während Professor Crichton schon sichtlich am Ende seiner Kräfte angelangt war. Cathleen nahm ihm den Rucksack ab und zog ihren Vater an der Hand hinter sich her.

Als Max sich zu den beiden umdrehte, sah er die Verfolger, die von der Bucht her angelaufen kamen.

»Schneller Cathleen«, rief Max.

Aber der Professor wurde immer langsamer. Max überließ Joe das Tragen von Patrick wieder alleine und lief zum Professor und Cathleen. Doch bevor er sie erreichte, nahm Cathleen den Rucksack ihres Vaters und schleuderte ihn ihren Verfolgern entgegen.

»Cathleen! Nein, was hast du getan?«, brüllte der Professor und wollte dem Rucksack hinterherlaufen.

»Ich habe uns vielleicht das Leben gerettet«, schrie Cathleen ihren Vater an, packte ihn fest am Arm und zog ihn weiter. Dann war Max bei ihnen. Er feuerte ein paar Mal mit der Pistole auf die Verfolger, dann hakte er den Professor unter und rannte, so schnell er konnte. Ohne Widerstand lief der Professor zwischen Cathleen und ihm her. Teilweise versagten die Beine ihm den Dienst und Max hatte alle Mühe, ihn zu stützen.

»Hierher Max«, rief Howard ihnen zu, als sie um einen größeren Hügel abbogen.

Dort war eine tiefe Senke im Boden, in der bereits Joe und Patrick lagen. Cathleen und Max schleppten den total entkräfteten Professor ebenfalls dorthin und legten ihn vorsichtig in die Kuhle. Joe kletterte aus der Mulde hinauf und ging mit Max zu Howard, der am Fuß des Hügels flach am Boden liegend ihre Verfolger beobachtete.

»Sie folgen uns nicht mehr«, sagte er mit einiger Verwunderung in der Stimme. »Da streiten sich zwei anscheinend, ob sie uns weiterverfolgen sollen oder nicht.«

Max konnte die beiden Männer sehen. Einer davon war der Mörder von Direktor Ingstad. Er stritt sich mit einem kleineren Mann, der ihm offenbar verbot, weiterzugehen. Schließlich gab der Hüne sich geschlagen, hing sein Gewehr auf den Rücken und ging.

»Warum kommen die nicht her?«, fragte Joe. »Die könnten uns doch jetzt leicht erledigen.«

»Ich habe keine Ahnung, aber vielleicht hat Cathleen uns ja doch das Leben gerettet, als sie ihnen den Rucksack zugeworfen hat«, sagte Max.

»Vielleicht. Oder sie haben noch was anderes mit uns vor«, sagte Howard.

»Dann sollten wir lieber so viel Abstand wie möglich zwischen denen und uns bringen.«

»Wie denn? Der Professor ist total fertig und Patrick können wir auch nicht quer durch Grönland schleppen«, sagte Max.

»Außerdem müssen wir zum Schiff, sonst ...« Eine markerschütternde Explosion unterbrach Howard. Es dauerte einen Moment, bis Max begriff, woher die Detonation kam.

»Das Schiff«, rief Max. »Die haben die SEA HAWK in die Luft gejagt!«

Howard blickte grimmig und nickte leicht.

»Verdammte Russen! Die wollen uns einfach hier sitzen lassen!« Abrupt sprang Howard auf und lief zurück zur Senke, in der sich die anderen versteckt hielten. Max folgte ihm.

»Was haben Sie vor?«, fragte er, während Howard aus seinem Rucksack weitere geladene Magazine für seine Pistole hervorholte und in seine Jackentasche steckte.

»Ich gehe zur Bucht und versuche uns ein Transportmittel zu organisieren!« Er steckte ein Magazin in die Waffe und lud durch.

»Sind Sie verrückt? Das ist glatter Selbstmord«, schrie Cathleen. »Wir sollten froh sein, dass sie uns nicht weiter verfolgen!«

»Ich komme mit«, sagte Max. »Geben Sie mir auch ein Magazin!«

Howard hielt ihm ein Magazin hin. Gerade als Max danach greifen wollte, schob sich Joes riesige Hand dazwischen.

»Geben Sie mir auch eine Waffe!«

Howard nickte. »Alles klar, dann mal los! Frederick, in meinem Rucksack ist ein Funkgerät. Für den Fall, dass wir nicht zurückkommen, versuchen Sie, Kontakt mit dem Colonel aufzunehmen!«

Der Professor nickte müde. »Kommen Sie lieber zurück, Howard. Sie müssen mir einige Fragen beantworten!«

Ohne weiter darauf einzugehen, ging Howard los. Max und Joe folgten ihm. Nach einigen Minuten konnten sie die Bucht bereits sehen. Howard gab ihnen ein Zeichen, sich flach auf den Boden zu legen. Dann robbten sie langsam weiter und versuchten, hinter kleineren Felsen und Grasbüscheln Tarnung zu finden.

In der Bucht herrschte geschäftiges Treiben. Mindestens zwei Dutzend bewaffneter Männer liefen zu mehreren Wasserflugzeugen, die in der Förde schwammen. Die erste Maschine war schon in der Luft, während zwei weitere gerade im Begriff waren zu starten. Auch ein Schiff war in weiter Entfernung in der Bucht zu sehen, es fuhr aber aus dem Fjord in Richtung offenes Meer.

»Wir müssen versuchen, eines der Wasserflugzeuge zu kapern«, zischte Howard ihnen zu. Max nickte.

Vorsichtig auf dem Bauch weiter kriechend, bewegten sie sich auf das Flugzeug zu, das ihnen am nächsten war.

»Weiter können wir nicht ran, ohne aufzufallen«, flüsterte Joe.

»Das sind bestimmt noch hundert Meter bis zur Maschine«, sagte Max. »Und wenn ich richtig gezählt habe, sind da fünf Kerle eingestiegen. Alle bewaffnet.«

»Ich habe ebenfalls fünf gezählt. Aber wir haben Glück, es ist die letzte Maschine, die startet. Wenn ich jetzt schreie, springen wir auf und laufen wie die Teufel zum Flugzeug. Ihr geht über den rechten Schwimmer rein, ich über den linken. Wir haben den Vorteil der Überraschung auf unserer Seite. Die Kerle rechnen nicht mit uns.«

Er zog seine Waffe aus dem Gürtel. Max starrte zu den verbliebenen drei Flugzeugen. Mittlerweile waren alle Männer an Bord der Maschinen. Alle Motoren wurden gestartet.

Howard robbte noch weiter voran und bedeutete ihnen, ihm zu folgen. Nach einigen Metern schrie er »Jetzt!« und sofort sprangen sie auf und rannten auf das Wasserflugzeug zu. Max sprintete wie noch nie zuvor in seinem Leben. Das Flugzeug kam schnell näher, doch dann setzte es sich langsam in Bewegung und steuerte aus der Bucht heraus. Wasser spritzte auf, als Max mit schnellen Schritten hineinlief. Die Kälte fuhr ihm in die Glieder. Das Flugzeug war nur noch wenige Meter entfernt, wurde aber immer schneller. Mit letzter Kraft sprang Max nach vorne ab, erwischte gerade noch den Ponton der Maschine und schaffte es sich an der Verbindungsstange festzuhalten. Ein Klatschen auf der anderen Seite des Flugzeugs signalisierte ihm, dass Howard es ebenfalls geschafft hatte. Max drehte den Kopf und schaute nach Joe. Der stand mit auf den Knien gestützten Händen im Wasser und atmete heftig.

Okay, dann sind wir also nur zu zweit.

Max zog sich den Ponton hinauf, das Flugzeug wurde immer schneller, gleich würde es abheben. Max hockte sich auf den Schwimmkörper und blickte unter dem Rumpf der Maschine hindurch zu Howard, der ebenfalls auf dem Schwimmer hockte. Er blickte Max an und gab ihm ein Zeichen, die Tür zu öffnen.

Nahezu zeitgleich rissen Max und Howard die seitlichen Türen des Wasserflugzeugs auf. Während Max den Mann, der an der Tür saß, packte und hinauszog, erschoss Howard sofort die zwei Männer, die mit dem Rücken zum Cockpit saßen, bevor auch er den Mann an seiner Tür unsanft aus der Maschine beförderte. Howard sprang in die Kabine und stürzte sich auf den verbliebenen Mann, der seine Pistole gezogen hatte. Ein Schuss löste sich und durchschlug die Außenwand des Flugzeugs, haarscharf neben Max' Kopf. Max wollte Howard zu Hilfe eilen, als der Pilot aus dem Cockpit feuerte. Er hielt eine Pistole in der Hand und zielte auf Howard. Max nahm seine Waffe und drückte ab. Die Kugel traf den Piloten genau im linken Auge und durchschlug den Schädel. Ein weiterer Schuss löste sich. Diesmal hatte Howard abgedrückt. Tödlich getroffen sackte auch der letzte Mann in sich zusammen. Howard sprang sofort ins Cockpit und steuerte die Maschine weiter.

»Mach die Türen zu, Max. Wir heben gleich ab.«

Max schob die beiden Leichen ins Wasser und schloss die Kabinentüren. Kurz darauf spürte er, wie das Flugzeug sich langsam in die Luft erhob. Er ging zu Howard ins Cockpit und setzte sich neben ihn.

»Warum heben wir ab? Wir müssen doch noch die anderen mitnehmen?«

»Werden wir auch. Ich fliege nur ein kleines Stück mit, damit die Russen nicht sofort spitzkriegen, dass etwas nicht stimmt.«

Nach ein paar Minuten drehte Howard bei und flog zurück zur Bucht. Max blickte zu den anderen Wasserflugzeugen. Sie flogen weiter aufs Meer hinaus, offenbar war niemanden ihr Entern des Flugzeuges aufgefallen. Er atmete tief durch.

Als sie wieder in der Bucht landeten, sah Max Trümmerteile der SEA HAWK im Wasser treiben. Und er sah Joe seelenruhig im Sand sitzen. Nicht weit von ihm entfernt lagen zwei Männer. Offensichtlich die beiden, die Howard und er aus dem Flugzeug geworfen hatten. Nachdem die Maschine so dicht wie nur möglich an den Strand herangefahren war, stellte Howard den Motor ab.

»Max, lauf mit Joe den Professor und die anderen holen. Wir sollten so schnell wie möglich weg. Ich möchte nicht riskieren, dass diese Kerle uns hier noch einmal einen Besuch abstatten.«

Max sprang aus dem Flugzeug ins Wasser und lief zu Joe. Gemeinsam holten sie Professor Crichton, Cathleen und Patrick aus ihrem Versteck in der Senke. Patricks Blutung war mittlerweile gestoppt, aber er war zu schwach, um alleine zu gehen. Joe und Max nahmen ihn in ihre Mitte und stützten ihn, während sie zum Flugzeug gingen.

Als sie die Bucht erreichten, kam Howard ihnen entgegengelaufen.

»Wie geht's Patrick? Alles in Ordnung mit dir?«

»Klar doch, alles halb so schlimm. Mir geht's schon viel besser«, sagte Patrick und rang sich ein gequältes Lächeln ab.

Howard legte die Hand auf Patricks Schulter und sah ihm in die Augen.

»Gut. Das freut mich, zu hören. Aber ich denke, es ist besser für dich, wenn du hierbleibst.«

»Was, ihr wollt mich hier zurücklassen?« Auf einmal kehrte die Kraft in Patricks Stimme zurück.

»Wir werden niemanden zurücklassen«, sagte Professor Crichton entschieden. »Ich denke, Sie schulden mir noch eine Erklärung, Howard!«

»Ich habe nicht vor, Patrick zurückzulassen. Aber es ist besser für ihn und für uns, wenn er uns nicht begleitet. Der Colonel wird ihn hier abholen und sich um ihn kümmern. Ein Hubschrauber ist schon hierher unterwegs.«

»Die Erklärung, Howard!«

»Später Frederick, sobald wir in der Luft sind. Dann werde ich ...«

»Nein! Ich will sofort eine Antwort!«

Crichton blickte Howard starr in die Augen. Einen Moment lang sagte keiner was.

»Okay. Mein Name ist nicht Howard Smith und ich bin auch kein Doktor für Archäologie.«

»Erzählen Sie mir was, das ich noch nicht weiß!« Die Stimme des Professors bekam einen scharfen Klang.

»Ich heiße Howard Greenberg und arbeite für die Central Intelligence Agency.«

»Sie sind ein Spion?«, fragte Cathleen. »Was wollen Sie von uns?«

»Was ich will? Ich bin hier, um Ihnen zu helfen. Und ich will verhindern, dass die Russen den Hammer in die Finger bekommen.«

»Woher wusste die CIA von dem Hammer?«, fragte der Professor. Seine Augen fixierten Howard.

»Vor drei Monaten haben wir einen Hinweis bekommen, dass die Russen auf der Suche nach einem mythologischen Artefakt sind. Es gab verschiedene Spuren, die wir verfolgten. Eine davon führte nach Island. Als ich erfuhr, dass Sie eine

Exkursion nach Island machen würden, habe ich mich in Ihr Team einschleusen lassen. Dekan Harris von Ihrem College in Boston war mir dabei eine große Hilfe.« Howard lächelte verschmitzt.

»Wie? Harris wusste Bescheid? Oh wehe, wenn ich diesen Dreckskerl in die Finger kriege«, schnaubte Crichton. »Deshalb hat er Sie in den Himmel gelobt, als er mir vorgeschlagen hat, Sie mit nach Island zu nehmen.«

»Ja. Aber machen Sie ihm keine Vorwürfe. Es geschah schließlich alles im Interesse der Sicherheit unserer Nation!«

»Bullshit! Das hat der Schweinehund nur gemacht, um mir eins auszuwischen«, fluchte der Professor.

Er war richtig in Rage. Max konnte sich ein Grinsen nicht verkneifen, als er den hochroten Kopf des Professors sah.

»Vater, beruhige dich«, sagte Cathleen.

»Wie dem auch sei. Als Max mit dem Medaillon auf Island auftauchte, wusste ich, dass die Sache ins Rollen kam. Leider ahnte ich nicht, dass wir mit Kirk einen Verräter in unserer Mitte hatten.«

»Ein toller Spion sind Sie«, spottete Cathleen.

»Agent. Es heißt Agent«, erwiderte Howard kühl.

»Kein Wunder, dass wir die Unterstützung der US Army so leicht bekommen haben«, sagte Max.

Howard nickte.

»Und jetzt? Wie geht es weiter?«, fragte Professor Crichton verbittert.

»Ich muss versuchen die Russen einzuholen, und verhindern, dass sie den Hammer an sich nehmen. Aber dafür brauche ich Ihre Hilfe, Frederick. Alleine schaffe ich das nicht. Es ist aber natürlich Ihre freie Entscheidung, ob Sie mitkommen wollen oder nicht.« Howard blickte jedem von ihnen ins Gesicht.

»Ich komme auf jeden Fall mit«, sagte Joe entschlossen. »Die Scheißkerle haben versucht, mich zu erschießen.«

»Ich bin ebenfalls dabei. Ich habe noch eine Rechnung zu begleichen«, sagte Max.

»Danke. Was ist mit Ihnen, Frederick? Sie sind der Experte, ich brauche Ihre Hilfe unbedingt.« Howard streckte dem Professor seine rechte Hand entgegen. »Es tut mir leid, dass ich Sie anlügen musste.«

Einen Moment lang dachte Max, dass Crichton die Hand wegschlagen würde. Aber dann ergriff der Professor sie doch.

»Also, worauf warten wir dann noch? Lasst uns aufbrechen!«

»Halt«, rief Cathleen. »Vater, bitte lass uns hierbleiben. Wir wären um ein Haar getötet worden. Willst du das wirklich riskieren? Wir schulden diesem Kerl nicht das Geringste.« Sie bedachte Howard mit einem grimmigen Blick.

»Howard hat recht: Wir dürfen nicht zulassen, dass die Russen den Hammer in die Finger bekommen. Du bleibst hier bei Patrick.«

»Das würde dir wohl passen! Wenn du gehst, dann gehe ich ebenfalls!«

»Gut, jetzt, wo das geklärt wäre, können wir ja los«, sagte Howard. »Patrick, in ein paar Stunden wirst du abgeholt. Alles klar?«

Patrick lächelte kraftlos.

»Aber sicher doch. Seht nur zu, dass ihr heil zurückkommt.«

Kapitel 31

Labrador

»Ist noch genug Treibstoff im Tank?« Max war besorgt. Schon seit Stunden flogen sie mittlerweile über die Labradorsee in Richtung Westen und noch immer war kein Land in Sicht. Unter ihnen war nur das endlos erscheinende Meer zu sehen.

»Kein Grund zur Beunruhigung, Max«, antwortete Howard. »Nach meinen Berechnungen kann es nicht mehr allzu lange dauern, bis wir das Festland erreichen.«

Aber auch in Howards Stimme registrierte Max einen sorgenvollen Unterton. Er wusste nur nicht, ob diese Sorge von dem fast leeren Treibstofftank herrührte oder von dem monströsen tiefschwarzen Wolkengebilde, dem sie geradewegs entgegenflogen.

Max verließ das Cockpit und ging in die kleine Kabine, in der Joe, Professor Crichton und Cathleen saßen. Der Erste, der ihn bemerkte, war allerdings Ike. Der kleine Hund stürmte ihm kläffend entgegen. Diesmal hatte Max jedoch Verständnis für sein Gebell.

»Ganz ruhig, Ike. Wir haben bald wieder festen Boden unter den Füßen.«

»Das wird auch langsam Zeit«, brummte Joe. »Wie geht es

dir eigentlich? Diesmal scheinst du den Flug besser zu verkraften.«

Gerade als Max etwas erwidern wollte, gab es einen heftigen Ruck, der ihn von den Beinen fegte.

»Du musst dich mir doch nicht gleich zu Füßen werfen! Ein einfaches Hallo hätte es auch getan«, sagte Cathleen mit aufgesetzter Fröhlichkeit zu ihm. Max hob den Kopf und blickte direkt in ihre tiefblauen Augen. Ein kaltes Glitzern war darin zu erkennen. Beim Versuch aufzustehen, gab es die nächste Erschütterung. Das Flugzeug sackte ächzend ab. Auf irgendeine Weise gelang es Max, sich mit der rechten Hand am Gestänge der Sitze festzuhalten. Mit der linken bekam er Ike zu fassen, der hilflos über den Kabinenboden schleuderte.

»Alles in Ordnung da hinten?«, rief Howard aus dem Cockpit.

»Noch ja! Was zum Teufel ist passiert?«, fragte der Professor.

»Wir sind in ein Gewitter geraten. Ich fürchte, es wird noch ein wenig holpriger werden, also haltet euch alle gut fest und schnallt euch an!«

»Können wir das Gewitter nicht umfliegen?«, fragte Max.

»Keine Chance! Wir haben nur noch Sprit für ungefähr zehn Minuten. Es heißt jetzt Augen zu und durch.«

»Na Klasse«, stöhnte Joe.

»Ich werde tiefer gehen, um zu versuchen, dem Schlimmsten zu entgehen.«

Das Flugzeug bäumte sich wütend auf, als Howard mit dem Sinkflug begann. Mittlerweile hatten sich alle die Gurte angelegt. Max hangelte sich nach vorne ins Cockpit und nahm neben Howard Platz.

»Können Sie überhaupt noch was sehen?«, fragte Max erschrocken. Vor ihm tat sich eine alles Licht verschlingende Dunkelheit auf. Regen prasselte wie aus Kübeln auf die Cockpitscheibe ein und lief in einem Schwall die Scheibe hinunter. Max blickte hinüber zu Howard.

»Keine Angst, ich fliege dieses Baby nach Gefühl«, sagte er grinsend.

Unweit von ihrem Flugzeug zuckte ein Blitz vorbei.

»Und was sagt Ihr Gefühl jetzt?«

»Dass wir schleunigst aus diesem Unwetter heraus sollten!«

Ein weiterer Blitz schoss vom Himmel herab und verfehlte das Flugzeug nur knapp. Aus dem Augenwinkel sah Max eine kleine rote Lampe auf den Instrumenten vor Howard aufflammen.

»Was bedeutet diese Leuchte?«

»Oh. Dass wir besser schnell landen sollten!«

»Wo denn? Hier ist nichts, außer Wasser!«

»Wir haben ein Wasserflugzeug, schon vergessen?«

»Ach ja? Es wird nicht lange dauern und wir kentern in diesem Sturm. Vorausgesetzt, dass wir es schaffen, heil auf dieser aufgewühlten Wasseroberfläche zu landen«, schrie Max.

»Ich habe schon Flugzeuge unter ganz anderen Umständen gelandet. Es gibt keinen Grund, sich Sorgen zu machen. Ich habe die Situation unter Kontrolle!«

Jäh gab es einen durchdringenden Knall aus dem hinteren Teil des Fliegers. Die Maschine sackte auf der Stelle seitlich nach links ab. Nur mit größter Mühe gelang es Howard, den Kurs zu halten.

»Was zur Hölle war das?«

»Ein Grund, sich Sorgen zu machen! Scheinbar hat ein Blitz uns ein Stück des Leitwerks zerfetzt! Wir müssen sofort landen, lange kann ich dieses Baby nicht mehr oben halten!«

Max krallte sich in seinem Sitz fest und rechnete mit dem Schlimmsten. Sein Magen meldete sich rebellierend. Da sah er in einiger Entfernung etwas aus dem Wasser aufragen.

»Land! Da hinten ist Land«, rief er.

»Verdammt! Wir könnten es tatsächlich schaffen. Flieg schön weiter, Baby, hörst du?«, redete Howard mit zusammengekniffenen Augen vor sich hin. »Komm schon, komm schon!«

Das Flugzeug bekam immer mehr Schlagseite und schlingerte hin und her.

»Wir haben es fast geschafft«, schrie Max.

Der Motor begann zu stottern. Es folgten ein paar kurze Aussetzer, bis der Propeller letzten Endes den Dienst versagte.

»Scheiße! Nein verdammt«, schrie Howard und schlug wild auf die Instrumententafel ein.

Aber aller Einsatz war vergebens. Gebremst kam die Maschine ins Trudeln, sackte erst stockend und dann immer schneller werdend ab.

»Festhalten!«

Dann schlug das Flugzeug mit ungeheurer Wucht auf. Aber zu Max' Verwunderung nicht auf dem Wasser. Sie hatten es tatsächlich geschafft und das rettende Land erreicht. Die Maschine prallte vom Boden aus wieder in die Luft und krachte erneut heftig auf dem Untergrund auf. Die linke Tragfläche wurde fortgerissen und Max spürte, wie die Pontons des Flugzeugs ebenfalls wegknickten, als wären sie Streichhölzer. Danach schlitterten sie polternd über den Boden, bis sie schließlich kurz vor einem Baum zum Stehen kamen.

Einen Augenblick starrte Max ungläubig aus dem Fenster auf den riesigen Baum, der nur eine Armlänge von ihnen entfernt war. Dann klopfte Howard ihm auf die Schulter.

»Ich sagte doch: Kein Grund sich Sorgen zu machen. Alles unter Kontrolle«, sagte er lachend und verließ das Cockpit.

Max atmete tief durch, dann schnallte er sich ab und ging hinter Howard her in die Kabine. Als Max in das Gesicht von Cathleen blickte, wusste er sofort, dass es ihr nicht viel besser ging als ihm selbst.

»Verflucht, Howard, wollten Sie uns alle umbringen? Die Landung war ja halsbrecherisch«, fluchte der Professor.

»Tut mir wirklich leid, Frederick, beim nächsten Mal gebe ich mir mehr Mühe«, erwiderte Howard in seiner gewohnt ruhigen Art.

»Mehr Mühe womit? Uns den Hals zu brechen oder besser zu landen?«

Howard zuckte mit den Schultern.

»Suchen Sie sich was aus.«

Ohne weiter auf Crichton einzugehen, wandte Howard sich der Kabinentür zu und versuchte, diese zu öffnen, aber offensichtlich hatte sich die Tür beim Aufprall verklemmt. Max und Joe halfen ihm und zusammen schafften sie es letztlich, die Tür knirschend aufzustemmen. Der Anblick, der sich ihnen draußen bot, war wenig ermutigend. Die Landschaft sah genauso karg aus wie in Grönland. Moosüberwachsene Steine ragten unweit der Maschine aus dem Boden empor. Max überlegte kurz, was passiert wäre, wenn sie mit dem Flugzeug über diese Steine gerutscht wären. Wahrscheinlich hätten sie den Boden wie Papier durchschnitten. Er verdrängte den Gedanken daran schnell wieder und blickte auf die Gebirgszüge am dunklen Horizont. Vom Fuß der Berge aus erstreckte sich ein dichter Nadelwald, dessen Ausläufer bis zu ihrem Flieger reichten. Vielerorts wurde das Terrain von Flüssen durchzogen.

Der Erste, der die Maschine verließ, war Ike. Überglücklich, wieder festen Boden unter den Pfoten zu haben, lief der Dachshund aufgeregt herum und wälzte sich ausgiebig, auf dem mit Moos und Flechten überzogenen Boden.

Mit einem Satz sprang Max ebenfalls hinaus. Der Boden fühlte sich an wie ein dicker Teppich.

»Haben Sie eine Ahnung, wo wir hier sind?«, fragte er Howard.

»Nicht wirklich. Ich muss erst mal unsere Position bestimmen. Dafür brauche ich einen markanten Orientierungspunkt.«

»Dann beeilen Sie sich damit. Wir müssen sofort mit der Suche nach dem Hammer beginnen«, sagte der Professor.

Howard kramte in seinem Rucksack, holte eine Karte und einen Kompass heraus und ging einige Schritte in Richtung Küste.

»Was willst du eigentlich unternehmen, wenn die anderen den Hammer vor uns finden? Hast du vergessen, dass die schwer bewaffnet sind?«, fragte Cathleen ihren Vater.

»Nun, ich hoffe, wir schaffen es trotz allem, vor denen Mjœllnir zu finden. Über alles Weitere mache ich mir Gedanken, wenn es so weit ist.«

»Genau wie früher also. Du bringst uns alle in Gefahr und wofür? Nur damit du deine persönliche Besessenheit befriedigen kannst. Nie nimmst du Rücksicht auf andere!«

»Das ist nicht fair, Cathleen. Ich nehme sehr wohl Rücksicht, vor allem auf dich. Und du wolltest unbedingt mitkommen!«

»Frag doch lieber Mutter, was fair ist«, schnaubte Cathleen, drehte sich um und ging in Richtung des Waldes.

»Cathleen! Du weißt, dass ich deine Mutter geliebt habe«, rief der Professor ihr hinterher. Als keine Reaktion von seiner Tochter kam, zuckte er resignierend mit den Schultern.

Max blickte Joe fragend an, doch der winkte ab. Der Professor ging zu Ike, der mit Herumschnüffeln beschäftigt war, und setzte sich neben ihn auf den Boden. In diesem Moment sah Frederick Crichton aus, wie ein gebrechlicher alter Mann. Zu gerne hätte Max etwas zu ihm gesagt, aber er wusste, dass es nicht clever war, sich in einen Familienstreit einzumischen. Er sah Cathleen hinterher. Auch sie schien jetzt lieber für sich bleiben zu wollen.

»Komm, Max, wir schauen, ob wir unserem Bruchpiloten helfen können«, sagte Joe.

»Gute Idee«, antwortete Max. »Wer weiß, wo der uns sonst hinführt.«

Doch als sie Howard erreichten, genügte Max ein Blick in das frustrierte Gesicht des CIA-Agenten, um zu erkennen, dass schlechte Nachrichten zu erwarten waren.

»Alles in Ordnung, Howard?«, fragte Joe.

»Nein, überhaupt nicht«, entgegnete der Agent mit zusammengekniffenen Augen. »Wir sind viel zu weit nördlich gelandet. Ich fürchte, wir können es nicht mehr schaffen, den Russen zuvorzukommen.«

Mit dem Finger deutete Howard auf die am Boden vor ihm liegende Karte.

»Es sind mindestens zwanzig Kilometer bis zu der Stelle, die auf dem Teppich verzeichnet war.«

»Für mich sieht die ganze Küstenlinie überall gleich zerklüftet aus«, sagte Max. »Niemand kann doch mit Sicherheit sagen, wo genau Leif den Hammer vergraben hat.«

»Doch können wir. Auf dem Teppich ist eine Landzunge dargestellt, in der Form eines Kreuzes. Es gibt nur eine Stelle an dieser Küste, wo man eine solche Landzunge findet, und das ist hier!« Wieder deutete Howard mit dem Finger auf den Punkt auf der Karte.

»Aber Leifs Karte ist knappe tausend Jahre alt. In dieser Zeit kann sich einiges verändern«, gab Max zu bedenken. Einen Moment stutzte Howard, bevor er antwortete.

»Natürlich. Aber es ist der einzige Anhaltspunkt, den wir haben, also müssen wir dem nachgehen!«

»Ich unterbreche eure interessante Diskussion nur ungern«, sagte Joe plötzlich.

»Kann mir einer sagen, was das da hinten ist?«

Max wendete seinen Blick in die Richtung, in die Joe mit seiner Hand wies. Zuerst sah er nicht, was er meinte. Dann brach ein fahler Sonnenstrahl durch die Wolkendecke, dem ein kurzes Aufblitzen folgte. Irgendetwas reflektierte den Lichtstrahl. Verdutzt blickte er Joe und Howard an.

»Was zur Hölle war das?«

»Ich habe nicht die geringste Ahnung! Aber wir werden uns das mal genauer ansehen. Kommt mit«, sagte Howard, schnappte sich die Karte und lief mit großen Schritten zurück zum havarierten Flugzeug.

Kapitel 32

Kurt

Sie wanderten nun schon eine halbe Stunde durch die felsige Landschaft. Max hatte jegliche Orientierung verloren, und ein Blick hinüber zu Joe zeigte ihm, dass er nicht der Einzige war, dem es so ging.

Lediglich Howard schritt unverdrossen voran. Von Zeit zu Zeit warf er einen Blick auf seinen Kompass. Max hatte das Gefühl, dass sie immer weiter ins Landesinnere vordrangen, anstatt zu dem Punkt an der Küste zu gelangen, wo Joe das Aufblitzen bemerkt hatte. Er drehte sich um. Hinter ihm gingen Professor Crichton und Cathleen. Die beiden hatten seit ihrem Streit kein Wort mehr miteinander gewechselt. Ike lief ausgelassen neben Crichton her, schnüffelte, markierte hie und da etwas und lief dann wieder ein Stück voraus.

Nicht selten versperrten breite Flüsse ihnen den Weg und sie mussten nach einer Stelle zum Überqueren suchen. Aber dank Howard fanden sie immer einen Weg.

»Sollten wir nicht schon längst da sein?«, fragte Max. »Das Aufleuchten kam doch von der gegenüberliegenden Halbinsel!«

»Keine Angst, es ist nicht mehr weit! Hinter der nächsten Hügelkuppe müsste unser Ziel sein!«, antwortete Howard.

Doch als sie um die steinige Hügelkuppe herum kamen, folgte ein ernüchternder Anblick. Zwar befanden sie sich nun auf der kleinen Halbinsel, aber weit und breit war nichts zu erkennen, was dieses Aufleuchten verursacht haben könnte. Enttäuscht ließ Max seinen Rucksack vom Rücken auf den Boden herabgleiten und setzte sich auf einen Stein.

»Was machen wir jetzt?«, fragte er Howard.

Nur ein Schulterzucken kam als Antwort.

»Das habt ihr ja toll hinbekommen. Scheucht uns hier durch die Wildnis, um irgendeinem Luftgespinst hinterherzujagen«, fluchte Cathleen.

Professor Crichton nahm seine Brille ab und putzte die Gläser mit einem Taschentuch.

Max hob einen kleinen Stein vom Boden auf und warf ihn mehrmals in die Luft und fing ihn wieder auf.

»Okay. Es hilft nichts, wir müssen weitergehen. Sonst haben wir keine Chance, den Hammer noch rechtzeitig zu finden!«

»Glaubst du im Ernst, dass wir noch eine Chance haben, Mjœllnir zu finden? Mit diesem Schmalspur-Spion hier als Führer?«, fragte Cathleen.

»Hast du eine bessere Idee?«, fragte Max und stand auf. Dann warf er den Stein in Richtung Küste. Es ertönte plötzlich ein scheppernder, metallischer Laut, als der Fels gegen irgendetwas prallte. Joe blickte Max erstaunt an. Ohne ein Wort zu sagen, liefen die beiden dorthin, wo der Stein aufgetroffen war. Howard und die anderen folgten ihnen unmittelbar.

Vor einem Gebüsch, aus dem ein kleiner, halb verdorrter Baum aufragte, blieben Max und Joe schließlich stehen.

»Hier liegt der Stein«, sagte Joe.

»Dann lass uns dieses Gestrüpp mal genauer unter die Lupe nehmen«, sagte Max. Er langte mit seiner Hand direkt in das Strauchwerk hinein.

»Das ist doch nicht zu fassen«, rief er verblüfft.

Dann riss er mit beiden Händen das Geäst auseinander. Eine Reihe zylinderförmiger Container kam zum Vorschein. Die Tonnen waren in schwarz-weiß-grauen Flecken gestrichen. Auf einem der Zylinder konnte Max die Aufschrift lesen:

CANADIAN WEATHER SERVICE.

Was er zuvor für einen Baum gehalten hatte, entpuppte sich nun als circa drei Meter langer Metallmast.

»Eine Wetterstation«, sagte Joe. Sein Tonfall verriet Max, dass auch er sich mehr von dem Fund erhofft hatte.

»Haben Sie so etwas schon einmal gesehen?«, fragte er an Howard gewandt.

Der CIA-Agent trat näher an die Zylinder heran und kniete sich hin. Er schob einige Äste beiseite und tastete die Metallkörper genau ab.

»Das ist auf keinen Fall eine kanadische Wetterstation.«

»Was denn sonst?«

»Nazis«, sagte Howard ernst, ohne den Blick von den Zylindern abzuwenden. »Das ist eine deutsche Wetterwarte. Seht ihr diese Abkürzung hier? WFL-26? Das ist ein Nazi-Fabrikat!«

»Welchen Grund sollte es geben, um hier eine Wetterstation aufzustellen?«

»Krieg«, antwortete Howard. »Man braucht genaue Wettervorhersagen, um Einsätze im Nordatlantik zu koordinieren.«

»Aber warum hier? Der Nordatlantik ist doch noch weit entfernt.«

»Das Wettergeschehen bewegt sich vornehmlich von West nach Ost. Je weiter westlich man also eine Wetterstation errichtet, umso eher kann man Prognosen erstellen.«

»Wofür dienen diese ganzen Zylinder?«, fragte Joe.

»Da sind die Messgeräte, der Sender und Batterien für den Betrieb drinnen.«

Howard klopfte gegen einen der Container. Ein dumpfer Klang ertönte.

»Voll mit Technik. In dieser Hinsicht hatten die Deutschen schon einiges auf dem Kasten.« Howard grinste.

»Tja, so beeindruckend dieser Fund auch sein mag, für uns hat er keinerlei Bedeutung. Wir sollten jetzt wirklich weiter«, sagte der Professor.

»Ja, Sie haben recht, Frederick. Ich hatte gehofft, hier etwas anderes vorzufinden, als wir die Reflexion gesehen haben.« Howard stand auf und schlug danach mit der flachen Hand auf einen der anderen Zylinder. Diesmal gab es keinen dumpfen, sondern einen hellen Klang.

»Der ist hohl«, sagte Max verwundert. »Sollte der nicht voll mit Technik sein?«

Verblüfft blickte Howard auf den Container herab. Dann zog er sein Taschenmesser und versuchte, den Deckel des Zylinders mit der Klinge aufzuhebeln.

»Howard, wir haben nicht die Zeit, um hier mit Nazi-Relikten herumzuspielen! Wir müssen weiter!«

Mit einem Scheppern fiel der Deckel des Zylinders auf den felsigen Boden. Zufrieden klappte Howard sein Messer zusammen und steckte es zurück in die Tasche. Dann griff er in den Container und zog eine Mappe heraus. Auf dem stockfleckigen Deckel konnte Max das Hakenkreuz sofort erkennen.

»Was ist das? Eine Art Logbuch für die Wetterstation?«

»Wohl kaum«, sagte Howard und tippte auf einen gut sichtbaren Schriftzug auf der Akte. *Geheim* stand dort geschrieben. »Aber das wissen wir gleich genauer.« Howard öffnete die leicht vergilbte Mappe. Einen Moment lang starrte er auf das oberste Blatt, dann klappte er den Deckel urplötzlich zu und reichte Max die Geheimakte mit einem Grinsen. »Ist alles auf Deutsch. Ist wohl besser, wenn du das liest!«

Max nahm die Mappe und blätterte die erste Seite auf.

»Und? Was steht da drin? Hochbrisante Wetteraufzeichnungen von vor zehn Jahren?«, fragte der Professor genervt. »Nehmen Sie das Ding meinetwegen mit, Howard, aber lassen Sie uns jetzt endlich weitergehen!« Crichton wandte sich um und ging.

»Einen Moment, Professor«, sagte Max, »ich glaube, der Inhalt wird Sie interessieren. Es sind keine Wetterdaten, die Nazis waren auf der Suche nach Mjœllnir.«

Sofort machte Crichton auf dem Absatz kehrt und starrte Max ungläubig an.

»Sagen Sie das noch mal!«

»Die Nazis haben ebenfalls nach Mjœllnir gesucht. Vor neun Jahren.«

»Aber wie kann das sein? Woher haben die Nazis denn gewusst, wo sie suchen sollen? Und sie hatten doch weder die Handschuhe noch den Gürtel«, sagte Cathleen.

»Hier steht, ein gewisser Wilfried von Steinheim hat die Erkundung hier in Labrador angeordnet.«

»Von Steinheim«, presste Crichton zwischen den Zähnen hervor.

»Sie kennen ihn?«, fragte Howard.

»Oh ja, und ob! Auch wenn ich lieber darauf verzichten würde. Er ist ein widerlicher Kerl, der vor nichts zurückschreckt. Ihr Vater war so etwas wie sein Intimfeind«, sagte Crichton an Max gewandt.

»Nie von ihm gehört. Auf jeden Fall war dieser von Steinheim nicht selber hier, sondern hat drei seiner Mitarbeiter hergeschickt.«

»Ha, das sieht ihm ähnlich. Andere die Arbeit machen lassen und hinterher die Lorbeeren für sich beanspruchen!«

»Haben die Kerle den Hammer gefunden?«, fragte Joe.

Max überflog die in der Akte eingehefteten Seiten.

»Nein, davon steht hier nichts. Sie kamen mit einem U-Boot hier an. Die Besatzung stellte die Wetterstation ›*Kurt*‹ auf und fuhr wieder ab. Die drei blieben alleine zurück, um nach einer Spur zu suchen.«

»Was ist mit ihnen geschehen?«, fragte Cathleen.

Max durchforstete die Seiten erneut im Schnellverfahren.

»Zwei von ihnen wurden getötet. Sie gerieten in den Wäldern in einen Hinterhalt, einer konnte entkommen und floh hierher. Keine Ahnung, was aus ihm wurde. Hier enden die Eintragungen.«

»Steht da nichts von einer Karte? Von Steinheim wird die doch nicht einfach so ins Blaue geschickt haben.«

»Tut mir leid, Professor. Aber hier steht nichts dergleichen.«

»Wie wäre es denn hiermit?«, fragte Joe.

Alle drehten sich zu ihm herum. In seiner rechten Hand hielt er ein Stück zusammengefaltetes Papier, das sehr vergilbt aussah. »Die Akte war nicht das Einzige, was in dem Zylinder versteckt war.«

Hastig griff Professor Crichton nach der Karte in Joes Hand und entfaltete sie auf dem Boden. Einen Moment lang musste er um seine Fassung ringen.

»Das gibt es doch nicht«, brachte er schließlich hervor. »Diese Karte ist von Leif Eriksson gezeichnet worden!«

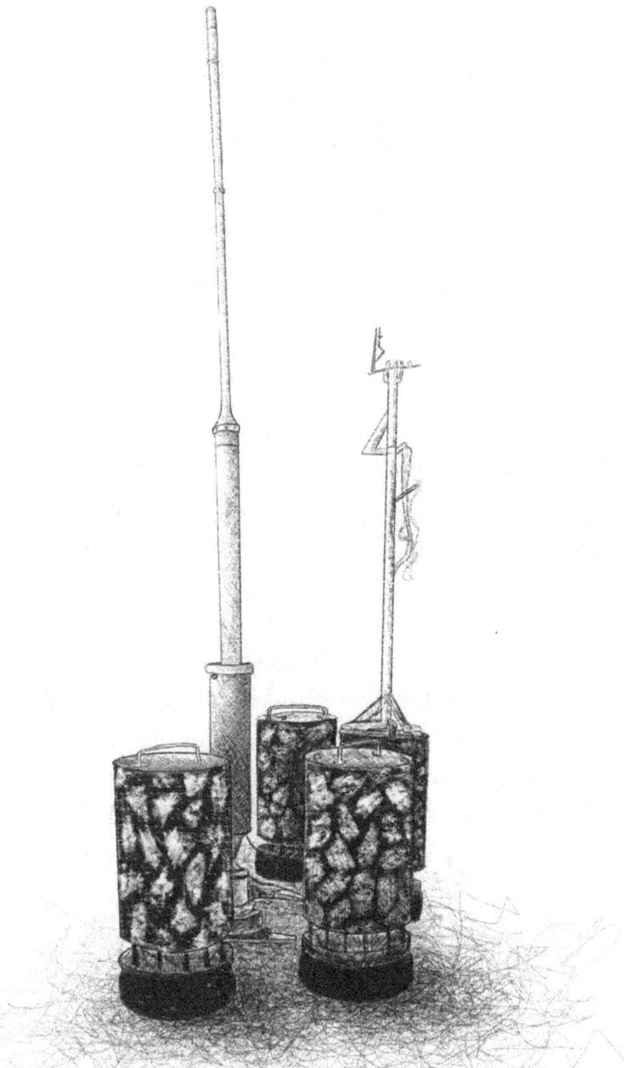

WETTERSTATION WFL-26 »KURT«

Kapitel 33

Die Karte

»Es ist eine verdammte Schande! Schauen Sie sich nur an, was diese Ignoranten mit der Karte angestellt haben!« Wutschnaubend deutete der Professor auf ein paar nachträglich eingetragene Landmarken auf dem gefundenen Plan.

»Ganz ruhig, Frederick!«, erwiderte Howard. »Ich glaube nicht, dass wir hier die Originalkarte vor uns haben. Selbst die Nazis wären nicht frevelhaft und töricht genug, um auf einem Zeitdokument wie diesem einfach so herumzukritzeln.«

»Da mögen Sie recht haben. Aber ich frage mich, warum sich die Nazis so viel Mühe mit der Kopie der Karte gegeben haben, sodass sie den Eindruck erzeugt, echt zu sein?«

»Darüber können wir uns auch später noch Gedanken machen. Viel interessanter ist doch, welche Punkte da markiert wurden«, sagte Cathleen.

»Hm, da ist ein Wald eingekreist. Das könnte der dort hinten sein«, sagte Max und zeigte mit der rechten Hand in westliche Richtung.

Howard blickte zum Wald und dann wieder auf die Karte.

»Ja, das wäre durchaus möglich. Dann befinden wir uns

hier bei dem Dreieck. Das soll dann wohl die Wetterstation darstellen.«

»Warum ist der Wald wohl eingekreist?«, fragte Joe.

»Keine Ahnung. Aber wie es aussieht, sind die Nazis damals durch den Wald gegangen zu diesem Punkt. Das X markiert die Stelle«, sagte Crichton. Er zeigte auf eine Küste, die eine kreuzähnliche Form hatte.

»Wie es scheint, kann man nur durch den Wald zu dieser Stelle gelangen.«

»Oder vom Wasser her«, sagte Cathleen.

»Nein, auf keinen Fall. Bei dieser schroffen Küste gibt es nicht die geringste Chance, ein Schiff heil anzulanden«, erwiderte Howard. »Auch Leif muss damals den Weg über Land genommen haben.«

»Da hat er sich aber viel Mühe gemacht.«

»Wundert Sie das, Joseph? Er wollte eben absolut sicher sein, dass der Hammer nicht gefunden wird«, erwiderte Crichton.

»Aber eine Sache verwirrt mich«, sagte Max. »Die Nazis haben den Hammer nicht gefunden. Sie hatten eine perfekte Karte, von Leif Eriksson selbst gezeichnet und sie haben Mjœllnir nicht an sich gebracht?«

»Wer weiß, vielleicht haben sie ihn ja doch gefunden?«

»Nein. Max hat recht. Der Hammer wird immer noch da vergraben sein. Irgendetwas scheint den Nazis einen Strich durch die Rechnung gemacht zu haben«, sagte Howard nachdenklich.

»Ich verwette meine Boxhandschuhe darauf, dass dieser unheimliche Wald etwas damit zu tun hat!«

»Dann sollten wir das herausfinden. Ich wollte schon immer ein paar Boxhandschuhe haben«, sagte Max und grinste Joe an.

»Lasst uns aufbrechen. Es ist eine ganz schöne Strecke, die

wir hinter uns bringen müssen«, sagte der Professor. Dann faltete er die Karte zusammen, stand auf und ging in Richtung des Waldes. »Worauf wartet ihr noch? Auf eine Extra-Einladung?«

Eilig schnappte Max seinen Rucksack und folgte dem Professor. Die anderen kamen ebenso eilig hinterher. Ike lief unbekümmert neben Crichton her und markierte, wie es seine Gewohnheit war, jeden Strauch, an dem er vorbeikam.

»Stand in der Akte nicht etwas von einem Hinterhalt im Wald?«, fragte Joe, als sie den Waldrand beinahe erreicht hatten.

»Ist doch egal, das ist jetzt fast ein Jahrzehnt her. Höchstwahrscheinlich waren es kanadische Soldaten. Denen hat es bestimmt nicht gepasst, dass hier ein paar Nazis durch ihre Wälder streifen«, sagte Cathleen.

»Ich glaube nicht, dass sich hier kanadische Soldaten aufgehalten haben. Wir sind hier fernab von allen Ansiedlungen. Hier kommt so gut wie niemals jemand her. Deswegen haben die Nazis sich ja diesen Platz für ihre Wetterstation ausgesucht.«

Max blickte Howard verunsichert an.

»Wer sollte die Nazis denn sonst überfallen haben?«

»Vielleicht finden wir das gleich heraus. Aber ich kann auch gerne darauf verzichten«, sagte Howard mit einem ernsten Gesichtsausdruck.

Max legte den Kopf in den Nacken und blickte in den Himmel. Über ihnen schloss sich ein mächtiges Dach aus Bäumen, die augenblicklich die wenigen Lichtstrahlen abfingen. Die riesigen Nadelbäume wuchsen hier offenkundig schon seit Jahrhunderten unbehelligt. Zwischen den Bäumen wucherten Sträucher und vor allem Moos. Max hatte bisweilen das Gefühl, auf einem weichen Teppich zu gehen.

»Ich glaube, dass es besser ist, wenn ich vorgehe, Frederick. Ohne Kompass verlaufen wir uns in diesem Wald.«

Howard drängte sich an Max vorbei und ging an die Spitze ihrer Gruppe.

»Und ich glaube, eine Machete würde uns auch gute Dienste leisten«, sagte Joe und schlug ein paar Sträucher mit dem Handrücken zur Seite.

»Lasst uns zusehen, dass wir diesen Wald schnell durchqueren. Ich habe keine Lust, hier in der Nacht blind umherzuwandern«, sagte Cathleen. »Außerdem finde ich es verdammt unheimlich an diesem Ort.«

»Keine Angst. Niemand hat vor, hier in der Dunkelheit umherzustolpern«, beruhigte der Professor sie.

Max konnte Cathleens Unbehagen gut nachvollziehen. Auch ihm war dieser Ort nicht geheuer. Er konnte nicht genau sagen warum, aber etwas an diesem Wald jagte ihm einen Schauer über den Rücken. Schweigend gingen sie Howard hinterher. Ike, der sonst immer vorneweg lief, wich dem Professor nicht von der Seite.

Je tiefer sie in den Wald vordrangen, umso mehr nahm die Beklommenheit bei Max zu. Ständig blickte er sich um zu Joe, der das Schlusslicht ihrer Gruppe bildete. Auch in Joes Gesicht konnte Max deutlich Zeichen der Anspannung erkennen. Die Luft im Wald war feucht und kalt. In kleinen Wolken zog ein dicht wabernder Nebel über den Waldboden.

Dann wurde es plötzlich etwas heller. Sie traten aus dem Wald heraus auf eine Lichtung. Howard hielt am Rand der Waldwiese an und holte ein Fernglas aus seinem Rucksack.

»Was ist los, Howard?«, fragte Crichton, während der Agent durch das Fernglas spähte.

»Nichts. Ich dachte nur, ich hätte dahinten am Rand etwas gesehen. Aber ich habe mich wohl getäuscht.« Er packte den Feldstecher zurück in den Rucksack.

»Gut, dann lassen Sie uns weitergehen. Es wird bald dunkel.«

Sie gingen quer über die Lichtung, das Gras war so hoch,

dass Ike praktisch nicht zu sehen war. Nur seine Schwanzspitze ragte aus dem Grasmeer hervor.

Nach wenigen Minuten hatten sie die Schneise überquert und gingen erneut in den Wald hinein. Ohne Vorwarnung blieb der Professor wie angewurzelt stehen, sodass Max ihn beinahe umgestoßen hätte.

»Hoppla. Was ist denn los? Warum bleiben Sie stehen?«

Max bekam keine Antwort. Stattdessen ging der Professor einige Schritte zur Seite und hob einen metallischen Gegenstand vom Boden auf.

»Ein Wikingerhelm«, stieß Max überrascht hervor, als er sah, was Crichton in den Händen hielt.

»Wie es aussieht, sind wir auf dem richtigen Weg«, sagte Joe.

»Freiwillig hat der Träger seinen Helm bestimmt nicht hiergelassen«, sagte Howard. Er ging zu der Stelle, wo der Professor den Helm aufgehoben hatte, und suchte das Dickicht genauer ab. »Na bitte, hier haben wir den Besitzer des Helms.«

Mit der Rechten hielt Howard den Überrest eines Schädels in die Höhe. Der Unterkiefer fehlte und auf der linken Schädelseite klaffte ein faustgroßes Loch.

»Sieht mir nicht nach einem natürlichen Tod aus«, stellte Max fest.

»Ich bin dafür, schnellstens weiterzugehen«, sagte Cathleen.

Howard nickte und ließ den Kopf ins Moos zurückfallen. Der Professor stopfte derweil den Helm in seinen Rucksack.

Nach wenigen Metern mussten sie erneut stehen bleiben.

»Wo ist Ike?«, fragte der Professor erschrocken. Er drehte sich um und rief nach dem kleinen Dachshund. Sofort kam der angerannt, mit dem Unterkiefer des Schädels im Maul.

»Ike, nein! Pfui! Gib das her«, sagte der Professor und ging in die Knie. Er bekam den Knochen zu fassen, aber Ike dachte gar nicht daran, seinen Fund kampflos herzugeben. Schließlich schaffte es Crichton, den Kiefer Ikes Fängen zu entreißen.

»Können wir jetzt endlich weiter?«, fragte Cathleen ungeduldig. Dann drehte sie sich um und ging an Howard vorbei voran.

Max lachte. »Wenigstens dem Hund scheint es hier zu gefallen.«

Plötzlich zerschnitt ein schriller Schrei die Stille.

»Cathleen«, entfuhr es dem Professor. Sofort liefen alle zu Cathleen, die nur wenige Meter voraus wie versteinert stand und ihren Blick nicht von dem Baum vor ihr abwenden konnte.

Max starrte ebenfalls sprachlos den Baum an. Oder vielmehr das, was an einem der Äste des Baumes hing. Mit ausgebreiteten Armen hing dort das Skelett eines Menschen. Die beiden Arme waren an den Ast gefesselt, die Beine hörten mit den Knien auf. Aber weitaus verstörender war die Kleidung, die schlaff an dem Gerippe hinunterhing.

»Sieht aus, als hätten wir einen der Nazis gefunden«, sagte Howard. Er ging näher an die Überreste heran. »Die Beine wurden ihm abgehackt. Die Knochen sind regelrecht zerschmettert worden.«

»Das sieht mir nicht nach der Handschrift von kanadischen Soldaten aus«, sagte Joe.

»Nein, das waren gewiss keine Armeeangehörigen.«

»Und wer hat den Kerl dann so zugerichtet?«, fragte Max.

»Wer auch immer das getan hat, er hat ihn als Warnung hier aufgehängt«, sagte der Professor.

»Ich habe noch nie viel von Warnungen gehalten«, sagte Max. »Aber wir sollten trotzdem vorsichtig sein. Vielleicht sind wir nicht alleine.«

»Das Gefühl habe ich schon die ganze Zeit«, sagte Howard.

Er holte seine Waffe aus dem Rucksack und entsicherte sie. »Kommt, wir müssen weiter. Seid wachsam!«

Max fasste die immer noch geschockte Cathleen am Arm und zog sie sanft, aber bestimmt mit sich. Sie waren nur wenige Meter weitergegangen, als Howard vorne die Hand hob und ihnen bedeutete, stehen zu bleiben.

Langsam ging der Agent einige Schritte weiter und blickte dabei nervös um sich. Dann brach er urplötzlich in den Boden ein. Er ließ die Waffe fallen und schaffte es gerade noch, sich am Rand der Grube festzuhalten. Sofort rannten Max und Joe zu ihm und zogen ihn aus dem Loch heraus. Der Boden der Grube war mit Holzpfählen bedeckt.

»Verdammt! Das war knapp«, schnaufte Howard.

»Allerdings. Um ein Haar wären Sie aufgespießt worden!«

»Wir sollten sehen, dass wir so schnell wie möglich aus diesem verfluchten Wald herauskommen«, sagte Cathleen.

»Genau das versuchen wir doch. Aber wir sollten darauf achten, wo wir hintreten. Hier gibt es bestimmt noch mehr solcher Fallen.«

»Was meinen Sie, Professor, hat Leif diese Fallen aufgestellt?«, fragte Max.

»Nein, auf keinen Fall. Das ist schwer vorstellbar. Ich vermute eher, dass es die Ureinwohner waren, die hier früher gelebt haben. Die Wikinger nannten sie ...«

»Skrælinge«, beendete Max den Satz des Professors.

»Halten Sie es für möglich, dass es diese Skrælinge waren, die den Nazis den Garaus gemacht haben?«, fragte Joe.

»Ausgeschlossen ist nichts. Aber es sollte mich doch sehr wundern, wenn hier seit tausend Jahren ein unentdeckter Indianerstamm leben sollte!«

»Lasst uns endlich weitergehen! Ich habe keine Lust das herauszufinden«, drängte Cathleen.

»Ist gut. Aber passt auf, wo ihr hintretet!«

Howard hob seine Waffe auf und ging vorsichtig voran.

»Ach übrigens, Joe, deine Boxhandschuhe kannst du behalten«, sagte Max und folgte Howard.

»Ich hoffe nur, ich bekomme noch mal die Gelegenheit, sie anzuziehen«, erwiderte Joe leise und blickte sich argwöhnisch um. Dann ging auch er dem Rest der Gruppe hinterher.

Kapitel 34

Skrælinge

»Da vorne ist der Wald zu Ende«, sagte Howard. Die Erleichterung in seiner Stimme war klar herauszuhören. »Nur noch ein paar Minuten, dann haben wir es geschafft!«

»Dann nichts wie raus hier. Ich habe ein ganz mieses Gefühl hier drinnen«, sagte Joe.

So schnell wie möglich und so vorsichtig wie nötig gingen sie der Waldgrenze entgegen. Sie waren beinahe heraus aus dem Wald, als Ike zu knurren begann.

»Was ist denn los, Ike? Hast du was gewittert?«, fragte der Professor.

Wie aus dem Nichts tauchte urplötzlich ein Mann vor ihnen auf, nur wenige Meter von Howard entfernt. Der Indianer war nur mit einem Lendenschurz bekleidet, sein sehniger Oberkörper und sein kantiges Gesicht waren mit eigentümlichen Symbolen in weißer Farbe bedeckt. Er starrte sie mit geweiteten Augen an, sprach dabei weder ein Wort noch rührte er auch nur einen Muskel. Wie eine Statue versperrte er ihnen den Weg aus dem Wald.

Max sah sich um. Der Ureinwohner schien allein zu sein. Als Joe sich bewegte und neben Max treten wollte, zog der

Indianer ein Messer von beachtlicher Länge hinter seinem Rücken hervor.

»Niemand rührt sich«, zischte Howard. Ganz behutsam griff Howard in seinen Gürtel und zog seine Pistole heraus. Einen Moment lang dachte Max, Howard würde den Mann einfach erschießen, aber dann legte der CIA-Agent die Waffe sehr langsam vor sich auf den Boden und zeigte dem Indianer die leeren Innenseiten seiner Handflächen.

»Siehst du? Wir wollen nichts Böses, wir möchten nur aus diesem Wald heraus.« Um seine Worte verständlicher zu machen, gestikulierte Howard mit den Händen.

Der Ureinwohner schien zu verstehen. Er streckte den Arm mit dem riesigen Messer aus und zeigte damit in Richtung Waldgrenze. Howard nickte.

»Ja, genau da wollen wir hin.«

Doch dann drehte der Indianer den Arm mit dem Messer wieder nach hinten und richtete es auf Howard. Er schrie einen Laut, wie Max ihn nie zuvor gehört hatte, während er den Messerarm langsam wieder zu Boden senkte.

»Ich glaube, er will nicht, dass wir dorthin gehen. Er scheint eher zu wollen, dass wir umkehren«, sagte Max leise.

»Den Eindruck habe ich auch. Was machen wir jetzt?«, fragte Joe. »Wir könnten den Kerl einfach überwältigen.«

»Nein. Er ist ganz sicher nicht alleine. Wir müssen versuchen, sein Vertrauen zu gewinnen und ...«

Ein Schuss zerriss die Stille. Erschrocken zuckte Max zusammen. Er sah, wie der Indianer vor Howard auf die Knie sank und sich seine linke Hand an die Brust hielt. Blut quoll zwischen seinen Fingern hervor. Dann kippte er langsam zur Seite.

»Was haben Sie getan, Howard?«, rief der Professor entsetzt.

»Das war ich nicht, meine Waffe liegt doch hier auf dem Boden!«

»Ich habe Ihnen diesen Gefallen getan, Professor Crichton«, erklang plötzlich eine Stimme. Hinter den Bäumen rechts von Max traten mehrere Männer aus dem Schatten auf sie zu. Alle hielten Gewehre in den Händen. An der Spitze dieser Gruppe ging der Hüne, der versucht hatte, das Medaillon zu stehlen. Und der Direktor Ingstad getötet hatte. Max ballte seine Hände zu Fäusten. Der Riese blieb direkt vor ihm stehen und lächelte ihn spöttisch an.

»Na, Falkenburg? Freust du dich nicht, mich hier zu sehen?« Ohne eine Antwort abzuwarten, rammte er Max den Gewehrkolben in den Magen. Schmerzgekrümmt sackte Max auf die Knie und atmete keuchend durch. Joe ging einen Schritt nach vorne, sofort legten die anderen Männer auf ihn an.

»Denk nicht mal dran«, schnauzte der Hüne ihn an.

»Was soll das? Was wollen Sie von uns?«, fragte Professor Crichton aufgebracht.

»Aber, aber Professor! Regen Sie sich doch nicht so auf. Immerhin habe ich bisher alles getan, um Ihr Leben zu verschonen«, sagte ein Mann, der sich bisher im Hintergrund gehalten hatte. Max blickte ihn verwundert an. Der Kerl war eindeutig unpassend für diese Umgebung gekleidet. Er trug einen teuer aussehenden Anzug und dazu glänzende Lackschuhe. Breit grinsend ging er auf den Professor zu, der ein konsterniertes Gesicht machte.

»Alexander Mitrenko!«

»Ich bin geschmeichelt, dass Sie sich noch an mich erinnern. Ist ja leider schon einige Jahre her, dass wir uns zuletzt begegnet sind«, sagte Mitrenko mit einem schmierigen Lächeln.

»Ich frage Sie noch einmal: Was soll das alles?«

»Beleidigen Sie nicht meine Intelligenz, Professor! Sie wissen, was ich will. Ich will Thors Hammer seinem Versteck entreißen. Und Sie werden mir entweder dabei helfen oder sterben!«

»Er bringt uns sowieso um. Sagen Sie ihm kein Wort, Frederick«, sagte Howard.

Mitrenko wandte sich zu Howard um, der immer noch vor dem toten Indianer stand.

»Ah, wen haben wir denn da? Doktor Smith nehme ich an?«, fragte der Russe spöttisch. »Sie haben uns in Grönland ganz schön zu schaffen gemacht.« Er drehte sich zu dem Hünen um. »Gero. Erschieß ihn.«

»Nein«, schrie Crichton dazwischen. Doch der Riese hatte bereits auf Howard angelegt und drückte ab. Der CIA-Agent sprang noch zur Seite, aber zu spät. Die Kugel traf seinen rechten Arm. Mit einem lauten Schrei rollte Howard über den Boden. Max sah sofort, was er vorhatte. Er hatte sich über die am Boden liegende Waffe gerollt und blieb jetzt bäuchlings darauf liegen. Der Hüne ging an Max vorbei genau auf Howard zu. Doch bevor er ein weiteres Mal abdrücken konnte, hörte Max überraschend ein Zischen.

Erst nur einmal, dann immer öfter. Verwirrt blickte er sich um. Zwei von Mitrenkos Männern brachen schlagartig zusammen. Einer hatte einen Pfeil in der Kehle stecken und erstickte an seinem eigenen Blut. Dem anderen ragte ein Pfeil aus dem Rücken. Dann begann das Inferno um sie herum erst richtig.

Aus dem Unterholz sprangen blitzartig unzählige Indianer hervor. Alle waren genau wie der Tote nur mit einem Lendenschurz bekleidet, mit weiß bemalten Oberkörpern. Einige hatten Äxte und Speere in den Händen, mit denen sie sich sofort auf die Russen stürzten, die ihnen am nächsten waren. Doch die hatten sich schnell auf die neuen Angreifer eingestellt und eröffneten unmittelbar das Feuer. Etliche Indianer wurden von Maschinengewehrsalven geradezu niedergemäht.

Aber es waren zu viele. Einer der Russen wurde von zwei Indianerspeeren aufgespießt. Über einen anderen fielen mehrere Indianer gleichzeitig her und hieben wieder und wieder mit ihren Äxten auf ihn ein. Dieser Anblick war es schließlich, der Max aus seiner Trance riss.

»Wir müssen hier weg«, brüllte er Joe zu.

Howard hatte es in der Zwischenzeit wieder auf die Beine geschafft. Seine Waffe hielt er im Anschlag auf Max gerichtet.

»Runter«, schrie er ihn an. Max duckte sich. Hinter ihm wurde ein Indianer von der Wucht von Howards Kugeln zurückgeworfen. Joe half Max wieder auf die Beine. Mit einem Mal stand der Hüne vor ihnen. Doch Joe reagierte blitzschnell und schlug ihm mit der rechten Faust ins Gesicht. Sie sprangen beide über den gestürzten Riesen hinweg und liefen zum Professor und Cathleen.

»Schnell, wir müssen aus dem Wald raus«, rief Max. Ohne abzuwarten, packte er Cathleen und zerrte sie mit sich, während Joe sich um Crichton kümmerte.

»Howard! Kommen Sie«, schrie der Professor.

Max drehte sich um. Er sah, wie Howard sich auf Mitrenko gestürzt hatte und nun mit dem Russen am Boden rang. Erst wollte er Cathleen alleine weiterlaufen lassen und dem Agenten zu Hilfe eilen. Aber dann sah er, wie immer mehr Indianer aus dem Waldinneren angelaufen kamen.

»Verdammt«, fluchte er und lief, so schnell er konnte weiter mit Cathleen in Richtung Waldausgang. Kurz vor der Grenze spürte Max einen brennenden Schmerz in seiner rechten Wade. Er konnte sich nicht mehr auf den Beinen halten und stürzte zu Boden.

»Max«, schrie Cathleen. Sie packte ihn an der Schulter und versuchte, ihn wieder auf die Beine zu ziehen. Erst jetzt bemerkte Max den Pfeil, der in seiner Wade steckte. Auf einem Bein hüpfend, gelangte er mit Cathleens Hilfe schließlich aus dem Wald heraus. Auch Joe und der Professor hatten es geschafft. Hinter ihnen waren immer noch vereinzelte Schüsse und Schreie zu hören.

»Wir müssen weiter weg von hier«, keuchte der Professor. »Wird es gehen, Max?« Besorgt deutete Crichton auf den Pfeil in Max' Wade.

»Es muss«, sagte Max mit zusammengebissenen Zähnen. »Was ist mit Howard?«

»Wir können nichts tun, um ihm zu helfen. Er hat sich auf Mitrenko gestürzt, als er auf mich schießen wollte!«

Nicht weit von ihnen entfernt schlugen einige Pfeile in den Boden ein.

»Kommt! Weg hier«, rief Joe.

Max stützte sich auf Joe und versuchte, so gut es ging, mit ihm Schritt zu halten.

»Hey, wartet auf mich«, rief plötzlich jemand hinter ihnen.

»Howard!«

Der CIA-Agent blutete aus vielen Wunden. Zwei Pfeile steckten in seinem Rücken und nur mit Mühe gelang es ihm, sich auf den Beinen zu halten. Der Professor und Cathleen rannten ihm entgegen und halfen ihm.

»So, jetzt aber nichts wie weg hier«, rief Crichton. Die Schüsse aus dem Wald wurden immer spärlicher und verstummten nach einigen Minuten völlig.

»Das müsste jetzt weit genug entfernt vom Wald sein. Ich kann auch keinen Schritt mehr machen«, schnaufte Max atemlos. Seine rechte Wade hämmerte wie verrückt und der Schmerz brachte ihn beinahe um den Verstand.

»Da vorne sind ein paar Felsen. Lasst uns noch bis dahin gehen, dort haben wir wenigstens ein bisschen Schutz«, sagte Joe.

Mit letzter Kraft schleppten Crichton und seine Tochter den immer noch stark blutenden Howard zu der kleinen Felsformation.

»Joe, haben Sie Verbandsmaterial in Ihrem Rucksack?«, fragte der Professor.

Schwer atmend wühlte Joe in seinem Rucksack, bis er

schließlich das kleine Päckchen mit dem roten Kreuz auf weißem Untergrund fand. Er warf es dem Professor zu.

»Nicht gerade viel, aber besser als gar nichts. Wir müssen die Pfeile entfernen. Das wird ziemlich wehtun«, sagte er an Howard gewandt.

»Machen Sie es einfach! Wird schon nicht so schlimm sein«, erwiderte dieser mit einem gequälten Lächeln.

»Ist gut. Hier beißen Sie darauf.« Crichton hielt Howard ein Stück Holz hin. Danach begann der Professor vorsichtig, an dem ersten Pfeil, der im linken Schulterblatt steckte, zu ziehen. Max konnte sehen, wie Howard in Schweiß ausbrach und sein Kiefer sich verkrampfte, als er auf das kleine Holzstück biss.

»Ziehen Sie einfach, verflucht noch mal«, schrie der CIA-Agent mit schmerzverzerrtem Gesicht.

»Lassen Sie mich mal versuchen«, sagte Joe. Er legte seine linke Hand auf die rechte Schulter und packte mit der rechten den herausragenden Pfeil. »Okay, auf drei. Eins ...«, mit einem heftigen Ruck riss Joe den Pfeil aus Howards Rücken heraus.

Nach einem kurzen Aufschrei sank Howard ohnmächtig zusammen.

»Na also, geht doch. Dann gleich den zweiten Pfeil auch noch«, sagte der Professor.

Als Joe auch diesen entfernt hatte, machte sich Crichton daran, die Wunden zu verbinden.

»So Max, jetzt du!«

»Nicht nötig. Ich mach das lieber selber. Du bist mir nicht zartfühlend genug.«

Joe grinste. »Ganz wie du meinst.«

Max legte die Hand um den Schaft des Pfeils und zog. Augenblicklich durchflutete ein ungeheurer Schmerz seine Wade. Es fühlte sich an, als würde er innerlich verbrennen. Mit einem Schrei ließ Max den Pfeil los.

»Vielleicht brauche ich deine Hilfe hierbei doch«, sagte er keuchend zu Joe.

»Gerne doch. Cathleen, würdest du Max die Hand halten?«

Max wollte gerade protestieren, als Joe ohne Vorwarnung den Pfeil aus seiner Wade herauszog. Eine Woge des Schmerzes flammte in Max' Bein auf, verebbte jedoch so schnell, wie sie gekommen war, wieder.

»War doch gar nicht so schlimm, oder?«

»Hab schon besser gelacht. Hättest mich ruhig vorwarnen können«, sagte Max mit schmerzverzerrtem Gesicht.

»Komm her, du Held, ich verbinde das noch«, sagte Joe grinsend.

Während Joe einen viel zu strammen Verband anlegte, sah Max zu Cathleen hinüber. Sie hatte kein Wort gesprochen, seit sie aus dem Wald geflohen waren.

Vielleicht war der Anblick der ganzen Toten doch etwas zu viel für sie.

»Wir warten noch etwas, bis Howard sich erholt hat, und dann gehen wir weiter. Ich weiß nicht, wie lange wir es riskieren können, hierzubleiben«, sagte der Professor.

»Meinen Sie, dieser Mitrenko hat überlebt? Wer ist der Kerl überhaupt?«, fragte Max.

»Ein überaus brillanter und fähiger Archäologe. Leider völlig von Ehrgeiz zerfressen. Vor ein paar Jahren war er für mehrere Monate an unserem College, er hielt einige Vorlesungen zum Thema ›*Mythologie und Wirklichkeit*‹. Auch Thors Hammer war damals ein Themenpunkt ...«, der Professor stutzte kurz. »Er hatte auch einen sehr guten Kontakt zu Professorin Magnusson. Wenn ich mich recht entsinne, ist er nach dem Aufenthalt in Boston zu ihr nach Oslo geflogen.«

»Dann hat sie Direktor Ingstad und mich an ihn verraten. Sie muss ihm von unserem Besuch erzählt haben.«

Crichton nahm seine Brille ab und begann, sie langsam mit seinem Ärmel zu putzen.

»Schon möglich. Aber vergessen Sie nicht Kirk. Wie konnte er nur mit Mitrenko in Kontakt kommen? Damals war Kirk noch gar nicht an unserem College.«

»Kirk war nicht bei ihm im Wald. Ich habe ihn nirgends gesehen«, sagte Joe.

»Vielleicht hat er nur bekommen, was er verdient«, sagte Cathleen mit einer eiskalten Stimme.

»Was meinst du, Liebes? Dass Mitrenko ihn umgebracht hat?«

»Sie hat recht«, sagte Max. »So schnell, wie der befohlen hat, auf Howard zu schießen, hat der bestimmt nicht eine Sekunde gezögert, um Kirk töten zu lassen, als er ihm nicht mehr von Nutzen war.«

»Mag sein, dass es so war.«

»Das was so war?«

Alle drehten sich zu Howard um, der sich mit einiger Mühe wieder aufsetzte.

»Oh, Howard! Sie sind ja schneller wieder bei Bewusstsein, als ich erwartet hatte. Wie fühlen Sie sich?«

»Beschissen, um es mal vorsichtig auszudrücken. Aber darauf können wir jetzt keine Rücksicht nehmen. Wie lange war ich weggetreten?«

»Nur wenige Minuten.«

»Gut. Geben Sie mir noch ein paar Minuten mehr. Dann können wir weiter. Haben Sie noch irgendjemanden aus dem Wald kommen sehen?«, fragte Howard.

»Nein, niemanden«, antwortete Cathleen.

»Vielleicht haben sich alle gegenseitig umgebracht«, sagte Joe.

»Ja, möglicherweise. Aber wir sollten trotzdem auf der Hut sein. Wo sind wir hier genau? Geben Sie mir bitte die Karte, Frederick.«

Der Professor holte die Karte aus dem Rucksack und reichte sie dem angeschlagenen CIA-Agenten. Mit zusammengekniffenen Augen betrachtete Howard die Karte. Dann holte er seinen Kompass aus der Hosentasche und nordete sie ein.

»Wir sind beinahe da, sehen Sie? Nur noch einige Hundert Meter, dann haben wir die Küste erreicht, wo Leif den Hammer vergraben hat.«

»Sind Sie so weit, dass wir weitergehen können?«, fragte Max.

Howard nickte. »Geht schon. So kurz vor dem Ziel gebe ich doch nicht auf.«

»Was ist mit den Handschuhen und dem Gürtel? Womöglich hatten die Russen die Sachen bei sich, als sie in den Wald kamen«, sagte Joe.

»Darum kümmern wir uns später. Jetzt holen wir uns erst mal den Hammer«, erwiderte der Professor.

»Also gut, dann lasst uns los!«

Kapitel 35

Entdeckt

Es war tatsächlich nur ein kurzer Fußmarsch. Schnell erreichten sie die Küste. Die Strahlen der tief stehenden Sonne verlängerten ihre Schatten über die steil abfallende Küstenlinie hinaus. Max ging so nah wie möglich an den Rand der Klippe heran und blickte mit leicht vorgestrecktem Oberkörper nach unten. Vor ihm tat sich ein steiler Abhang auf, der mindestens dreißig Meter in die Tiefe führte. Im Wasser konnte er an einigen Stellen scharfkantige Felsen herausragen sehen.

»So, hier wären wir. Aber wonach halten wir jetzt Ausschau?«, fragte er Howard.

»Wir suchen eine kleine Landzunge in Form eines Kreuzes. Die muss der Karte nach dort hinten sein.« Howard zeigte mit der Hand nach Norden.

»Dann lasst uns da nachsehen. Das sollte ja nicht schwer zu finden sein«, sagte der Professor und ging voran.

Doch nirgends war eine kreuzförmige Landzunge zu sehen. Nachdem sie ergebnislos die Küste abgesucht hatten, setzte sich Howard frustriert auf einen Stein und warf die Karte vor sich auf den Boden.

»Ich verstehe das nicht. Die Karte stimmt so weit mit der

Küste überein, nur dieser verdammte Streifen ist nicht zu finden.« Er nahm einen Stein vom Boden auf und schleuderte ihn über die Klippen.

»Darf ich mal?«, fragte Max und hob die Karte vom Boden auf. Mit der Landkarte in der Hand schritt er die Küste ab. Nach einigen Minuten blieb er stehen. Er blickte von der Karte hinaus aufs Meer und wieder zur Karte. »Vor wie vielen Jahren hat Leif diesen Plan gezeichnet?«

»Vor ungefähr tausend Jahren. Aber das ist doch jetzt völlig wurscht«, sagte Howard missmutig.

»Sagen Sie das nicht. In tausend Jahren kann viel passieren. Das Meer könnte beispielsweise die Landverbindung zu dem Felsen da zernagt haben«, sagte Max und deutete auf einen kurz vor der Küste aufragenden Felsblock. Die kleine, steil hervortretende Felsinsel hatte einen nach Osten zeigenden Vorsprung. Wenn es noch einen Anschluss zum Festland gegeben hätte, würde sich durchaus ein Kreuz bilden.

Der Professor war sofort bei Max und blickte auf die Karte und dann zu dem Felsen.

»Sie haben recht, Max. Vor tausend Jahren gab es hier eine Verbindung, die aussah wie ein Kreuz. Wir haben die Stelle gefunden!«

»Aber wo ist der Hammer? Vielleicht war er auf dem Stück vergraben, das vom Meer zerfressen wurde. Dann ist er für immer verloren«, sagte Joe.

»Nein, er muss dort drüben verborgen sein.«

»Aber wie kommen wir da hinüber? Der Felsen ist mindestens zehn Meter von uns entfernt«, sagte Cathleen.

»Ich habe ein Seil dabei«, sagte Howard. »Vielleicht gelingt es uns, das auf irgendeine Weise dort drüben zu befestigen.«

»Wie wär's hiermit?«, fragte Joe und hob einen dicken, ungefähr ein Meter langen Ast hoch.

»Ja, das könnte funktionieren.« Howard nahm den Ast und

band das Seil um die Astmitte. »Dann wollen wir mal unser Glück versuchen. Joe, kannst du das Ding da rüberschleudern?«

»Aber sicher doch.« Joe nahm das Seil und fing an, den Ast langsam kreisen zu lassen. Er wirbelte den provisorischen Wurfhaken immer schneller herum. Dann schleuderte er ihn schließlich mit Wucht über den klaffenden Abgrund. Dumpf prallte das Stück Holz auf der kleinen Felsinsel auf.

»Guter Wurf, Joseph. Jetzt ganz langsam ziehen. Da sind ein paar Steine, versuchen Sie, den Ast dort zu verkanten«, sagte Crichton.

Vorsichtig begann Joe, das Seil wieder zurückzuziehen. Nach ein paar Zügen verkeilte sich der Ast tatsächlich in einer kleinen Felsformation. Joe zog etwas fester an. Nichts rührte sich. Dann legte er sich das Seil um die Hüfte und stemmte sich mit aller Kraft zurück. Das Seil hielt.

»Okay. Wer hangelt sich darüber?«, fragte Joe mit einem Grinsen im Gesicht.

»Cathleen ist die Leichteste von uns allen ...«, setzte Howard an, wurde aber sofort von Cathleen unterbrochen.

»... und sie hat Höhenangst!«

»Gut. Dann muss Max hinüber!«

Erschrocken blickte Max erst zu Howard und dann in den klaffenden Abgrund, der sich zwischen ihnen und dem abgetrennten Felsstück auftat.

»Warum ausgerechnet ich?«

Howard sah ihn leicht belustigt an. »Wer denn sonst? Ich bin körperlich momentan nicht in der Lage, der Professor schafft es auch nicht und Joe muss auf jeden Fall hierbleiben, um das Seil straff zu halten. Reicht das als Begründung?«

»Ist ja schon gut, ich mach's. Aber wehe ihr lasst mich da runter stürzen, dann gibt's Ärger«, sagte Max mit einem Augenzwinkern.

»Keine Sorge, Max. Ich halte dich schon, solange du nur das Seil nicht loslässt.«

»Wir alle halten das Seil fest«, sagte der Professor.

Max legte seinen Rucksack ab, leerte ihn und zog seine Jacke aus. Dann atmete er tief durch, warf den leeren Rucksack wieder auf seinen Rücken und ging zum Seil. Er nickte Joe zu. »Dann los!«

Joe legte sich wiederum mit seinem gesamten Körpergewicht nach hinten und zog dadurch den Strang straff. Professor Crichton, Howard und Cathleen stellten sich vor ihn und nahmen ebenfalls das Seil in die Hände.

Etwas zögerlich umfasste Max den Strick und ging langsam bis zum Rand. Er blickte noch einmal nach unten, hob dann aber sofort wieder den Kopf und fixierte sein Ziel.

Das sind keine zehn Meter, höchstens acht! Das schaffe ich locker!

Dann schwebten seine Füße in der Luft. Dreißig Meter über einen todbringenden Abgrund. Max hangelte sich schnell vorwärts. Er hatte schon mehr als die Hälfte der Strecke zurückgelegt, als er urplötzlich absackte. Für einen Moment fühlte er sich, als würde er abstürzen, doch dann straffte das Seil sich wieder. Aber es schwang noch heftig auf und ab. Max spürte, wie seine Arme länger wurden.

»Hey! Was treibt ihr denn da, verdammt nochmal«, schrie er.

»Bin ausgerutscht. Sorry Max«, rief Joe zurück.

»Sorry! Ich geb dir gleich sorry«, murmelte Max wutschnaubend vor sich hin und hangelte sich weiter auf die abgetrennte Felsinsel zu. Schnell erreichte er den Felsen und hievte sich mit einem kräftigen Schwung hinauf. Dann rollte er sich auf den Rücken und atmete tief durch. »Uff!«

»Gut gemacht, Max«, rief ihm der Professor zu. »Jetzt suchen Sie nach dem Hammer.«

Mühsam richtete Max sich auf. Er sah sich um. Die kleine

Felsspitze hatte höchstens ein Ausmaß von drei Mal fünf Metern, dazu noch der mickerige Vorsprung. Die Oberfläche war bis auf die wenigen Steine vollkommen eben. Kein Strauch und kein Baum wuchsen hier. Er ging einige Schritte in Richtung des Vorsprungs und blickte aufs Meer hinaus. Für einen Moment glaubte er, am Horizont ein Schiff zu erkennen. Dann verlor er das Objekt jedoch aus den Augen. Er wendete sich vom Meer ab und ließ seinen Blick über den Boden wandern. Erst fiel ihm nichts Besonderes auf, aber ein großer flacher Stein erregte seine Aufmerksamkeit. Max ging zu der Steinplatte und sah sie sich genauer an. Er hob die Platte an und drehte sie um. Auf der Unterseite der Felsscheibe erkannte er die Runen sofort.

Mjœllnir!

»Ich hab was gefunden«, schrie er den anderen über den Abgrund hinweg zu.

»Ist es der Hammer?«, rief der Professor begeistert zurück.

»Ja! Ich denke schon. Werft mir eine Schaufel rüber!«

»Kommt sofort, Achtung«, brüllte Joe.

Scheppernd krachte der Klappspaten einige Meter von Max entfernt auf den Untergrund. Sofort begann Max damit, an der Stelle zu graben. Der Boden war hart. Mühevoll gelang es ihm, sich durch die verschiedenen Schichten von Sand, Steinen und Erde zu schaufeln. Dann stieß er auf einen harten Gegenstand, aber es war kein Stein. Er legte die Schaufel beiseite und legte es mit der Hand frei. Er sah einen Totenschädel, der ihn starr angrinste. Mit beiden Händen hob er den Schädel aus dem Loch und zeigte ihn den anderen, die erwartungsvoll am Rand standen und ihn beobachteten.

»Was der wohl hier macht?«, rief er hinüber.

»Wir fragen ihn später. Grab weiter«, schrie Howard zurück.

Max kniete sich erneut in das Loch und grub weiter. Er fand das zum Schädel gehörende Gerippe. Durch die

Knochen sah Max eine Kiste. Der Knochenmann hatte seine Hände um die Holzkiste gelegt.

»Dann gib mir mal die Kiste«, raunte Max sich selber zu. Als er die Kiste den knochigen Händen entrissen hatte, sah Max noch etwas unter dem Gerippe liegen. Er pfiff leise durch die Zähne. Eine gewaltige, doppelschneidige Axt lag dort. Max stellte die Truhe an den Rand der Grube, drehte das Skelett zur Seite und griff nach der Axt. Der Axtstiel war mindestens einen Meter lang und hatte verschiedene Runen eingeritzt. Diese sollten dem Träger wohl Glück in der Schlacht bringen.

Hat wohl nicht geklappt, dachte Max.

Dann sah er sich die Holzkiste genauer an. Kein Zierrat, keinerlei Runen waren zu erkennen. Aber er spürte, dass in der schmucklosen Lade etwas Mächtiges liegen musste. Beinahe war er versucht, sie sofort zu öffnen, als die Stimme des Professors ihn von dieser Erwägung fort rief.

»Max, alles in Ordnung?«, brüllte Crichton aus Leibeskräften.

»Ja, natürlich! Wieso?«, schrie er zurück.

»Sie kauern da schon seit einigen Minuten über der Kiste!«

Einige Minuten? Ich hab doch allenfalls ein paar Sekunden darauf geschaut?

Verwirrt stand Max auf. Seine Oberschenkel schmerzten, so als hätte er wirklich längere Zeit gekniet. Die Axt, die er die ganze Zeit über in der Hand gehalten hatte, steckte er mit dem Stiel voran seitlich in seinen Gürtel. Dann hob er die Kiste hoch. Verblüfft stellte Max fest, dass die Kiste anscheinend an Gewicht zugelegt hatte.

Er ging zurück zum Seil, stellte die Kiste ab. Dann nahm er den Rucksack von seinem Rücken und stopfte sie hinein.

»Ich komme zurück. Gut festhalten, ich bin jetzt etwas schwerer geworden«, rief er, während er den schweren Rucksack überstreifte.

Er wartete einen Moment, bis das Seil auf Spannung kam, und hangelte sich dann langsam zurück. Zug um Zug näherte er sich dem Festland. Ab der Hälfte der Strecke bog sich das Seil immer mehr durch und Max hatte das Gefühl, dass ihn etwas hinabziehen wollte.

»Max«, hörte er Joe erschrocken rufen. »Wir rutschen weg! Beeil dich!«

Mit einem heftigen Stoß rauschte Max samt Seil ein Stück nach unten, dem Abgrund entgegen. Durch den Ruck wurde ihm seine linke Hand vom Seil gerissen. Er hielt sich nur noch mit der rechten krampfhaft an dem schwingenden Strang fest. Furcht stieg in Max auf. Er sah, wie Joe und die anderen verzweifelt versuchten, den Halt nicht zu verlieren. Aber alle vier rutschten unaufhaltsam auf den Rand der Klippe zu. Max zog die Axt aus dem Gürtel und ließ sie in die Tiefe fallen. Mit einer enormen Kraftanstrengung gelang es ihm, seine linke Hand wieder ans Seil zu bringen. Er atmete tief durch und hangelte sich dann, so schnell er konnte, weiter auf das Land zu. In letzter Sekunde, kurz bevor Professor Crichton, der vorne am Seil stand, mit seinen Füßen über den Rand abrutschen würde, gelangte Max auf festem Boden. Während das Seil an ihm vorbei dem Abgrund entgegensauste, klammerte Max sich mit letzter Kraft am Hang fest.

»Meine Güte, Max! Was zum Teufel schleppst du da bloß mit dir?«, keuchte Joe atemlos. Dann packte er ihn an den Armen und zog ihn vollends nach oben.

»Ich ... ich wäre beinahe in den Abgrund gestürzt«, brachte Max nach Atem ringend hervor.

Howard kam zu ihm und klopfte ihm ein paar Mal auf die Schulter. Auch er sah vollkommen erschöpft aus.

»Ich wusste, dass du es schaffen würdest«, sagte er schließlich breit lächelnd.

Max streifte den Rucksack ab und stellte ihn vor sich auf den Boden. Das Gewicht der Holzkiste schien wieder normal zu sein. Ike schnüffelte am Tornister und knurrte leise vor sich hin. Dann ging er langsam rückwärts zum Professor und kauerte sich hinter ihn.

Niemand sagte etwas, alle starrten wie gebannt auf den Rucksack.

Vielleicht wäre es besser gewesen, das verdammte Ding wäre in den Abgrund gestürzt!

Kapitel 36

Mjœllnir

Nachdem alle den Schrecken über den Beinahe-Absturz von Max überwunden hatten, kümmerte sich Howard um ein Feuer. Die Sonne war mittlerweile gänzlich verschwunden und die Temperatur näherte sich dem Gefrierpunkt. Max und Joe sammelten alles Brennbare, was sie an der kargen Küste finden konnten. Professor Crichton wandte sich unterdessen der Holzkiste zu. Behutsam nahm er sie aus dem Rucksack und stellte sie vor sich ab. Er begutachtete die Kiste von allen Seiten und drehte sich dann zu Max um.

»Seltsam. Die Kiste ist fest verschlossen, aber ich habe nicht die geringste Ahnung wie! Es ist kein Scharnier zu sehen, keinerlei Metallbeschläge und der Deckel ist auch nicht aufgenagelt oder Ähnliches. Aber er sitzt fest!«

Max setzte sich neben den Professor und nahm die Kiste hoch. Es musste einen Trick geben, die Kiste zu öffnen.

»Vielleicht war nie geplant, die Kiste wieder zu öffnen«, gab Joe zu bedenken.

»Dann hätte Leif den Hammer genauso gut im Meer versenken können. Nein, es muss einen Weg geben, diese Truhe zu öffnen, ohne sie zu zerstören.«

»Warum? Wir hauen das Ding einfach mit einem Stein kurz und klein!«

»Das würde ich an deiner Stelle lieber nicht tun«, sagte Max zu Joe, ohne den Blick von der Kiste abzuwenden. »Ich habe so ein Gefühl, dass es nicht gut wäre zu versuchen, mit Gewalt an den Hammer zu gelangen.« Er blickte Professor Crichton an.

»Haben Sie noch das Medaillon?«

»Ja, selbstverständlich«, sagte Crichton. »Hier.« Er reichte es Max.

»Schauen Sie, hier an der Vorderseite ist eine kreisrunde Einbuchtung. Nur ganz leicht, aber Sie können sie ertasten, wenn Sie drüberstreichen!«

Vorsichtig ließ der Professor seine Hand über die Vorderfront der Kiste gleiten.

»Fürwahr, Sie haben recht, Max. Und die Vertiefung ist nahezu so groß wie das Medaillon.«

»Nicht nur beinahe, Professor, sie ist so groß wie das Medaillon. Howard, erinnern Sie sich noch daran, was Sie auf Island gesagt haben? Dass wir den Schlüssel zu Thors Hammer in Händen halten. Ich glaube, Sie hatten recht. Das Medaillon ist der Schlüssel.«

Max nahm das Medaillon und hielt es vor die Einbuchtung an der Kiste. Er wollte es gerade hineindrücken, da wurde es ihm wie von Geisterhand entrissen und schnellte von selbst in die Vertiefung.

Einen Moment lang passierte nichts. Dann schwang der Deckel der Kiste auf und gab den Blick frei auf den Inhalt.

Auf rotem Stoff lag ein Hammer, knapp dreißig Zentimeter lang. Er war aus einem Stück gearbeitet. In den eisernen Griff waren Runen eingraviert. Das Ende des Griffstücks verbreiterte sich in die Form eines Widderkopfes. Augen waren dort eingekerbt. Aus dem Maul des Tieres schlängelte sich die Zunge über den Hammerstiel nach oben entlang. Der

Kopf des Hammers schimmerte bronzefarben, aber Max war sich sicher, dass dies keine Bronze war. Auch hier waren Runen ziseliert.

»Mjœllnir! Wir haben ihn tatsächlich gefunden. Der Hammer des Donnergottes, der erste Sohn des Herrn der Götter, Oðin«, murmelte der Professor leise vor sich hin. Er streckte die Hand aus, um den Hammer zu berühren. Kurz bevor seine Fingerspitzen den Hammer berührten, packte Max ihn am Handgelenk.

»Nicht! Niemand darf den Hammer berühren, der nicht die Handschuhe Thors trägt.«

Einen Moment lang spürte Max den Widerstand, mit dem der Professor versuchte, doch noch an den Hammer zu gelangen. Doch dann ließ er davon ab und zog die Hand zurück.

»Ja, ich habe das für einen Augenblick vergessen. Sehen Sie bloß, wie makellos er ist. Wahrhaftig ein Werkzeug der Götter.«

»Nicht ganz. Es ist mein Werkzeug!«

Alle fuhren erschrocken herum. Hinter ihnen stand Alexander Mitrenko mit drei weiteren Männern. Der Hüne war nicht dabei. Der Russe sah jetzt nicht mehr so elegant gekleidet aus. Sein feiner Anzug hing in Fetzen an ihm herab. Getrocknetes Blut haftete an seiner linken Gesichtshälfte. Er richtete seine Waffe auf den Professor.

»Diese verfluchten Wilden haben uns leider länger aufgehalten, als mir lieb war. Aber vielen Dank für das Feuer, Frederick. Ich darf Sie jetzt bitten, mir den Hammer zu übergeben!«

»Warum holen Sie ihn sich nicht selbst?«, sagte Howard. Er hielt ein Gewehr im Anschlag auf den Russen gerichtet.

In Mitrenkos Augen blitzte es kurz auf. Dann lachte er lauthals los. Ein Schuss krachte direkt vor seine Füße und ließ ihn zusammenzucken.

»Was denn? Ist Ihnen das Lachen etwa schon vergangen? Legen Sie die Waffe nieder und ich lasse Sie vielleicht am Leben.«

Mitrenko funkelte Howard zornig an. »Sie verkennen wohl die Lage, in der Sie sich befinden. Wir sind zu viert und bewaffnet. Also werden Sie es sein, der die Waffe niederlegt!«

»Ich brauche nur einen Schuss, um Sie zu erledigen«, erwiderte Howard ruhig. »Als Leiche nutzt Ihnen der Hammer nicht viel.«

Wieder lachte Mitrenko. »Ein gutes Argument. Sie gefallen mir. Vielleicht gibt es eine andere Möglichkeit, wie wir uns einigen könnten?«

»Ich wüsste nicht wie. Verschwinden Sie einfach von hier und Sie bleiben am Leben!«

»Aber ich kenne noch eine Möglichkeit«, ertönte eine Stimme von der Seite. Max erkannte sie sofort. Der Hüne hatte sich ihnen unbemerkt von der Flanke her genähert, hielt jetzt Cathleen gepackt und drückte ihr eine Pistole an den Kopf.

»Lassen Sie die Waffe fallen und die Kleine bleibt am Leben«, brüllte er.

»Howard, tun Sie, was er sagt«, sagte der Professor.

Nach einem kurzen Moment des Zögerns warf Howard das Gewehr zu Boden.

»Na also, warum denn nicht gleich so? Dass ihr Amerikaner aber auch immer euren kleinen Shootout haben müsst«, sagte Mitrenko mit spöttischer Stimme. Dann hob er die Waffe und feuerte auf Howard. Der stürzte und hielt sich den Oberschenkel, wo die Kugel direkt durchgeschlagen war.

»Sie feiges Schwein«, knurrte Howard schmerzverzerrt.

»Aber nicht doch. Ihnen werde ich noch eine Spezialbehandlung widmen!«

Max beobachtete die ganze Szene neben der Kiste stehend. Der Professor stand wie gelähmt bei ihm und schaute hinüber zu Cathleen, der immer noch die Pistole vom Hünen an den Kopf gehalten wurde.

Max blickte zu Joe, der nur einige Meter von ihm entfernt stand. Er nickte ihm unmerklich zu. Max verstand sofort, als er den Stein in Joes Hand sah.

»Jetzt lassen Sie meine Tochter gehen! Bitte, Alexander, tun Sie ihr nicht weh«, flehte Crichton.

»Aber sicher doch. Gero, lass Sie los!«

Sofort lief Cathleen zu ihrem Vater und fiel ihm um den Hals.

»Es tut mir leid, Vater«, sagte sie schluchzend.

»Alles wird gut, Cathleen. Das Wichtigste ist, dass dir nichts passiert ist!«

Mitrenko machte einen belustigten Eindruck, während er langsam auf sie zuschritt. Max spannte jeden Muskel in seinem Körper an. Der Russe war nur noch ein paar Schritte von ihm entfernt. Dann ging alles rasend schnell.

Joe holte mit dem Stein in der Hand aus und feuerte ihn auf den Hünen ab. Der faustgroße Brocken traf ihn genau am Kopf. Wie eine gefällte Eiche kippte der Deutsche bewusstlos zur Seite. Sofort sprang Max auf Mitrenko los und riss ihn zu

Boden. Völlig überrascht ließ der Russe die Waffe fallen. Max schlug ihm die Faust ins Gesicht, aber der Schlag schien völlig wirkungslos zu sein. Rasend vor Wut packte Mitrenko Max am Kopf und schlug ihn hart auf den Boden. Benommen riss Max sein Knie hoch und traf genau den Magen des Russen. Diesmal verfehlte der Treffer seine Wirkung nicht. Max holte mit dem Ellenbogen aus und traf seinen Gegner hart im Gesicht. Regungslos blieb der Russe liegen.

Mehrere Schüsse krachten neben ihm in den Boden. Max griff nach der Pistole von Mitrenko und erwiderte das Feuer auf die restlichen Angreifer. Einer brach sofort zusammen. Allerdings der, auf den Max nicht gezielt hatte. Ehe er sich länger über seinen Kunstschuss wundern konnte, sah er, dass Howard sein Gewehr wieder in den Händen hielt. Der zweite Russe wurde mitten ins Gesicht getroffen. Seine Schädeldecke wurde geradezu weggesprengt und Blut und Gehirn verteilten sich über den felsigen Untergrund. Der dritte Angreifer warf daraufhin seine Waffe weg und hob seine Hände über den Kopf.

»Nicht schießen«, sagte er mit starkem Akzent.

»Alles klar. Joe sammele ihre Waffen ein«, sagte Howard. Mühsam richtete er sich auf.

»Wie geht's?«, fragte Max.

»Ging schon mal besser. Ein glatter Durchschuss. Kommt, lasst uns die Kerle fesseln.«

»Nein!«

Das kann nicht wahr sein.

Wie vor den Kopf geschlagen, drehte Max sich langsam um. Cathleen Crichton stand immer noch bei ihrem Vater. Aber jetzt drückte sie ihm eine Pistole in die Seite. Der Professor war kreidebleich.

»Liebes, was machst du?«, fragte er sichtlich verstört.

»Cathleen, leg die Waffe hin«, sagte Max, als er sich vom ersten Schock erholt hatte.

»Halt die Klappe! Du hast hier gar nichts zu melden«, keifte sie ihn an. »Du da, nimm deine Waffe wieder auf und halt die anderen in Schach«, schrie sie in Richtung des genauso verdutzten Russen, der sich gerade ergeben hatte.

Max stand fassungslos vor Cathleen, die ihn mit eiskalten Augen ansah. Einige Meter hinter ihr rappelte sich der Hüne langsam wieder auf. Er grinste, als er die Situation erfasste.

»Lassen Sie Ihr Gewehr fallen, Howard! Oder ich schwöre, ich pumpe meinen Vater voll Blei!«

Max drehte sich zu Howard um. Der CIA-Agent machte keine Anstalten, die Waffe fallen zu lassen.

»Howard, tun Sie, was sie sagt! Es hat keinen Sinn mehr«, sagte Max.

Scheppernd fiel das Gewehr zu Boden. Der andere Russe hatte mittlerweile damit begonnen, Joe zu fesseln. Am Boden vor Max regte Alexander Mitrenko sich wieder. Der Hüne stand mittlerweile neben Cathleen.

»Gute Arbeit. Ich übernehme jetzt!«

Cathleen überließ ihm ihren Vater und ging neben Mitrenko in die Knie.

»Alex! Alles in Ordnung, Liebster?«

Breit grinsend richtete der Russe sich auf.

»Jetzt schon, *moya Lyubimaya!«,* sagte er und küsste sie.

Kapitel 37

Das letzte Gefecht

Gefesselt saß Max auf dem Deck des kleinen Trawlers. Mit dem Rücken lehnte er an der Bordwand. Neben ihm saßen Professor Crichton, Joe und Howard. Ebenfalls alle in Fesseln gelegt. Der Gesichtsausdruck des Professors war leer, wie versteinert. Er konnte wohl ebenso wenig wie Max fassen, dass seine Tochter mit den Russen gemeinsame Sache machte und sie alle verraten hatte. Kaltblütig hatte Cathleen sie alle ans Messer geliefert. Jetzt stand sie nur wenige Meter von ihnen entfernt, neben Alexander Mitrenko auf dem Deck und begutachtete ihre Beute.

Mjœllnir! Max hatte bis zuletzt daran gezweifelt, ob es ihn überhaupt gab und sie nicht doch nur auf der Suche nach einer Legende waren. Selbst die Funde des Gürtels und der Handschuhe hatten ihn nicht gänzlich überzeugen können. Aber jetzt lag Thors Hammer nur wenige Meter von ihm entfernt auf dem Deck und eine Kostprobe seiner Macht hatte er vor einigen Stunden erst bekommen.

Nachdem Cathleen sie verraten hatte, wurden ihnen die Hände gefesselt. Danach ließ Mitrenko die ganze Gruppe wieder zurück in Richtung Wald marschieren. Zuerst befürchtete Max, der Russe würde sie den Indianern als Ablenkung ausliefern. Aber er irrte sich. Kurz vor dem Wald legte Mitrenko den Gürtel und die Handschuhe des Donnergottes an. Dann ergriff er Mjœllnir. Der Hammer begann, in einem gleißenden Licht zu erstrahlen, so hell, dass Max seine Augen abwenden musste.

Dann kamen die Indianer. Es waren unzählige. Sie stürmten mit Speeren und Äxten auf sie zu. In ihren Augen blitzte blanke Mordlust auf. Es würde keine Gnade für sie geben, das wusste Max. Doch dann schleuderte Mitrenko *ihn.*

Mjœllnir, der Zermalmer.

Er warf Thors Hammer direkt in die Mitte der anstürmenden Indianer. Der Hammer flog unsagbar schnell und lichtete die Reihen der Angreifer, als hätte man eine Urgewalt entfesselt. Wie eine Sense durch Grashalme schnitt, durchpflügte der Hammer die Angreifenden, um kurz darauf wieder sicher in die Hand Mitrenkos zurückzukehren. Ein einziger Wurf hatte ausgereicht, um mindestens ein Dutzend der Indianer zu töten. Die wilde Horde brach den Angriff abrupt ab und kam zum Stehen. Ihr Blutdurst wich Furcht und Entsetzen.

Doch dies war erst der Anfang. Mit kalten Augen hob der Russe Mjœllnir in die Höhe. Max sah, wie sich seine Lippen bewegten, aber er konnte die Worte nicht verstehen. Ein dumpfes Grollen erklang von Himmel her. Dann zuckte ein gewaltiger Blitz herab. Genau in die Schar der Ureinwohner hinein. Der Blitz teilte sich, als er in den Boden einschlug. Hunderte kleiner Feuer züngelten um die Indianer herum und hüllten sie in ein leuchtendes Flammenmeer. Sie verbrannten nicht einfach. Sie schmolzen regelrecht vor Max' Augen. Innerhalb weniger Augenblicke war alles vorbei. Nur ein mit Knochen übersätes, versengtes Gelände blieb zurück.

Anschließend legte Mitrenko den Hammer wieder in die Kiste, streifte die Eisenhandschuhe ab und grinste so, als hätte er gerade ein paar störende Insekten zertreten.

Die Indianer hatten zwar vorher noch die Flugzeuge der Russen zerstört, doch auch für diesen Fall hatte Mitrenko vorgesorgt. In einer flachen Bucht wartete ein kleiner Trawler auf sie.

»Was hast du jetzt vor, Alex?«, fragte Cathleen.

Alexander Mitrenko lächelte nonchalant.

»Wir werden noch einige Seemeilen rausfahren und uns dann ein paar unserer lieben Freunde hier entledigen!« Er zeigte in die Richtung von Max und den anderen. »Dann haben wir noch ein Treffen mit einer Fregatte, die uns nach Hause bringen wird. Und dein Vater wird uns nach Moskau begleiten.«

»Das meine ich nicht. Was machen wir mit dem Hammer? Willst du ihn wirklich wieder hergeben?«

»Aber, aber meine Schöne«, sagte Mitrenko in tadelndem Tonfall. »Soll ich ihn etwa für mich behalten? Nein, mir reicht die Ehre, ihn gefunden zu haben. Der Hammer geht an den Generalissimus. Aber mach dir keine Sorgen, du wirst sehen, er kann sehr großzügig sein.«

»Ich mache mir keine Sorgen, jetzt, wo wir endlich zusammen sind«, sagte Cathleen.

Alexander Mitrenko umfasste Cathleens Kinn mit seiner rechten Hand.

»So ist es recht, meine Schöne! Komm, lass uns unter Deck gehen, es beginnt zu regnen. Gero, pass gut auf unsere Gäste auf!« Der Russe nahm die Kiste mit dem Hammer und ging mit Cathleen unter Deck.

Nun waren nur noch Gero und zwei weitere Russen an Bord, die aber beide ins Ruderhaus gingen, als der Regen an Stärke zunahm.

Max zerrte an seinen Fesseln, aber es wollte ihm nicht gelingen, sie zu lockern.

»Gib es auf, Falkenburg.« Gero schritt langsam auf ihn zu und ging neben ihm in die Hocke. »Nur Geduld, bald bist du alle deine Sorgen los und wirst deinem Vater wiederbegegnen. Schon lustig, nicht wahr? Vor sieben Jahren habe ich deinen alten Herrn getötet und heute Nacht bist du dran.«

Max zuckte bei den letzten Worten zusammen.

»Ach, das hatte ich dir ja noch gar nicht erzählt.« Geros Mund verzog sich zu einem diabolischen Grinsen, als er fortfuhr: »Der Führer persönlich hatte großes Interesse an ihm. Zudem gab es noch weitere Leute in Deutschland, die ihn gerne wiedergesehen hätten. Leider zeigte er sich wenig kooperativ. Ein sturer Esel, der nicht erkannt hatte, was die Stunde geschlagen hatte. Für diesen Fall gab es klare Anweisungen. Also habe ich diese umgesetzt. Er hat am Ende um sein Leben gebettelt, aber es hat ihm nichts genützt.«

»Du widerlicher Mörder«, zischte Max hasserfüllt. »Mach mich los und ich schwöre dir, ich bring dich um!«

Gero lachte höhnisch und verpasste Max einen Schlag mit dem Handrücken. Max' Kopf wurde gegen die Reling geschmettert.

»Auch die Kopfschmerzen sind gleich vorbei, Kleiner!« Gero stand auf und ging weiter zu Joe.

»Dir schulde ich auch noch was, Baumwollpflücker«, sagte er zu Joe und schlug ihm mit voller Wucht die Faust ins Gesicht. Joes Kopf schlug geräuschvoll hart an der Bordwand auf, aber er verzog keine Miene.

»Lassen Sie das, Sie Feigling«, sagte Professor Crichton. »Haben Sie denn gar keine Ehre im Leib?«

»Passen Sie lieber auf, dass ich Ihnen nicht auch eine Kostprobe meines Anstands gebe!«

»Auch Sie werden noch Ihre gerechte Strafe erhalten«, erwiderte Crichton unbeeindruckt.

»Mag sein, nur leider werden Sie das nicht mehr miterleben oder glauben Sie wirklich, Ivan nimmt Sie mit nach Moskau?« Teuflisch lachend drehte er sich um und ging.

»Alles in Ordnung, Joe?«, fragte Max gedämpft.

»Es ging mir schon mal besser und selber?«

»Mein Kopf dröhnt. Aber das werde ich diesem Schwein noch heimzahlen, verlass dich drauf! Hat irgendjemand noch eine Idee, wie wir hier lebend rauskommen können? Howard? Haben Sie nicht irgendeinen CIA-Trick auf Lager?«

»Leider nicht, ich glaube, das war's für uns, Max. Tut mir leid«, sagte Howard resignierend.

»Wir können doch nicht einfach so aufgeben! Es muss doch einen Ausweg geben. Wo ist eigentlich Ike?«, entfuhr es Max.

»Ich weiß nicht. Er ist weggelaufen, als Mitrenko den Hammer eingesetzt hat«, antwortete der Professor.

»Ihm geht es jetzt wahrscheinlich besser als uns«, bemerkte Howard bissig.

»Da würde ich nicht drauf wetten«, sagte Joe.

Max beugte sich vor, um am Professor vorbei zu Joe zu sehen.

»Wie meinst du das?«

Joes Blick wanderte zum Ruderhaus. Max sah ebenfalls dorthin. Neben dem Ruderhaus stand ein großes Fass, daneben kauerte im Schatten ein kleines haariges Etwas.

Ike! Dieser Köter ist einfach unglaublich.

Max stieß den Professor an, aber der hatte den kleinen Hund schon entdeckt.

»Rufen Sie ihn«, sagte Max. »Er ist unsere einzige Chance.«

»Was soll der Kläffer denn machen? Unsere Fesseln durchbeißen?«, spottete Howard.

Max blickte Howard ernst an. »Genau das!« Er grinste, als er den Gesichtsausdruck des CIA-Agenten sah. »Oder wir versuchen, ihn zu überreden, uns das Messer zu bringen, das dort hinten am Boden liegt!« Max wies mit seinem Kopf auf die gegenüberliegende Deckseite. Auf den Planken lag ein kleines Bootsmesser neben einem Tau. Wahrscheinlich hatte ein Besatzungsmitglied es dort vergessen.

»Okay, das wäre vielleicht wirklich einen Versuch wert. Aber was ist mit dem Nazi?«

Genau in diesem Moment ging auch Gero ins Ruderhaus.

»Jetzt oder nie! Rufen Sie Ike«, drängte Max den Professor.

»Ike! Komm hierher«, rief Crichton im Flüsterton. Sofort spitzte der Hund die Ohren. Etwas unschlüssig starrte er zu ihnen rüber.

»Nun komm schon her, Ike.«

Langsam setzte der Dachshund sich in Bewegung. Er humpelte stark. Anscheinend war er verletzt. Aber er erreichte den Professor, ohne dass einer der Kerle im Ruderhaus etwas bemerkte.

»Braver Junge, gut gemacht, Ike«, lobte Crichton. »Und jetzt? Ich habe ihn noch nie etwas apportieren lassen.«

»Aber ich«, erwiderte Max. »Ike, hol das Stöckchen!«

Der Hund setzte sich hin und starrte Max mit großen Augen an.

»Gibt's auch einen Plan B?«, fragte Joe.

»Ike, bring mir das Stöckchen!« Max deutete mit seinem rechten Bein in die Richtung des Messers. Jetzt stand Ike auf und ging zu Max, legte sich neben sein Bein und stützte den Kopf auf seinem Unterschenkel ab.

»Vergessen Sie's, Max. Der wird uns gar nichts bringen«, schnaubte Howard. »Wir müssen uns selber helfen.«

»Wollen Sie das Messer holen?«, fragte Joe grinsend.

»Nein, ich nicht. Aber Max wird es holen«, erwiderte Howard ruhig.

»Und wie soll ich das anstellen? Die drei Kerle haben uns die ganze Zeit im Blick. Oder glauben Sie, die sehen mir seelenruhig zu, wie ich zum Messer spaziere? Sie haben zu viel Blut verloren, Howard!«

Max blickte den CIA-Agenten zornig an und schüttelte den Kopf. Aber mit Howards Reaktion hatte er nicht gerechnet.

»Du miese kleine Ratte«, schrie Howard ihn an. »Das ist alles deine Schuld! Und jetzt winselst du hier vor dich hin. Sind alle Deutschen so feige wie du?«

»Was soll der Scheiß, Howard? Nur weil Sie auf ganzer Linie versagt haben, versuchen Sie, jetzt mir die Verantwortung zuzuschieben? Sie sind ein erbärmlicher Agent«, brüllte Max zurück.

»Wahrscheinlich stellt sich am Ende heraus, das Ihr Vater genauso ein Nazi war wie der Arsch im Ruderhaus!«

Schwere Stiefel stampften über das regennasse Deck des Trawlers. Gero kam mit einem finsteren Gesichtsausdruck auf sie zu.

»Was habt ihr Kakerlaken für ein Problem? Wo kommt die Töle auf einmal her?« Der Hüne trat nach Ike, der nicht schnell genug weglaufen konnte, gegen die Bugwand geschmettert wurde und reglos liegen blieb.

»Ike«, schrie der Professor entsetzt auf, doch der Deutsche beachtete ihn nicht.

»Hast du ihn gerade Agent genannt?«, raunzte er Max an und zeigte dabei auf Howard.

»Ich habe keine Ahnung, was du meinst.«

Brachial packte der riesige Deutsche Max am Kragen und zerrte ihn auf die Beine.

»Wo ist der Kerl Agent? Bei der CIA oder ...«

Gero kam nicht dazu, seinen Satz zu beenden. Max war vom Boden abgesprungen und hatte ihm mit voller Wucht einen Kopfstoß ins Gesicht verpasst. Blut strömte aus der gebrochenen Nase des Hünen. Völlig überrumpelt ließ er Max los. Sofort nutzte Max das Überraschungsmoment aus und trat ihm brutal in die Nierengegend. Keuchend torkelte Gero einige Schritte zurück.

Inzwischen kamen die beiden Russen aus dem Ruderhaus herausgestürmt und legten ihre Gewehre auf Max an.

»Waffen runter«, knurrte Gero sie an. »Das erledige ich

selber! Du scheinst Todessehnsucht zu haben, Falkenburg. Jetzt mach ich dich kalt!«

Er stürmte auf Max zu, der jedoch völlig unbeeindruckt stehen blieb. Erst im letzten Moment machte Max eine Drehung, tauchte unter dem Schlag des wütenden Riesen hindurch und trat ihm heftig in die Kniekehle. Doch der Tritt war nicht hart genug, um den Hünen zum Wanken zu bringen. Enttäuscht ging Max ein paar Schritte zurück, während Gero langsam auf ihn zukam.

»Findest du es fair, gegen jemanden zu kämpfen, dessen Hände auf dem Rücken gefesselt sind?«

Zur Antwort bekam Max einen Faustschlag ins Gesicht. Benommen stürzte er auf die Knie. Ein brutaler Schlag gegen seinen Rücken schleuderte ihn aufs Deck. Dann riss Gero seine Arme nach oben und löste sie ihm dabei beinahe aus dem Schultergelenk. Max schrie laut auf. Dann waren seine Hände plötzlich frei. Er blickte Gero verblüfft an und sah, wie der ein Messer in der Hand hielt.

»Also, Kleiner, komm hoch!« Gero hämmerte das Messer wuchtig in die Holzreling hinein. Der Griff vibrierte hin und her.

Mühsam stemmte Max sich wieder auf die Beine und rieb sich die Handgelenke. Dann preschte er unvermittelt auf den Hünen los. Er rammte ihm die Schulter hart in den Magen. Doch Gero ließ sich davon nicht aus dem Gleichgewicht bringen und donnerte mit beiden Fäusten auf Max' Rücken ein. Wieder landete Max mit dem Gesicht voran auf den Decksplanken. Eine riesige Hand packte ihn am Nacken und riss seinen Oberkörper nach oben. Dann zertrümmerte eine stählerne Faust seine Nase. Ein weiterer Schlag renkte ihm beinahe den Unterkiefer aus. Max fiel auf die Seite und kroch zur Steuerbordseite.

»Was denn? War das etwa schon alles, was du drauf hast?«,

höhnte Gero hinter ihm. »Dein Vater wäre sicher sehr enttäuscht von so einem Schwächling als Sohn!«

Aber Max hatte sein Ziel erreicht. Vor ihm lag das Bootsmesser. Er streckte die Hand aus und ergriff es. Dann zog er sich an der Reling hoch und dreht sich zu Gero um.

»Jetzt bin ich aber ehrlich enttäuscht von dir, Falkenburg. Findest du das fair?« Der Hüne grinste ihn gehässig an. Die beiden Russen vor dem Ruderhaus legten wieder ihre Gewehre auf ihn an und entsicherten sie. Mit einer Handbewegung wies Gero sie an zu warten.

Ich habe nur einen Versuch!

»Okay, du hast recht. Das ist nicht fair, also weg damit.« Max holte aus und schleuderte das Messer. Es sauste am Deutschen vorbei und blieb nur wenige Zentimeter neben Howards Kopf zitternd in der Reling auf der Backbordseite stecken. Der CIA-Agent sah Max mit einer Mischung aus Wut und Schreck an. Max achtete nicht darauf, sondern ging auf Gero zu.

»Bringen wir die Sache zu Ende!«

Max holte mit seiner rechten Faust aus und täuschte einen Schlag ins Gesicht an, den der Hüne locker abwehrte, aber blitzschnell feuerte Max seine linke hinterher und traf das Kinn. Diesmal zeigte der Schlag Wirkung. Max packte Gero mit beiden Händen am Kragen, zog seinen Oberkörper nach unten und schmetterte ihm sein Knie in die Visage. Dann stieß er den wankenden Riesen auf die beiden Russen zu, die nach links und rechts zur Seite wegsprangen. Ohne darauf zu achten, prügelte Max weiter auf Gero ein. Er deckte den Mörder seines Vaters mit einer ganzen Serie von Schlägen ein. Immer wieder traf er sein Gesicht, das linke Auge schwoll mehr und mehr zu. Doch das höhnische Grinsen lag trotz alledem noch auf dessen Lippen.

»Ist das alles?«, röchelte der stark blutende Deutsche. Dann donnerte er Max mit einer ungeheuren Wucht sein Bein in die Seite. Als Max zur Seite stolperte, wurde er von jemand aufgefangen.

Joe!

Auf einmal stürzte der Russe links neben Gero zu Boden. Das Bordmesser ragte aus seinem rechten Auge. Ohne lange nachzudenken, lief Max auf den anderen Russen zu, der gerade sein Gewehr hochriss und eine Salve auf Howard abfeuerte. Max packte die Waffe und drückte sie nach unten. Der nächste Feuerstoß schlug ins Deck ein. Mit dem Ellenbogen zerschmetterte Max dem Schützen den Kehlkopf. Röchelnd taumelte der zurück, prallte gegen das Ruderhaus und rutschte langsam zu Boden, während er qualvoll erstickte. Das Gewehr hielt Max fest in seiner Hand. Auf einmal wurde er an der Schulter herumgerissen. Geros Schlag explodierte förmlich vor seinem Auge. Max schwankte und ließ das Gewehr zu Boden fallen. Bevor der Hüne ihm noch einen Schlag verpassen konnte, umklammerte eine mächtige schwarze Hand sein Handgelenk.

»Warum versuchst du's nicht einmal mit jemand in deiner Gewichtsklasse?«, fragte Joe und schickte den Nazi mit einer rechten Geraden auf die Planken.

Doch schnell rappelte sich der Deutsche wieder auf, wischte sich mit dem Handrücken Blut von seiner aufgeplatzten Lippe fort und zog dann langsam sein Hemd aus.

»Also gut, *brauner Bomber*. Dann zeig mal, was du kannst!« Sofort ging Gero zum Angriff über und versuchte, Joe zu treffen, doch der tänzelte leichtfüßig vor ihm her und wehrte die Schläge mühelos ab.

Max hatte sich wieder von dem Schlag erholt, ergriff das Gewehr und beobachtete den Kampf. Er drehte sich um und sah, dass Howard ebenfalls die Auseinandersetzung der beiden Riesen verfolgte. Der Professor kniete mit dem Rücken zu ihnen am Bug über den reglosen Körper von Ike gebeugt.

Als Crichton den Hund berührte, zuckten die Vorderpfoten des Tieres.

Der Kampf verlief weiterhin einseitig. Mit immer wilderen Attacken versuchte der Deutsche, Joe zu treffen, aber immer war dieser gedankenschneller.

»Bleib endlich stehen und kämpfe wie ein Mann«, schrie Gero zornig.

Genau auf diese Gelegenheit hatte Joe gewartet. Er täuschte einen Schritt zurück an, nur um plötzlich nach vorne zu Schnellen, und landete mit seiner Rechten einen krachenden Volltreffer direkt am Kinn seines Gegners. Schlagartig sackte der Deutsche in sich zusammen und fiel der Länge nach bewusstlos aufs Deck.

»Schöner Knock-out, Joe«, sagte Howard anerkennend. »Max, wirf mal das Gewehr rüber. Wird Zeit, dass wir uns um Mitrenko kümmern.«

Max warf Howard das Gewehr zu. Genau in diesem Augenblick ertönte die Stimme des Russen hinter ihm.

»Ich glaube eher, es wird Zeit, dass ich mich Ihrer annehme!«

Erschrocken wirbelte Max herum. Alexander Mitrenko stand knappe fünf Meter von ihm entfernt. Neben ihm stand Cathleen, die eine Pistole auf Max richtete. Aber nicht die Waffe war es, die ihm Angst einflößte. Der Russe hatte den Gürtel und die Handschuhe Thors angelegt und hielt Mjœllnir in seiner rechten Hand. Ein schwacher Glanz ging von dem Hammer aus. Mit einem eiskalten Glitzern in den Augen fixierte er Max.

»Erschieß ihn«, sagte Mitrenko zu Cathleen, ohne den Blick von Max abzuwenden.

»Mit Vergnügen«, antwortete sie mit einer kalten Gnadenlosigkeit in der Stimme, die Max das Blut in den Adern gefrieren ließ. Sie entsicherte die Waffe. Ihr Zeigefinger krümmte sich um den Abzugshahn. Die Sekunden schienen für Max wie Stunden zu vergehen. Er war unfähig, sich zu bewegen.

»Max, runter«, schrie Joe.

Kurz bevor der Schuss krachte, wurde Max zur Seite gestoßen und prallte heftig gegen die Reling. Benebelt blickte er sich um. Joe hatte ihn in letzter Sekunde das Leben gerettet. Nun kniete er seltsam gekrümmt am Boden. Er lächelte Max an und versuchte, ihm was zu sagen, doch dann stürzte er zur Seite.

»Joe!«

Ein weiterer Schuss löste sich. Max fuhr zusammen. Doch diesmal hatte nicht Cathleen abgedrückt, sondern Howard.

»Nein! Cathleen«, hörte Max den Professor schreien.

Cathleen Crichton brach hinter Mitrenko zusammen. Rund um das Einschussloch in ihrer Brust verfärbte sich ihr Hemd sofort in einem tiefen Rot.

Ein weiterer Schuss fiel. Doch jetzt verfehlte Howard sein Ziel. Mitrenko sprang blitzschnell zur Seite, rollte sich ab und kam sofort wieder auf die Beine. Ohne zu zögern, schleuderte er den Hammer auf Howard. Der CIA-Agent hechtete zur Seite. Mjœllnir zischte an ihm vorbei, durchschlug die Reling, als wäre sie aus Papier, flog einen Bogen und kehrte wieder zurück. Howard kam nicht schnell genug auf die Beine. Der Hammer streifte ihn an der rechten Schulter. Doch bereits diese leichte Berührung reichte aus, um die Knochen zu zertrümmern. Mit einem lauten Schrei ließ der Agent das Gewehr fallen. Mit einer lässigen Bewegung fing Mitrenko Mjœllnir derweil wieder auf. Er blickte kurz auf die auf dem Deck liegende Cathleen, dann schritt er langsam auf Howard zu.

»Machen Sie sich keine Hoffnung auf einen schnellen Tod! Ich werde Ihnen die schlimmsten Schmerzen zufügen, die Sie sich nur vorstellen können«, sagte er mit hasserfüllter Stimme.

Dann schlug Mitrenko mit dem Hammer auf Howards rechten Unterschenkel ein. Mit einem lauten Knacken zerbarst der Knochen unter dem Schlag. Mit schmerzerfülltem Gesicht versuchte Howard, vor dem Russen davonzukriechen. Lachend ging der Russe ihm hinterher.

»Wo wollen Sie denn hin? Es gibt hier kein Entkommen für Sie!« Er hob den Hammer ein weiteres Mal.

Doch bevor er den Schlag ausführen konnte, schrie Mitrenko plötzlich auf. Mjœllnir entglitt seiner Hand und fiel aufs Deck. Max wurde schlagartig wieder klar vor Augen. Verwirrt blickte er den schreienden Russen an. Dann sah er den Grund für seine Schmerzen. Ike hatte sich in seiner Wade verbissen.

»Du kleines Monster«, fauchte Mitrenko und holte mit dem schweren Eisenhandschuh zum Schlag aus.

In diesem Moment sprang Max auf den Russen zu und riss ihn zu Boden. Ike wurde zur Seite weggeschleudert. Mitrenko fluchte und schlug wild um sich. Ein schwerer Hieb traf Max auf die Brust. Kurzzeitig blieb ihm der Atem weg. Verzweifelt trat er nach dem Russen und erwischte ihn dabei am Kopf. Angeschlagen rollte Mitrenko zur Seite, Max warf sich auf ihn und schlug ihm ins Gesicht. Dann wurde er nach hinten weggerissen. Ehe Max reagieren konnte, traf Geros Faust ihn unerbittlich hart in den Magen.

»Halte ihn fest, Gero! Ich mache der Sache jetzt ein Ende«, schrie Mitrenko.

Er ging auf den Hammer zu und wollte ihn gerade aufheben, als der Professor sich ihm in den Weg stellte.

»Lassen Sie den Hammer liegen, Alex! Sagen Sie Ihrem Gorilla, dass er Max loslassen soll!« Crichton richtete eine Pistole auf den Russen.

»Aber Frederick! Das hätte ich nicht von Ihnen erwartet. Normalerweise denken Sie doch nur an sich selbst«, sagte Mitrenko spöttisch. Er drehte sich zu Gero um. »Töte ihn!«

»Nein«, schrie Crichton auf und machte einen Schritt nach vorne.

Einen Schritt zu weit. Denn darauf hatte Mitrenko gewartet. Der Russe drehte sich, holte mit seinem rechten Arm aus und traf den Professor mit dem Eisenhandschuh am Kopf. Crichton sackte auf der Stelle bewusstlos zusammen.

»Alter Narr«, sagte Mitrenko verächtlich. »Jetzt zu uns, Falkenburg!«

Der Russe ging in die Knie und hob den Hammer auf.

»Geh lieber ein paar Schritte von ihm weg, Gero, wenn du nicht geröstet werden willst!«

Der Hüne ließ Max los und ging zur Seite. Max blieb ruhig stehen und grinste Mitrenko an.

»Haben Sie nicht etwas vergessen?«, fragte er Mitrenko und zeigte auf das regennasse Deck.

Verwirrt blickte Mitrenko auf das Deck und erstarrte. An der Stelle, wo er und Max miteinander gerungen hatten, lag der Megingjarder. Der Gürtel Thors. Max blickte dem Russen fest in die Augen.

»Niemand kann Mjœllnir anfassen, solange er nicht den Gürtel Megingjarder und die Handschuhe des Thor trägt«, wiederholte Max ruhig die Worte, die Professorin Magnusson ihm in Oslo gesagt hatte.

Panisch versuchte Mitrenko, den Hammer fallen zu lassen, aber so sehr er die Hand auch schüttelte, es gelang ihm nicht.

»Hilf mir, verdammt«, brüllte er Gero an. Doch der Deutsche ging noch ein paar Schritte zurück an die Reling.

Der Hammer in Mitrenkos Hand begann, in einem bläulichen Licht zu erstrahlen. Dann schossen Feuerzungen aus der mythischen Waffe und hüllten den infernalisch schreienden Russen vollständig ein. Max wollte die Augen abwenden, schaffte es aber nicht, seinen Blick von dem Stück für Stück von den Flammen verzerrten Gesicht Mitrenkos zu lösen. Die Intensität des Feuers nahm rapide zu. Merkwürdigerweise ging keine Hitze davon aus. Innerhalb weniger Augenblicke war von Alexander Mitrenko nur noch ein kleiner Haufen Asche übrig. In der Schlacke, die einst Alexander Mitrenko gewesen war, lag Mjœllnir neben den Eisenhandschuhen.

Max ging auf den Megingjarder zu und hob den Gürtel vorsichtig auf.

»Keine Bewegung, Falkenburg«, ertönte Geros Stimme hinter ihm. »Gib mir den Gürtel!«

»Leg die Waffe weg oder ich werfe ihn ins Meer«, erwiderte Max.

»Das wagst du nicht! Also, gib mir den Gürt...«

Mit einem lauten Schrei prallte Joe gegen den Deutschen und stürzte ihn über die Reling.

»Joe?«, rief Max erstaunt. »Du lebst noch?«

Keuchend stützte Joe sich auf die Reling.

»Ein einfaches Danke reicht dafür nicht mehr aus, Max! Zweimal das Leben retten, kostet dich einiges«, grinste Joe schwer atmend. Langsam rutschte er zu Boden und hielt sich die linke Seite. Sie war blutdurchtränkt.

»Jetzt sorg dafür, dass dieser verdammte Hammer endlich verschwindet!«

»Wie meinst du das? Soll ich ihn etwa über Bord werfen?«, fragte Max verwirrt.

»Was denn sonst? Das hätte Leif schon vor tausend Jahren tun sollen. Dieser Hammer bringt nichts als Tod und Verderben. Wirf ihn ins Meer«, keuchte Joe.

Einen Moment blickte Max unschlüssig auf den immer noch bewusstlos am Boden liegenden Professor. Dann sah er zu Howard, der ebenfalls ohnmächtig auf dem Deck lag.

»Du hast recht!«

Max legte den Gürtel an und ging zu dem kleinen Aschehaufen, der sich durch den Regen in einen klebrigen schwarzen Brei verwandelt hatte. Angewidert griff Max nach den Handschuhen und zog sie an. Dann ergriff er Mjœllnir.

Ein unbekanntes Gefühl durchflutete seinen Körper. Zuerst war Max wie gelähmt, aber dann begriff er. Macht! Unermessliche Macht. Er konnte jetzt über Leben und Tod entscheiden. Alles, wonach er verlangte, könnte er bekommen. Nichts auf der Welt würde ihm standhalten!

»Max? Nun mach schon«, hörte er Joes Stimme aus weiter Entfernung rufen.

Wie benommen ging Max auf die Reling zu. Mit jedem Schritt fiel es ihm schwerer.

»Wirf ihn ins Meer!«

»Warum soll ich ihn nicht für mich behalten? Überleg doch nur, was der Hammer uns für Möglichkeiten eröffnet«, fragte Max mit einer hysterisch kreischenden Stimme.

Joe blickte ihn bestürzt an.

»Max! Es gibt kein *uns* für den Hammer. Deswegen hat Leif ihn vergraben. Weil er die Gemeinschaft zerstört. Mjœllnir ist gefährlich, Max! Du musst ihn im Meer versenken!«

»Lügner! Du gönnst mir den Hammer nicht, du willst ihn für dich selber haben«, geiferte Max. Er hob den Hammer und richtete ihn auf Joe. »Aber ich lasse nicht zu, dass mir irgendjemand Mjœllnir wegnimmt!«

Ein lautes Kläffen erklang. Ike stand vor ihm. Wütend wollte Max nach dem kleinen Hund treten. Diesen Augenblick nutzte Joe, um sich mit letzter Kraft auf Max zu stürzen.

Max wurde hart gegen die Reling gedrückt. Joe umklammerte sein rechtes Handgelenk und drückte fest zu.

»Lass ihn fallen!«

»Niemals«, knurrte Max. Er packte Joe mit der linken Hand am Hals und stemmte ihn nach oben. Joe röchelte.

Da biss Ike zu. Überrascht schrie Max auf und ließ Joe sinken.

»Tut mir leid«, sagte Joe. Dann stieß er Max über die

Reling. Auch Ike, der immer noch in Max' Wade verbissen war, ging mit über Bord.

Das eiskalte Wasser schlug über ihm zusammen. Er versank im Meer. Aber er hatte den Hammer immer noch fest in der Hand. Als Max in die unendliche Schwärze des Wassers unter sich blickte, traf er seine Entscheidung.

Er öffnete die Faust und ließ Mjœllnir mitsamt des Handschuhs in die Tiefe hinabsinken. Er sah dem schwach leuchtenden Hammer noch einen Moment nach. Dann tauchte er auf und durchbrach japsend die Wasseroberfläche. Neben ihm kraulte Ike verzweifelt im Kreis.

»Hallo? Kann mich mal jemand hochziehen? Ist verdammt kalt hier«, rief er zum Schiff.

Joe lehnte sich über die Reling.

»Wir nehmen nur Passagiere ohne Werkzeug mit.«

»Kein Problem. Ich bin sowieso kein guter Handwerker. Aber ich habe einen Hund dabei.«

Ein Rettungsring, an dem ein Tau befestigt war, wurde ihm zugeworfen. Max packte Ike und ergriff den Rettungsring. Als er sich schließlich durchnässt und zitternd an Bord gezogen hatte, sank er erschöpft neben Joe aufs Deck.

»Entschuldige, Joe. Irgendwas hat bei mir ausgesetzt, als ich den Hammer in der Hand hielt!«

»Schon gut. Aber jetzt wäre es ganz nett, wenn du vielleicht Verbandsmaterial auftreiben könntest.«

»Bin schon unterwegs!«

Max ging ins Ruderhaus und fand dort schnell einen Erste-Hilfe-Kasten. Als er wieder hinauskam, sah er Professor Crichton über seine tote Tochter gebeugt. Tränen liefen ihm die Wangen hinab, während er ihr zärtlich übers Gesicht strich.

»Es tut mir sehr leid«, sagte Max.

»Das muss es nicht. Sie hat ihren Weg selbst gewählt. Aber ich bin verantwortlich dafür. Ich hätte mehr für sie da sein müssen«, sagte Crichton mit Bitterkeit in der Stimme. »Wo ist Mitrenko?«

»Tot. Alles, was von ihm übrig ist, ist der Aschehaufen dort auf dem Deck.«

»Gut«, sagte der Professor. »Und Mjœllnir?«

»Ist ins Meer gefallen«, sagte Max schnell. Er wollte lieber nicht über die Umstände sprechen.

»Ist wahrscheinlich besser so. Dieses verdammte Ding hat genug Unheil angerichtet.«

Kapitel 38

Heimreise

»Sie haben verdammtes Glück gehabt. Ein paar Zentimeter weiter und Sie wären mit Sicherheit gestorben!«

»Danke, Doktor. Ich fühle mich gleich viel besser, jetzt wo ich weiß, was für ein Glückskind ich bin«, sagte Joe grinsend.

Ohne darauf zu achten, ging der Schiffsarzt der USS Brownson weiter zum nächsten Patienten.

»Wie geht es Ihnen, Agent Greenberg?«

»Hab mich schon mal besser gefühlt. Wie lange wird es dauern, bis die Knochen wieder zusammenwachsen?«

Der Arzt lachte laut auf.

»Einige werden sicherlich niemals mehr zu einer Einheit werden. Aber keine Sorge, wir haben alles, so gut es ging, mit Stahlplatten fixiert. Sie werden mit Sicherheit einiges an Beweglichkeit einbüßen, aber in einem halben Jahr sollten Sie aus dem Gröbsten raus sein!«

»Toll«, brummte Howard. »Danke Doc!«

Der Arzt lächelte aufmunternd und ging weiter.

»Sie beide sind verglichen mit ihren Freunden glimpflich davongekommen. Sie können noch ein paar Minuten hierbleiben, aber dann gönnen Sie den beiden ihre Ruhe.«

»Sicher doch. Vielen Dank, Doktor«, sagte der Professor.

Der Arzt tätschelte Ike über den struppigen Kopf und verließ die kleine Krankenstation des Zerstörers.

»Max? Hast du mir was mitgebracht?«, fragte Joe.

»Aber klar doch«, sagte Max und zog eine kleine Flasche aus seiner Jackeninnentasche. »Ist zwar kein irischer Whiskey, aber die Auswahl hier an Bord ist etwas eingeschränkt.« Max reichte Joe die Flasche.

Joe nahm einen langen Schluck.

»Ahhh, auch nicht schlecht. Aber ich würde töten für einen von Patricks *Gaelic Coffees*. Hast du eigentlich irgendwas von Patrick gehört?«

»Patrick ist schon wieder in Boston. Es geht ihm so weit gut, hat mir der Colonel versichert«, antwortete der Professor. »In zwei Tagen treffen wir ebenfalls in Boston ein, erholen Sie sich bis dahin noch ein bisschen. Kommen Sie, Max, wir lassen die beiden jetzt lieber in Ruhe schlafen.«

Max und der Professor gingen aus der Krankenstation aufs Deck. Ike trottete neben ihnen her. Als Max die Tür hinter sich schloss, hörte er Howard sagen: »Hey Joe! Krieg ich auch einen Schluck Whiskey?«

»Aber sicher doch.«

Grinsend zog Max das Schott zu.

Er ging mit dem Professor über den Zerstörer. Die dreihundertsechsunddreißig Mann Besatzung der USS Brownson waren wie stets zu beschäftigt, um die beiden Zivilisten zu beachten. Ohne das schnelle Auftauchen des Schiffes vor der Küste Labradors hätten die Überlebenschancen für Joe sicherlich schlecht ausgesehen. Aber dank des Colonels der Station von Kulusuk war die US Navy bereits informiert gewesen und hatte den Zerstörer zur Hilfe entsandt.

Sie hatten noch eine Weile nach Gero von Steinheim gesucht, aber von dem Deutschen fehlte jede Spur. Der

Kapitän ging davon aus, dass er ertrunken war. Mit dem kleinen Trawler in Schlepptau setzten sie Kurs auf Boston.

Cathleen Crichtons Leiche wurde an Bord des Zerstörers geholt und auf Wunsch des Professors in einer Seebestattung beigesetzt. Das war vor zwei Tagen gewesen. Seitdem hatte der Professor nicht mehr viel geredet.

»Haben Sie schon überlegt, was Sie in Boston machen wollen?«, fragte Crichton ihn plötzlich, während sie um das riesige Buggeschütz der Brownson gingen.

»Äh, nein. Noch nicht, ehrlich gesagt.«

»Ich werde Ihnen einen Platz bei uns am College verschaffen. Dann können Sie Ihr Archäologiestudium wieder aufnehmen. Oder wollen Sie das etwa nicht?«, fragte der Professor, als er bemerkte, wie Max zögerte zu antworten.

»Doch, es ist nur ... na ja, was soll ich sagen? Ich habe kein Geld mehr. Um genau zu sein, besitze ich überhaupt nichts mehr außer den Klamotten, die ich am Leib trage. Meine letzten paar Habseligkeiten sind in Labrador geblieben.«

»Machen Sie sich darüber keine Sorgen, Max. Sie werden fürs Erste in meinem Haus wohnen.«

»Vielen Dank, aber das kann ich nicht annehmen.«

»Und ob Sie das können! Und glauben Sie nicht, ich tue das aus reiner Freundlichkeit. Sie werden natürlich einiges dafür tun müssen. Ich habe einen großen Garten. Und außerdem brauche ich jemanden, der sich um Ike kümmert, wenn ich keine Zeit für ihn habe.«

»Na gut, wir können es ja mal probieren«, sagte Max grinsend und ergriff die ausgestreckte Hand des Professors.

Kapitel 39

Das Boot

Gero spürte seine Arme kaum noch. Das Gefühl in seinen Beinen war schon seit Längerem völlig verschwunden. Es kostete ihn alle Willenskraft, um seine Arme stetig am Kreisen zu halten. Aber lange würde er auch dies nicht mehr machen können, schon spürte er eine wohlige Wärme von den Beinen aufsteigen. Der amerikanische Zerstörer, der Falkenburg und seine Freunde an Bord und den Trawler in Schlepptau genommen hatte, war schon eine gefühlte Ewigkeit aus seinem Blickfeld verschwunden. Selbst wenn er gewollt hätte, er war zu weit entfernt, um sich den Amerikanern bemerkbar zu machen oder entdeckt zu werden.

Wasser lief ihm in den Mund, er verschluckte es und für einen Moment wurde er durch die Eiseskälte aus der aufkeimenden Trägheit gerissen. Doch das hielt nicht lange an. Seine Finger verkrampften sich mehr und mehr. Die kreisenden Bewegungen seiner Arme wurden immer schleppender. Schließlich konnte er sich nicht mehr oben halten. Er beschloss, sich in sein Schicksal zu fügen, legte die Arme eng an den Körper und ließ sich langsam in die Tiefe sinken. Es donnerte in seinen Ohren, als das Wasser über ihm zusammenschlug.

Doch sein Absinken dauerte nicht lange an. Etwas Hartes, Metallisches bremste ihn und hob ihn wieder durch die Wasseroberfläche empor. Hustend und frierend fand Gero sich auf dem Oberdeck eines Unterseebootes wieder. Er hob den Kopf und blickte auf den Kommandoturm des U-Boots, wo die Luke nach außen aufschwang. Zwei Männer kamen zum Vorschein, einer mit einer Kapitänsmütze, der andere trug einen langen schwarzen Mantel mit nach oben geschlagenem Kragen. Gero versuchte, etwas zu rufen, aber er brachte kein Wort hervor. Krämpfe schüttelten seinen unterkühlten Körper.

Der schwarze Mantel stieg den Turm herab und kam langsam auf ihn zu. Er lächelte wölfisch, als er kurz vor Gero stehen blieb.

»Willkommen zurück, Leutnant von Steinheim«, sagte er spöttisch.

»Ve... Ve... Vei...«, stammelte Gero leise. Er schloss die Augen und konzentrierte sich. Lautes Gelächter erklang und machte ihn wütend. »VEIT!«, schrie er schließlich mit krächzender Stimme. Das Lachen verstummte.

»Schön, dass du mich nach so langer Zeit noch wiedererkennst, liebster Vetter! Ich hatte schon Angst, du sprichst nur noch Russisch«, erwiderte Veit von Steinheim. »Wenn es nach mir ginge, dann würde ich deinen wertlosen Kadaver wieder ins Meer schmeißen, du Verräter! Aber mein Vater möchte dich aus irgendwelchen mir völlig unverständlichen Gründen wieder zu Hause sehen!«

Gero zitterte am ganzen Körper, er bebte förmlich vor Kälte. Bevor er das Bewusstsein verlor, sagte er bloß: »Dann los!«

Epilog

Boston, 10. August 1952

Max ging bei strahlendem Sonnenschein über den Campus des Elliot Colleges. Das College lag etwas außerhalb Bostons und glich einer großzügigen Parkanlage. Das gesamte Gelände wirkte sehr gepflegt und machte einen guten Eindruck auf Max. Hier würde er die nächsten Jahre ganz gut verbringen können. Vor allem mit Joe zusammen. Er konnte es kaum erwarten, Joe die guten Neuigkeiten mitzuteilen. Er hielt Ausschau nach seinem Freund, der sich irgendwo in der campuseigenen Bücherei aufhalten sollte. Max stand nun direkt vor der Bücherei und wollte gerade hineingehen, als Joe ihm mit einem Stapel Bücher unter dem Arm, auch schon entgegenkam.

»Hallo Joe, da bist du ja endlich. Ich hab schon den halben Campus nach dir abgesucht«, sagte Max in einem gespielt vorwurfsvollen Tonfall.

»Was machst du denn hier auf dem Campus?«

»Na, was glaubst du wohl? Ich habe mich gerade eingeschrieben. Dank der Hilfe des Professors ging auch alles glatt. Ich konnte dank seiner Fürsprache sogar ein paar Semester überspringen. Wir beide sind jetzt Kommilitonen«, sagte Max mit einem breiten Grinsen im Gesicht. »Da bist du sprachlos, was? Komm, um das zu feiern, gehen wir zwei was trinken, ich lade dich ein. Hab noch etwas Geld über.«

»Ich weiß nicht, ob das so eine gute Idee ist, Max.«

Max stutzte. Ein bisschen mehr Begeisterung hatte er sich angesichts der guten Nachrichten schon erhofft. Aber Joe erschien ihm ziemlich reserviert.

»Ist alles in Ordnung bei dir? Immer noch Probleme mit der Schusswunde?«

»Ja, alles okay. Die Wunde macht keine Probleme, keine Sorge. Ich mache mir nur Sorgen um dich, wenn du mit mir gesehen wirst.«

»Häh? Ich dachte, du bist hier der Boxchampion des Colleges und einer der besten Studenten des Jahrgangs? Was sollte da nicht gut für mich sein?«

»Lass uns ein paar Meter zusammen gehen, dann verstehst du vielleicht, was ich meine.«

Max zuckte mit den Schultern. »Okay, ganz wie du meinst.«

Wahrscheinlich war Joe doch noch etwas mehr mitgenommen von den Ereignissen in Labrador.

Er sah sich Joe genauer an. Abgesehen von dem sehr konservativen College-Outfit, das bei Joe deutlich zu eng saß, schien wirklich alles in Ordnung mit ihm zu sein.

Sie gingen weiter an den verschiedenen Fakultäten der Universität vorbei. Auf einmal wurde Max stutzig. Niemand kam ihnen entgegen. Das heißt, eigentlich kamen ihnen schon eine Menge Studenten entgegen, aber alle wechselten die Seite, niemand ging direkt an ihnen vorbei. Max bemerkte, wie alle ihn begafften. Wie es schien, war es nicht nur Cathleen Crichton, die ein Problem mit Joes Hautfarbe hatte. Jetzt kamen ihnen vier Studenten in Baseballjacken entgegen. Sie wechselten die Seite nicht, sondern steuerten geradewegs auf sie zu. Der Größte der vier rempelte Joe heftig an, sodass dieser seine Bücher fallen ließ.

»Hey! Kannst du nicht aufpassen, wo du hingehst, Nigger«, pöbelte der Rempler Joe an.

Max dachte, der Kerl könnte schon anfangen, sein Grab zu schaufeln, aber zu seinem Erstaunen bückte Joe sich, um die Bücher aufzuheben und entschuldigte sich auch noch!

»So ist gut, Nigger!« Die vier Kerle gingen weiter und lachten dreckig dabei.

»Joe, das kannst du dir doch nicht einfach so gefallen lassen«, sagte Max entsetzt.

»Verstehst du jetzt, was ich meine, Max? Halt dich lieber fern von mir oder du wirst ähnlich beliebt«, sagte Joe ruhig.

Max glaubte, nicht richtig gehört zu haben. Nach allem, was sie zusammen durchgemacht hatten. Joe hatte sein Leben gerettet und er Joes! Das alles sollte jetzt nichts mehr zählen? Er drehte sich um und ging den vier Kerlen hinterher.

»Hey, ihr Arschlöcher, wartet mal einen Moment!«

Schlagartig blieben die vier Kerle stehen und drehten sich zu Max um.

»Was hast du gesagt, Nigger-Freund?«, fragte der Kerl, der Joe angerempelt hatte.

»Ich glaube, es ist angebracht, dass ihr euch bei meinem Freund entschuldigt«, erwiderte Max ruhig.

Die vier Kerle brachen in Gelächter aus. Max blieb gelassen vor ihnen stehen. Er bemerkte, dass einige Studenten um sie herum stehen geblieben waren, um sich die Sache anzuschauen.

»Ich wüsste nicht, was es da zu lachen gibt. Entweder ihr Drecksäcke entschuldigt euch jetzt …«

»Oder was dann«, blaffte der größte Kerl ihn an. »Willst du mir drohen, du …«

Er kam nicht dazu, den Satz zu beenden. Max hatte ihm mit einem schnellen Schlag das Nasenbein gebrochen. Stark aus der Nase blutend, taumelte der Kerl zurück. Einen Moment lang rührte sich keiner der anderen drei.

»Was steht ihr so blöd rum? Macht das Schwein fertig«, brüllte der Kerl mit der gebrochenen Nase. Doch Max kam ihnen zuvor. Er sprang mit dem rechten Knie voran auf den ersten Kerl neben dem Blutenden los und traf ihn genau zwischen die Beine. Dann packte er sich den Nächsten am Kragen und schlug ihm seine Rechte ins Gesicht. Plötzlich packte ihn einer an der Schulter und riss ihn herum. Max konnte dem Faustschlag nicht mehr ausweichen und torkelte ein paar Schritte zurück. Ein anderer kam von hinten und hielt seine Arme hinter seinem Rücken fest.

»Los schlag zu«, schrie er. Max bekam mehrere Schläge in den Bauch, dann riss er sein rechtes Bein hoch und trat dem Schläger mitten ins Gesicht. Der stürzte zu Boden, aber schon war der Kerl, dem er die Nase gebrochen hatte, bei ihm und schlug ihm ins Gesicht.

»Ich mach dich fertig, du Arsch!« Er holte zu einem weiteren Schlag aus, doch plötzlich stand Joe hinter ihm und hielt seine Faust fest.

»Was soll das? Lass los Nigg…«

Joes Faust krachte in sein Gesicht und Max glaubte, den Kiefer brechen zu hören. Max beugte sich nach vorne und riss seinen Kopf mit Schwung nach hinten. Sein Hinterkopf traf den Kerl, der ihn festhielt, mit voller Wucht am Kinn. Er ließ ihn los. Max wollte gerade nachsetzen, da hielt Joe ihn am Arm fest.

»Das reicht, Max. Die haben genug!«

»Ja, du hast recht«, sagte Max und ließ seinen Arm sinken. Er schmeckte Blut, seine Lippe war aufgeplatzt.

Zwei von den Kerlen halfen dem großen Kerl, dem Joe wahrscheinlich den Kiefer gebrochen hatte, auf die Beine. Er versuchte, etwas zu sagen, doch das Einzige, was er hervorbrachte, waren Zischen und Spucke.

»Ich glaube, das wird uns eine Menge Ärger einbringen«,

sagte Joe. »Dein Freund zu sein, ist auf Dauer ganz schön anstrengend.«

»Tut mir sehr leid, Joe. Aber hast du mir nicht selber gesagt, man soll sich nicht alles gefallen lassen? Und ich lasse nicht zu, dass jemand meinen besten Freund beleidigt und damit davonkommt.«

Joe grinste. »Ach, dein bester Freund, ja?«

»Ja«, sagte Max.

»Danke, Max. Aber versprich mir, in Zukunft solche Aktionen zu lassen. Das bringt uns beide sonst in große Schwierigkeiten.«

»Ich werd's versuchen«, sagte Max grinsend.

Erst jetzt fiel ihm auf, wie viele andere Studenten um sie herum standen. Alle waren stehen geblieben, um die Schlägerei zu sehen. Auf einmal teilte sich ein großer Pulk der Umherstehenden und Professor Crichton und zwei andere Männer kamen auf Max und Joe zu.

»So, jetzt gibt es Ärger«, sagte Joe.

»Ach, so übel wird es schon nicht werden«, sagte Max und sah Joe grinsend an.

Nach ein paar Stunden aufgeregten Debattierens im Büro des Dekans konnten Joe und Max schließlich gehen. Dank des vehementen Einsatzes von Professor Crichton kamen sie mit einem blauen Auge davon. Aber Max war sich sicher, dass dies nicht sein letzter Besuch im Büro des Dekans bleiben würde.

Fiktion, Fakten & Hintergründe

Wetterstation ›Kurt‹ WFL-26

Erst im Jahr 1981 wurde diese deutsche Wetterstation in Labrador entdeckt. Das *»Wetterfunkgerät Land-26«* aus der Fabrikation von Siemens wurde am 23. Oktober 1943 in einer Geheimoperation von U-537 aufgestellt und bekam den internen Namen *›Kurt‹*. Der Wetterdienst der Kriegsmarine benötigte zusätzliche Wetterdaten anlässlich des atlantischen Zufuhrkrieges. Die Station arbeitete vollautomatisch und übermittelte alle drei Stunden Wetterdaten wie Temperatur, Luftdruck, Windgeschwindigkeit etc. Jedoch verrichtete *›Kurt‹* seine Arbeit nur wenige Tage. Am 8. November empfing U-537 ein letztes Mal Daten der Wetterstation. Danach herrschte Funkstille und WFL-26 wurde nie wieder in Betrieb genommen. U-537 wurde November 1944 von einem amerikanischen U-Boot versenkt.

Nach der Entdeckung wurden die Überreste der Wetterstation nach Ottawa ins Canadian War Museum überführt, wo sie noch heute ausgestellt sind.

In meiner Geschichte birgt die Station ein weiteres Geheimnis, eine Kopie einer handgezeichneten Karte von Leif

Eriksson, auf der das Versteck des Hammers eingetragen ist. Auch die Nazis waren auf der Suche nach Mjœllnir, fielen jedoch den Ureinwohnern Labradors zum Opfer.

Siehe auch: http://de.wikipedia.org/wiki/Wetterstation_Kurt

Leif Eriksson (* ca. 970; † 1020)

Der Sohn von Erik dem Roten ist heutzutage gemeinhin als wahrer Entdecker Amerikas bekannt. Die Geschichte der Entdeckung ist gleich in zwei isländischen Sagas, den sog. Vinland-Sagas, festgehalten. Obwohl die nordamerikanische Küstenlinie schon von anderen Wikingern gesichtet worden war (Bjarni Herjólfsson), war Leif Eriksson der erste Europäer, der den Kontinent betrat. Auch in Adam von Bremens Werk *Gesta Hammaburgensis ecclesiae pontificum* (Taten der Bischöfe von Hamburg) findet dieses Ereignis der Entdeckung *Vinlands* durch Leif Eriksson Erwähnung.

In meiner Geschichte ist Leif derjenige, der den Hammer Thors in Labrador versteckt und ebenso die anderen Artefakte in Grönland und Island. Seine Taten stellen die Verbindung zwischen historischen Fakten und der Fiktion dar.

Auch die Ausgrabungsstätten auf Island und Grönland existieren wirklich. Diese wurden jedoch in den 1930er- und 1990er-Jahren entdeckt. Diese Fakten habe ich für meine Geschichte etwas angepasst, die ja in den 1950er-Jahren spielt.

›Der goldene Helm‹ von Carl Barks

Dieser klassische Donald-Duck-Comic stellt ebenfalls eine besondere Inspiration für meine Geschichte dar. Die Story startet in einem Museum und endet vor der Küste Labradors. Auch hier ist es ein Artefakt der Wikinger (goldener Helm), das die Handlung in Gang setzt. Ebenso wie Mjœllnir wird auch der goldene Helm am Ende der Geschichte im Meer versenkt. Zudem hat mich auch die Arbeitsweise von Carl Barks sehr beeindruckt, der für diese Geschichte akribisch recherchiert hat (via National Geographic Magazin) und für den „realistischen“ Hintergrund des Comics sorgte.

Außerdem habe ich eine bestimmte Textpassage der deutschen Übersetzung von Dr. Erika Fuchs übernommen als kleine Hommage.

Zum zehnjährigen Jubiläum der „Geheimakten“ hat mir Paco Rodríquez, ein spanischer Zeichner der seit 1994 Disney-Comics zeichnet, ein besonderes Bild gezeichnet: Das Titelbild von Carl Barks’ Goldenem Helm, jedoch im Geheimakte-Stil. Aus rechtlichen Gründen ist ein Abdruck hier leider nicht möglich, aber ihr findet es auf meiner Website oder auch auf meinen Social Media Kanälen.

Geheimakten & Archäologie

Als Max Falkenburg, damals noch Aufsicht in einem Museum, vor 10 Jahren in André Milewskis erstem „Geheimakte"-Roman in die turbulente Suche nach nichts Geringerem als dem legendären Thorshammer Mjöllnir verwickelt wurde, konnte kaum jemand ahnen, welch literarische Abenteuerkarriere ihm da bevorstand. Am wenigsten wohl der Protagonist selbst. Der Autor hingegen, hatte offenkundig sehr wohl mehr als eine nur Idee von den zahlreichen Herausforderungen, die noch auf seinen Helden warteten – und er schickte ihn in inzwischen 11 weiteren Bänden durch die Welt und Menschheitsgeschichte. Die Nähe für jenen anderen großen Abenteurer-Archetypen, dessen hochaufragende Silhouette auch hinter den Falkenburg'schen Unternehmungen aufscheint, wird hier gar nicht erst versteckt. Im Gegenteil: selbstbewusst tragen Autor und Hauptdarsteller die Hommage an Indiana Jones (seinerseits selbst den Geist der „Matinee Serials" aus Hollywoods sog. Goldenem Zeitalter atmend) voran – um dann aber sehr bald eigener Charakter- und Handlungsentwicklung Platz zu machen. Das ist freilich kein Zufall, weiß ich doch gut um André Milewskis Begeisterung für den Fedora-tragenden Archäologen. Eine Begeisterung, die wir im Übrigen teilen.

Dass die Lektüre seiner „Geheimakte Labrador" da einen Nerv treffen würde, kann also kaum eine Überraschung sein. In diesem besonderen Fall kam zum archäologisch ohnehin schon spannenden Thema ein auch noch geographisch reizvoller Handlungsrahmen hinzu. Hatte ich doch das große Privileg und Vergnügen, kurz zuvor ebenfalls den arktischen

Norden bereisen zu können – unter anderem auch den Südwesten Grönlands, wo wir in einer Kajakexpedition den Spuren der einst hier siedelnden Wikinger im Gefolge der Landnahme durch Erik den Roten folgten.

©Jens Notroff

Eine tief beeindruckende Landschaft ist mir in Erinnerung geblieben (und war bei der „Geheimakte"-Lektüre unmittelbar präsent). Eine Landschaft, die nur auf den ersten Blick lebensfeindlich und ganz vom Eis dominiert scheint. Die aber vor allem an der südwestlichen Küste eben doch dem „Grünland" das Erik vollmundig beschrieben hatte, zur Ehre gereichte (und die den einheimischen Grönländern schon lange vor der Ankunft der Nordmänner eine solide Lebensgrundlage bot). Noch heute sind die Überreste der steinernen Hofstätten, Kirchenbauten und Bestattungen der einstigen skandinavischen Siedler dort präsent. Doch auch (oder gerade) hier zeitigt der aktuelle Klimawandel zunehmend Konsequenzen. Gletscher schmelzen und das Inlandeis zieht sich in zunehmender Geschwindigkeit zurück. Sich wandelnde Umweltbedingungen haben großen Einfluss auf die Traditionen und Lebensweisen der heutigen Bevölkerung – und zusehends auch auf die Natur- und Kulturerbestätten in der Arktis. Deren rasche und gründliche Dokumentation wird damit immer wichtiger; schon jetzt gibt tauender Permafrostboden immer schneller immer mehr archäologische Funde preis, mit deren Erhalt die Kolleginnen und Kollegen kaum Schritt halten können.

Seit der kurzen Stippvisite Max Falkenburgs auf seinem Weg nach Labrador hat sich hier also recht wohl einiges recht drastisch verändert. Er hat sich natürlich in den 12 Abenteuern, in die André Milewski ihn in der Zwischenzeit gestürzt hat mit noch ganz anderen Herausforderungen herumschlagen müssen. Seine Welt voller mythologischer Wunder, düsterer Schurken und halsbrecherischer Verfolgungsjagden hat sich in anderen Bahnen gedreht. Und auch wenn wir unsere eigene darüber nicht vergessen wollen, bereitet es doch immer wieder Vergnügen, diese ganz eigene bunte Abenteuer-Welt aus dem Lesesessel heraus zu bereisen und zu erkunden. Zum 10. Jahrestag der ersten „Geheimakte"-Veröffentlichung deshalb ganz herzliche Grüße und alles Gute! Möge André Milewski Max Falkenburg (und uns!) noch viele weitere Abenteuer bescheren.

Berlin, im Herbst 2022
Jens Notroff

Der Autor:

Jens Notroff hat in Berlin Archäologie, Geschichte und Kommunikationswissenschaften studiert und sich in seiner Forschung u.a. mit frühesten Monumentalbauten in der Türkei, Bronzeverarbeitungszentren in Jordanien und Kultplätzen in Rumänien auseinandergesetzt. Er setzt sich darüber hinaus insbesondere für den Erhalt kulturellen Erbes und die Vermittlung archäologischer Themen in der Öffentlichkeit ein. Ob Forschungsexpedition oder Urlaubreise – ohne Stift und Skizzenbuch verlässt er dabei selten das Haus. Weitere Einblicke in seine Arbeit und Forschungen finden sich auch unter **http://jensnotroff.com**

©Jens Notroff

Danksagung

Vielen Dank an Carl Barks für nie endende Inspiration.

Der Anfang von allem

Im Januar 2010 schrieb ich die ersten Zeilen von Geheimakte Labrador. Vorausgegangen war die Lektüre einer der besten Abenteuergeschichten aller Zeiten: Der goldene Helm von Carl Barks – ein Donald-Duck-Comic. Wenn man sich die Schnäbel und die Plattfüße der Hauptcharaktere wegdenkt, bildet diese StoDery quasi das Musterbeispiel einer Heldenreise ab. Der widerwillige (und unwahrscheinliche) Held wird in eine Story gesogen, die so viel größer als er selbst ist. Was die Comiclegende Barks auf 32 Seiten vollbracht hat, schaffen manche Autoren nicht auf dreihundert Seiten. Barks gelingt es, eine dichte Atmosphäre zu erschaffen, die einen von Seite eins an gefangen nimmt und den Leser bis zum Ende mitfiebern lässt.

Wie im goldenen Helm startet auch Labrador in einem Museum mit Wikingerschiffen. (Barks verwendet in seinem Comic sogar das Oseberg-Schiff, das im Wikingerschiffmuseum von Oslo steht) und auch das Ende findet an den Gestaden von Labrador/Neufundland statt. Damit enden zwar schon die Gemeinsamkeiten, aber trotzdem hätte es ohne Barks niemals eine Geheimakte gegeben. Deswegen ist es auch nur angemessen, dass es ein besonderes Jubiläumsbild zum zehnjährigen Bestehen der Reihe gibt, gezeichnet vom Disney-Zeichner Paco Rodriguez.

Abgesehen von Barks gab es natürlich noch andere Einflüsse, wie z. B. ein gewisser Archäologe mit Hut und Peitsche (dessen Schöpfer George Lucas und Steven Spielberg ebenfalls von Barks inspiriert wurden). Und natürlich unzählige Abenteuerromane, -filme, -serien und -spiele, die ich im Laufe meines Lebens allesamt verschlungen habe.

Besonders einfach gestaltete sich die Namensfindung meines Helden Max Falkenburg. Sein Vorname stammt von meinem ersten Hund, der ein ähnlicher Draufgänger und Hitzkopf gewesen ist. Der Nachname poppte wie aus dem Nichts auf und war tatsächlich meine erste Eingebung. Bei keinem anderen Charakter der Reihe ging es dermaßen schnell.

Die Story, die ich aufschrieb, war eigentlich nicht dafür gedacht, veröffentlicht zu werden. Zumindest war das nicht der Antrieb zum Schreiben. Vielmehr ging es mir nur darum, für mich selbst die Erfahrung zu machen, ob ich überhaupt einen Roman schreiben und beenden könnte. Nach dem ersten anfänglichen Schwung und ca. 40 Seiten verließ mich die Motivation auch schon wieder. Drei Monate Pause folgten. Doch ein Kurztrip nach Oslo mit Besuch des dortigen Wikingerschiffmuseums brachte mich zurück an den Schreibtisch. Dies war auch der Moment, indem die Recherche einsetzte. Wollte ich zu Beginn nur ein *B-Movie-Pulp-Adventure* schreiben, beschloss ich nun, dass zumindest ein paar historische Fakten nicht schaden könnten. Und im Laufe der Recherche und Fortführung der Story stieß ich auf immer weitere Fakten, die sich wie von Zauberhand in die Geschichte einfügten, wie z. B. eine alte Wetterstation der Nazis auf kanadischem Boden! Da ließ sich einiges draus machen, auch die Bösewichte bekamen nun eine Backgroundstory, die im Buch selbst allenfalls angedeutet wurde, aber in meinem Kopf schon relativ klar präsent war und blieb. (Was neun Jahre später zu den „Falkenburg Chroniken" führen sollte)

Geheimakte Labrador jedenfalls vollendete ich 2011 – aber es sollte noch mehr als ein Jahr vergehen, bis ich es schließlich selbst veröffentlichte. Diesem Entschluss gingen Monate der Verlags-und Agentursuche voraus. Diese Suche brachte vor allem die Erkenntnis, dass 1. der Text ganz okay sei, aber auch 2. es keinen Markt in Deutschland für diese Art Geschichten gab. So zumindest der allgemeine Tenor der Antworten. Davon wollte ich mich jedoch nicht abhalten lassen und meine eigenen Erfahrungen sammeln. Das Thema Selfpublishing war 2012 noch relativ frisch. Erst 2011 hatte Amazon seinen Dienst *Kindle Direct Publishing* (KDP) aus den USA nach Deutschland gebracht. Was bei den Amerikanern schon seit dem Start 2007 den Buchmarkt veränderte, sollte nun auch hier geschehen. Und Amazon bot dazu das komplette Programm an, beginnend mit der eigenen Plattform KDP wie auch mit dem passenden Endgerät, dem Kindle E-Book-Reader.

Nachdem ich mich mit dem Thema vertraut gemacht hatte, beschloss ich, den Versuch zu wagen. Doch erst mal musste ein Cover her. Das sollte möglichst professionell aussehen und auch in der Tradition alter Abenteuerromane stehen. Also musste ein Illustrator her. Über das Indiana-Jones-Fandom fand ich Martin Schlierkamp, der gerne und begeistert zusagte.

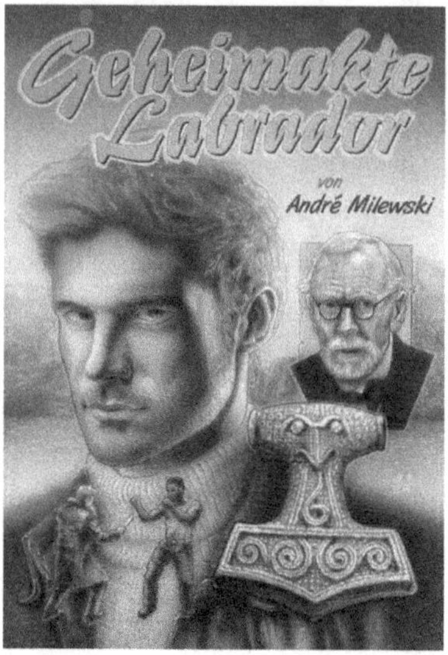

Cover der Erstausgabe von 2012

Den Buchsatz erledigte ich selbst und am 21. Dezember 2012 war es dann so weit und ich drückte den Upload-Button bei KDP. Nun könnte man schreiben: *Der Rest ist Geschichte ...* War es auch irgendwie. Labrador war jedenfalls bei Erscheinen kein Erfolg. Ein waschechter Flop trifft es eher. Doch das änderte sich im Laufe der Jahre, spätestens 2014, als mit Geheimakte Aton der (damalige) zweite Teil erschien. Doch bis zum endgültigen Durchbruch dauerte es noch bis 2018, als mit Geheimakte Inkarrí der fünfte Band der Reihe erschien.

Mittlerweile sind Geheimakten in sechsstelliger Zahl abgesetzt worden, es sind zwölf Teile veröffentlicht, dazu kommen zwei Weihnachtsnovellen und zwei Prequel-Reihen. Und ein Ende ist nicht in Sicht. In meinem Kopf sind für Max Falkenburg auch für die nächsten zehn Jahre genügend Ideen für weitere Abenteuer vorhanden.

Besonders bemerkenswert finde ich es, dass ich mit meinen Geheimakten auch andere Autoren inspirieren konnte oder dass auch einige Archäologen zu meinen Lesern zählen, von denen mich einige per Mail wissen lassen, dass auch sie Fans von Max Falkenburg sind. Dadurch war ich auch in der Lage, für einige Geheimakten auf Informationen „aus erster Hand“ zurückzugreifen, wenn es um bestimmte Grabungsstätten ging, die ich nicht persönlich in Augenschein nehmen konnte. Aber das Erstaunlichste ist immer noch, dass mir so viele Leser in diese Abenteuer folgen und dieser – ebenso wenig wie ich – nicht überdrüssig werden.

Das alles hätte ich mir 2010 nicht in meinen kühnsten Träumen vorstellen können, was aus dieser fixen Idee des *„einfach mal ein Buch schreiben“* einmal werden würde und das ich dies nun hauptberuflich tun darf. Vielen Dank an dieser Stelle dafür.

Rumohr, Oktober 2022
André Milewski

Über den Autor

André Milewski, Jahrgang 1978, kam auf Umwegen zum Schriftstellerberuf. Nach dem Schulabschluss und einer handwerklichen Ausbildung zog es ihn zur Marine. Von dort wechselte er nach acht Jahren in die freie Wirtschaft, wo er eine Tätigkeit als Einkaufsleiter übernahm.

Erst 2010, mit der Erfindung seines Helden Max Falkenburg, begann seine Karriere als Autor. Mit seiner **„Geheimakte“**-Reihe schuf er sich schnell eine treue Fangemeinde. Aber auch seine **„Heather Bishop“**-Serie oder Titel wie **„Der Choral der Hölle“** erfreuen sich großer Beliebtheit unter den Lesern.

André Milewski lebt und schreibt in Schleswig-Holstein/Deutschland.

Mehr über den Autor und seine anderen Bücher gibt es auf der Website www.andre-milewski.de zu erfahren. Dort besteht auch die Möglichkeit, sich für einen Newsletter zu registrieren, um automatisch über neue Bücher, Gewinnspiele und Messeauftritte informiert zu werden.

facebook.com/AutorAndreMilewski
twitter.com/Andre_Milewski
instagram.com/andre_milewski

Weitere Geheimakte-Abenteuer:

Die-Frederick-Crichton-Romane *(fortlaufend)*

Heather-Bishop-Thriller *(fortlaufend)*

Hard-Sequences-Thriller *(fortlaufend)*

Einzelbände

Hörbücher von André Milewski